岩 波 文 庫

32-740-1

完　訳

アンデルセン童話集

(一)

大畑末吉訳

EVENTYR OG HISTORIER

H. C. Andersen

初版訳者序

この本はアンデルセンの Eventyr og Historier の訳であります。慣例に従って童話としておきましたが、本来は「お話と物語」であります。アンデルセンがはじめて「お話」を出した時は、「子供のためのお話」という表題をつけましたが、子供ばかりでなく、大人《おとな》も喜んで読みましたので、後には「子供のための」をとってしまいました。

「お話」の第一集が出たのは一八三五年、アンデルセンが数え年三十一歳の時であります。それから一生を終わるまで四十年というもの、アンデルセンは童話を書きつづけたのでした。まことに、アンデルセンの童話は、彼の生涯《しょうがい》の真剣な仕事でありました。そのどの一つにも、アンデルセンの生活がにじみ出ております。

訳の底本には Hans Brix と Anker Jensen 両氏の厳密な校訂になる Gyldendalske Boghandel 版(五巻)を用い、数種のドイツ訳と英訳を参照しました。挿画《さしえ》は前半は Vilhelm Pedersen 後半は Lorenz Frølich の筆になるもので、二人ともアンデルセンの知人であります。

アンデルセンはその『自伝』の中で、自分の童話が祖国デンマークで大いに歓迎されたのを喜ぶと同時に「かかる身に余る名誉に将来果たしてよく応《こた》えうる力があるだろうかという一抹《いちまつ》の不安を、あるいは一種の恐怖を感ずる」と言っています。——それにつけても、私は私の責任のますます重いことを感じます。願わくは、皆さんのお力添えでできるだけよりよいものにしてゆきたいと思っております。

昭和十三年七月

改訳の序

文庫版『アンデルセン童話集』の第一巻が世に出たのは昭和十三年十一月ですから、今日まですでに二十五年の歳月が流れました。全十巻が完結してからでも十七年たっています。

このあいだ私のつたない訳が多くの読者に迎えられましたのは、ひとえに「アンデルセン童話」のいつまでもほろびない美しさのためであります。それだけに私の責任が痛感され、改訳の機会を「今年こそは！　今年こそは！」と求めながら、ついつい今日にいたりました。いま、こうしてようやく改訳の筆をとるにいたりましたのも、読者のかたがたの要望と文庫係の熱心なおすすめがあったからであります。厚くお礼を申しあげます。

改訳にあたっては、私としてできうる限りの努力を払いましたが、もとより完璧《かんぺき》を自負するなど、思いもよりません。ともあれ、少しでも誤りをへらして読みよくすることが私の念願であります。なお、旧版にくらべてさし絵が若干ふえたことを申しそえておきます。

昭和三十八年十二月

目次

小さいイーダの花

火打箱

一人の兵隊さんが街道を、一、二！　一、二！と行進してきました。肩には背嚢《はいのう》をしょい、腰にはサーベルをさげていました。いままで兵隊さんは戦争に行っていたのです。そしていまは、家へ帰るところでした。すると、途中で、年をとった魔法使のおばあさんに出あいました。見れば、なんというみにくいおばあさんでしょう。下くちびるは胸のあたりまでたれているではありませんか。その時おばあさんが言いました。「今晩は、兵隊さん。なんとまあ、りっぱなサーベルと、大きな背嚢だね！　こりゃ、ほんとうの兵隊さんだ！　ところでおまえさん、おまえさんのほしいだけ、お金をあげようかね。」

「ありがとう。魔法使のおばあさん。」と兵隊さんは言いました。

「ほら、ここに大きな木があるだろうが。」魔法使のおばあさんはこう言って、かたわらの木を指さしました。「この木はね、中が、がらんどうなんだよ。てっぺんによじ登ってごらん。そこに穴があいているからね、そこからからだをすべらして中にはいって、ずっと下の方までおりて行くのさ。おまえさんのからだに綱をゆわえておくからね、おまえさんが呼んだら、すぐ引き上げてあげるよ。」

「いったい、その木の中で、おれは何をするんだい？」と兵隊さんはたずねました。

「お金を取って来るんだよ。」と魔法使は言いました。「まあお聞きよ。木の底におりるとね、そこは大きな廊下なんだよ。明るいことは申し分ないよ。なん百ものランプが燃えているんだもの。すると扉《とびら》が三つ見えるからね、それをあけるのさ。鍵《かぎ》は鍵孔《かぎあな》にささってる。まずさいしょの部屋《へや》をのぞくと、部屋のまん中に大きな箱があってね、その上に犬が一匹すわっているんだけれど、その犬の目玉は茶わんぐらいもあるよ。でも、びくびくすることはないよ。わたしのこの青い格《こう》子《し》縞《じま》の前掛けをあげるから、それをゆかの上にひろげなさい。そうしたら、すばやく犬をつかまえて、前掛けの上におきなさい。そして、箱をあけてほしいだけのお金を取り出すんだよ。だけど、それは、みんな銅貨ばかりだよ。もし、銀貨がほしけりゃ、その次の部屋にはいんなさい。だが、そこには、目玉が水車ぐらいもある犬がすわっているんだよ。でも、びくびくすることはないやね。わたしの前掛けにその犬をおいて、お金をほしいだけ取り出すだけのことさ。それより、金貨がほしいと言うんなら、それもおまえさんに持てるだけ、取らせてあげよう。三番目の部屋にはいんなさい。ただ、そこの金箱の上にすわってる犬めの目玉ときたら、円塔《ロントールン》*ぐらいもある大きさだよ。たいした犬じゃて。だけど尻込みするにはおよばないよ。わたしの前掛けの上におきなさい。そうすりゃ、何もしやしないから。そこで、箱の中からいいだけの金貨を取り出すのさ。」

「こいつは悪くないぞ」と兵隊さんは言いました。「だけどね、おれは、何をおまえにやったらいいんだい、魔法使のおばあさん。おまえだって、何かほしいんだろうじゃないか。」

「いんや！」と魔法使のおばあさんは言いました。「わたしゃ、びた一文だってもらおうとは言わないよ。ただ、古い火打箱を持ってきてくれりゃ、いいのさ。わたしのばあさんがね、この前そこへおりて行った時、忘れて来たんでね。」

「よしきた！　じゃ、おれのからだに綱をゆわえてくれ。」と兵隊さんは言いました。

「はいよ！」と魔法使は言いました。「それから、これが青い格子縞《こうしじま》の前掛けだよ。」

そこで兵隊さんは木によじ登りました。そして、穴の中へすべり込みました。おりてみると、そこは、魔法使の言ったとおり、たくさんランプが燃えている大きな廊下でした。

さて、いよいよさいしょの扉をあけました。うわあ！　そこには、茶わんぐらいの目玉をした犬がすわって、その目玉をぐりぐりさせていました。

「これ、いい子だからな！」兵隊さんはこう言いながら、犬を魔法使の前掛けの上におきました。そして、ポケットにはいるだけの銅貨を取り出しました。それから箱をしめて、犬をもとどおりその上においで、こんどは二番目の部屋にはいりました。ひゃあ！　そこには、水車ぐらいの目玉をした犬がすわっていました。

「そんなに、おいらをにらむなよ！」と兵隊さんは言いました。「目が痛くなるぜ。」こう言って、犬を魔法使の前掛けの上におきました。ところが、箱の中の銀貨を見ますと、さっきの銅貨をみんなほうり出して、銀貨ばかりポケットにも背嚢《はいのう》にもいっぱい詰め込みました。さて、こんどは三番目の部屋にはいりました。――いや、これはこれは！　その部屋の犬は、ほんとに、円塔ぐらいの大きな目玉をしていました。しかも、その目玉が車の輪みたいに、ぐるぐるまわっているではありませんか。

「今晩は！」と兵隊さんは言って、帽子をぬぎました。なぜって、こんな犬はいままで見たことがなかったからです。けれども、ややしばらく見てから、もうよかろうと思って、犬をゆかにおろして、箱をあけました。いや、これは驚いた。なんとたくさんの金貨でしょう！　これだけあったら、コペンハーゲン全体と、菓子屋のおばさんの小豚の砂糖菓子と、世界じゅうの錫《すず》の兵隊や鞭《むち》と、揺れ木馬《もくば》とを、みんな買うことだってできるでしょう。まったく、たいした金貨でした。――兵隊さんは、ポケットや背嚢にいっぱい詰めておいた銀貨を、みんなほうり出して、そのかわりに、こんどは金貨を詰めたの詰めないの、ポケットも背嚢も帽子も長靴《ながぐつ》も、ぎゅうぎゅうづめに詰めてしまいました。もう、歩くのもやっとでした。さあ、これでお金は手にはいったぞ！　兵隊さんは、犬を箱の上において、扉をぱたんとしめて、それから木の下へ行って、上の方にむいて呼びました。

「魔法使のおばあさん！　引っぱっておくれ！」

「火打箱は持ってきたかね？」と魔法使のおばあさんはたずねました。

「あっ！　そうだ！　すっかり忘れてた。」こう言って兵隊さんは、また、それを取りに行きました。魔法使は兵隊さんを引っぱり上げました。こうして、兵隊さんは再び、街道におりました。ポケットも長靴《ながぐつ》も背嚢も帽子も、金貨でいっぱいにふくらまして。

「この火打箱を、いったいどうするんだね？」と兵隊さんはたずねました。

「そんなこと、おまえの知ったことかい！」と魔法使は言いました。「おまえはお金を手にいれたじゃないか。火打箱は、さっさと、こっちへおよこしな。」

「つべこべ言うな！」と兵隊さんは言いました。「どうするのか、すぐ言え！　でないと、サーベルをひっこぬいて、おまえの首をきってしまうぞ！」

「いや、言わぬ！」と魔法使は言いました。

そこで、兵隊さんは魔法使の首をちょんぎってしまいました。魔法使はその場に倒れました。兵隊さんは、金貨をみんな前掛けにくるんで、荷物のように肩にかつぐと、火打箱をポケットに突っこんで、さっさと町をさして歩いて行きました。

その町は、たいそうりっぱな町でした。兵隊さんは一番上等の宿屋にはいって、一番いい部屋をたのんで、大好きなごちそうを注文しました。なぜって、いまは、たいしたお金持ちで、お金ならたくさん持っていたからです。

もっとも、宿屋の下男が長靴をみがきながら、あんなお金持ちの紳士の靴にしちゃ、ばかにひどい古靴だなあ、と思いましたが、無理もありません。まだ、新しい靴を買っていなかったのですから。次の日、さっそく、よそゆきの靴を買い、それから、上等の服も作らせました。これで、兵隊さんは、りっぱな紳士になりました。すると、みんなは、町の名所のことや、王様のことや、王様の娘さんがどんなに可愛らしいお姫様であるかということなぞ、いろいろ話してくれました。

「どうしたら、そのお姫様にお目にかかれますか。」と兵隊さんはたずねました。

「とてもお目にかかることなんかできませんよ。」と、みなは口をそろえて言いました。「お姫様は、たくさんの石垣《いしがき》や塔でかこまれた大きなあかがね御殿に住んでいらっしゃるんですよ。王様のほかはだれも、お姫様のところに、出入りを許されないのです。そのわけは、お姫様はいまに、ただの一兵卒と結婚するだろう、という予言があるからです。そして、それが王様には、がまんがならないのです。」

「どうかして、そのお姫様を見たいもんだなあ！」と兵隊さんは考えました。けれども、そんなお許しの出るはずはありませんでした。

さて、兵隊さんは毎日毎日面白く暮らしました。芝居を見に行ったり、王宮前の公園へ馬車を走らせて、貧しい人たちにお金をたくさんにほどこしたりしました。ほんとに、これはよい行いでした。もうずっと前から、兵隊さんは、お金が一文もないとどんなに困るものか、身におぼえがあったのです。――いまはお金持ちで、りっぱな着物をきて、友だちもたくさんできました。みんなは、いい人だ、ほんとの紳士だ、とほめそやしました。兵隊さんも、そう言われて悪い気持ちはしませんでした。ところが、毎日のようにお金を出すばかりで、少しもはいるということがありませんので、とうとう銀貨が二つきりになってしまいました。そこで、いままでのりっぱな部屋を出て、屋根裏の小さい小さい部屋へ引っ越して、自分で靴《くつ》をみがいたり、かがり針でつくろったりしなければなりませんでした。もう、友だちもだれ一人たずねて来ません。なにしろ、たくさんの階段をのぼって来なければならなかったからです。

さて、あるまっ暗な晩のことでした。いまではもう、ろうそく一本買うことができなかったのです。ところが、ふと、火打箱の中に小さな燃えさしがあったことを思い出しました。ほら、あの魔法使のおばあさんに手つだってもらってはいった、うつろの木の中から持って来た火打箱ですよ。さっそく、兵隊さんは火打石と燃えさしとを出して、火をきりました。ところが、火花が火打石から飛んだと思う間もなく、入り口の戸がさっとあいて、木の底で見た、茶わんぐらいの目玉の犬が前にかしこまって「旦那様《だんなさま》、なんのご用で？」と言いました。

「なんだい、こりゃ！」と兵隊さんは言いました。「おれのほしい物が手にはいるんなら、こりゃ面白い火打箱だぞ。金を少し持って来てくれ。」こう犬に言いますと、犬はひゅうっと、どこかへとんで行ってしまいました。そして、またひゅうっともどって来ました。見ると、お金のいっぱい詰まった大きな財布を口にくわえているではありませんか。

さあこれで、この火打箱が、どんなにすばらしいものかわかりました。一度打つと、銅貨の箱の上にすわっていた犬がとんで来ました。二度打つと、銀貨の番をしていた犬が来ました。三度打つと金貨の番をしていたのが来ました。――またぞろ、兵隊さんは下のりっぱな部屋へ移って、りっぱな着物をきました。すると、友だちも皆、すぐ、それと知って、たいそうちやほやするのでした。――

ある時、兵隊さんはこんなことを考えました。お姫様が見られないなんて、なんとしてもおかしいぞ。みんなの話じゃ、ずいぶんきれいな人だっていうじゃないか。けれども、たくさんの塔にかこまれた、大きなあかがね御殿に、年じゅうすわっていたんじゃ、なんにもなりゃしない！――どうかしてお姫様を見ることはできないもんだろうか。――そうだ、火打箱はどこだっけ！

そこで、兵隊さんは火を打ちました。すると、ひゅうっと、目の玉茶わんぐらいの犬が飛んで来ました。

「夜なかで、すまんが」と兵隊さんは言いました。「ほんのちょいとでいいんだが、おれはぜひお姫様が見たいんだ。」

犬はすぐ戸口からとび出しました。と、思う間もなく、もうお姫様をつれて戻って来ました。お姫様は、犬の背中で眠っていましたがそのきれいなことは、だれが見ても、ひとめでほんとのお姫様だということがわかるくらいでした。兵隊さんはどうしても、お姫様にキスをせずにはいられませんでした。なぜって、こっちだって、れっきとした兵隊さんですものね。

やがて犬は、お姫様をのせて、また御殿へ帰って行きました。ところが、あくる朝になって、王様とお妃《きさき》とがお茶をのんでいらっしゃる時、お姫様が、ゆうべ犬と兵隊さんの変な夢を見ました、わたしが犬の背中に乗って行くと、兵隊さんがキスをしました、とお話しました。

「まあ、結構なお話ですこと。」とお妃は言いました。

さてその晩は、年とった女官の一人が、お姫様の寝床のそばで、ねずの番をして、それがほんとうの夢だったかどうか、たしかめることになりました。

兵隊さんは、またもや、きれいなお姫様を見たくてたまらなくなりました。そこで、またもや犬が夜なかに飛んで行って、お姫様をつれて一所懸命に走って来ました。ところが、年寄りの女官も雨靴をつっかけて、同じようにまっしぐらにあとを追いかけました。そして、犬とお姫様とが大きな家の中に消えたのを見て、さあ、これで居場所をつきとめたと思って、チョークで大きな十字のしるしを戸口に書いておいて、御殿へ帰って寝ました。やがて、犬もお姫様をつれて戻って来ました。ところが、兵隊さんのいる家の戸口に十字が書いてあるのを見ますと、さっそくチョークを持って来て、町じゅうの家の戸口に十字を書いておきました。これは、賢いやり方でした。なぜなら、どの家の戸口にも十字が書かれてしまっては、さすがの女官も、ほんとうの戸口を見分けることができないからです。

あくる朝早く、王様とお妃《きさき》と、年寄りの女官と、それからお付きの武官一同が、お姫様のいた場所を見に出かけました。

「ここだ！」と王様が、十字の書いてあるさいしょの戸口を見ておっしゃいました。

「いいえ、あなた！　あそこでございますよ。」とお妃が、十字の書いてある二番目の戸口を見つけておっしゃいました。

「いいえ、あそこにもございます！　おや、ここにもあります！」とみんなが言いました。なるほど、どっちをむいても、戸口という戸口に十字が書いてありました。これでは、いくら捜してもむだだということがわかりました。

ところが、このお妃は、たいへん賢いかたで、ただ馬車を乗りまわすだけでなく、それ以上のこともおできになりました。そこで大きな金の鋏《はさみ》を持ってきて、大きな絹のきれを切って、それで可愛らしい袋を縫いました。そして、その中にこまかいそばの粉をつめて、お姫様の背中にゆわえつけました。それがすむと、こんどはその袋に小さい孔をあけて、お姫様がどこへ行こうと、道じゅう粉がさらさらとこぼれるようにしました。

夜になると、また犬がやって来て、お姫様を背中に乗せて、兵隊さんのところへ走って行きました。兵隊さんは、お姫様が大好きになって、もし自分が王子で、お姫様をお嫁さんにすることができたら、どんなにうれしいだろうと思いました。

犬は、御殿から兵隊さんのいる窓のところまで、ずっと粉がこぼれているのに、少しも気づかず、そのまま、お姫様をつれて、壁を駆け上がりました。朝になりますと、王様とお妃《きさき》には、娘がどこにいたかがすぐわかりました。そこで、さっそく兵隊さんをつかまえて、地下室へいれてしまいました。

兵隊さんは、そこにすわっていました。ああ、なんて暗くて、気持ちの悪いことでしょう！おまけに「あしたになれば、おまえは、しめ殺されるのだぞ！」などと言われました。そんなことを聞かされて、うれしいはずはありません。おまけに、あの火打箱は、宿屋へおき忘れてきたのです。朝になって、鉄格子のはまった小さい明りとりから、往来を見ていますと、兵隊さんがしめ殺されるのを見ようと、人々が町の外へぞろぞろと出かけて行くところでした。やがて、太鼓の音が聞こえて、一隊の兵士が進んで来ました。町じゅうの人が総出でした。その中に、革《かわ》の前だれをして、スリッパをはいた靴屋の小僧もいました。小僧はあまりあわてて、スリッパを片方、ちょうど兵隊さんがすわってのぞいている鉄格子《てつごうし》の窓の壁へ飛ばしました。

「おい靴屋の小僧さん。そんなに、あわてなくてもいいぜ！」と兵隊さんは言いました。「おれが行かないうちは始まりっこないんだ。それよりか、おれの家へ、ひと走り走って行って、おれの火打箱を持って来てくれないか。そうしたら四シリングやるぞ。だが、大いそぎだぞ！」靴屋の小僧は、四シリングがもらいたさに、すぐ駆け出して行って、火打箱を兵隊さんに持ってきてやりました。そうして——さあ、それからどうなったでしょう？　では、それを聞くことにしましょう。

町のそとに、大きな絞首台がたてられました。そのまわりに、大ぜいの兵隊と、何万という人人が並びました。王様とお妃《きさき》とは、裁判官と顧問官一同とむかいあった正面のりっぱな玉座につきました。

兵隊さんは、もう段の上に立ちました。ところが、いよいよ首に縄《なわ》をかけられる時になると、兵隊さんは、こんなことを言いました。どんな罪人でも、いよいよ処刑されるという前には、無邪気な願い事を一つは、かなえてもらえるそうではありませんか。私にも、いまわのきわに、どうぞ最後のたばこを一服のませてください。

これには、王様も、いけないとは言われませんでした。そこで、兵隊さんは火打石を出して、一、二、三、と火をきりました。するとたちまち、目の玉茶わんぐらいの犬と、水車ぐらいの犬と、円塔ぐらいの犬とが、三匹ともあらわれました。

「おい、おれを助けてくれ！　おれはしめ殺されるんだ！」と兵隊さんが言いました。すると、三匹の犬は、裁判官と顧問官とに飛びかかって脚《あし》をくわえたり、鼻にかみついたりして、みんなを空高くほうり上げました。落ちてくると、みんなはこなごなに砕けてしまいました。

「わしはごめんだ！」と王様は言いました。けれども、一番大きい犬が、王様とお妃《きさき》とを二人つかまえて、ほかの者たちのあとからほうり上げました。兵士たちは、こわくなってしまいました。いっぽう人々は口々に叫びました。「もし、兵隊さん！　私たちの王様になってください。そして、どうぞ美しいお姫様をお妃様にしてください！」

それからみんなは、兵隊さんを王様の馬車に乗せました。三匹の犬は、馬車の前を踊りながら「ばんざい！」と叫びました。子供たちは指を口にあてて口笛を吹き、兵隊たちは捧《ささ》げ銃《つつ》をしました。お姫様は、あかがね御殿から出て、お妃になりました。それがお姫様には、まんざらいやでもありませんでした。御婚礼のお祝いは一週間もつづきました。そのあいだ、三匹の犬は、宴会のテーブルについて、大きな目をぐりぐりさせていましたとさ。

小クラウスと大クラウス

ある村に、同じ名前の二人の男がいました。二人ともクラウスというのですが、一人は馬を四頭持ち、もう一人はたった一頭しか持っていませんでした。そこで、この二人を区別するために、村の人は、四頭の馬を持っている方を大クラウス、一頭しか持っていない方を小クラウスと呼んでいたのです。さて、この二人がどういうことになったか、それを聞くことにしましょう。これは、ほんとうにあった話なんですよ。

一週間じゅう、小クラウスは大クラウスのために、たった一頭しかない馬を貸してやって、畑をたがやしてやらなければなりませんでした。そうすると、こんどは大クラウスが、自分の四頭の馬をつれてきて、手つだってくれます。けれども、それは一週間にたった一日、それも日曜日だけでした。そら、がんばれ！　とどんなに小クラウスの鞭《むち》が、五頭の馬の上で鳴ったことでしょう。それというのも、きょう一日だけは、五頭とも自分の馬みたいなものでしたから。お日様は明るく照っていました。教会の塔の鐘がみんなそろって、はれやかに鳴りわたりました。村の人たちは、晴れ着をきて、賛美歌の本をかかえて、牧師さんのお説教を聞きに、教会へ出かけました。見ると、小クラウスが五頭の馬を使って畑をたがやしていました。小クラウスはいかにも楽しそうに、またもや、鞭を鳴らして「そうれ、がんばれおれさまの馬ども！」と叫びました。

「そんなこと、言っちゃいけねえぞ。」と大クラウスが言いました。「おまえの馬は、たった一匹だけでねえか。」

けれども、またまだれかが教会へ行こうとして通りかかりますと、小クラウスは、言ってはいけないといわれたことを忘れて「そうら、がんばれ、おれさまの馬ども！」と叫ぶのでした。

「おねがいだ、そいつはやめてくれ！」と大クラウスはどなりました。「もう一度言ってみろ。おまえの馬の鼻づらをなぐって、ぶっ殺してしまうぞ！　そうなったら元も子もねえぞ。」

「おら、もうきっと言わねえだ。」と小クラウスは言いました。けれども、また人々が通りかかって、小クラウスに「こんにちは」と言ってうなずきますと、むやみにうれしくなって、五頭も馬を使って自分の畑をたがやすのが、いかにも、ていさいがいいように思われました。そこで、またもや、鞭を鳴らして「そうら、がんばれ、おれさまの馬ども！」と叫びました。

「おれが、おまえの馬どもをがんばらしてやるだ！」大クラウスはこう言って、槌《つち》をとると、小クラウスのたった一頭しかない馬の鼻づらをなぐりつけました。馬は、倒れるとそのまま死んでしまいました。

「ああ、おらにはもう馬が一匹もねえだ！」と小クラウスは、おいおい泣き出しました。やがて、小クラウスは馬の皮をはいで、それを風に当ててよくかわかしました。それから、それを袋に入れて、肩にかついで、町へ売りに出かけました。

町へ行くには、遠い道を歩かなければなりませんでした。途中には大きな暗い森がありました。そのうえ、天気まで悪くなって、とうとう道に迷ってしまい、本道に出る前に、日が暮れてしまいました。もういまからでは、町へ行くにしても、うちへ引き返すにしても、途中で夜になってしまいます。

ふと見ると、道ばたに、大きな百姓家がありました。窓のよろい戸はしまっていましたが、上のすき間からあかりがもれていました。そうだ、あそこで、一晩とめてもらえるだろう。こう小クラウスは考えて、そこへ行って戸をたたきました。

お百姓のおかみさんが戸をあけました。ところが、小クラウスの頼みを聞きますと、いま主人が留守で、知らない人はとめられないから、よそへ行ってください、と言いました。

「それじゃ、そとで寝なきゃなんねえだ。」と小クラウスは言いました。おかみさんは、戸をぴしゃりとしめてしまいました。

さて、百姓家のすぐそばに、大きな乾草の山がありました。そして、それと母屋《おもや》との間に、屋根の平たいわらぶきの小さい納屋《なや》がたっていました。

「あの上なら寝られそうだぞ。」と小クラウスは、その屋根を見て言いました。「きっと、すばらしい寝床になるだろう。まさかこうのとりだって、おりて来て、おいらの足を突つきゃしめえ。」なるほど、生きているこうのとりが一羽、屋根の上に立っていました。そこに巣をつくっていたのです。

さて、小クラウスは納屋《なや》の上にはい上がって横になりました。そして、寝心地をよくしようと、向きをかえました。すると、窓の木のよろい戸の上の方がよくしまっていなかったものですから、そこから部屋の中が、まる見えでした。

部屋には、大きなテーブルが出してあって、その上にぶどう酒と焼肉とうまそうなおさかながならべてありました。そして、さっきのおかみさんと、教会の役僧とがテーブルについていました。そのほかには、だれもいません。おかみさんは、役僧におしゃくをしていました。役僧はおさかなをうまそうにたべていました。この人は、おさかなが大好きだったのです。

「少しでもいいから、分けてくんねえかなあ。」と小クラウスは言いながら、窓の方へもっと首をのばしました。おや！　驚いた！　おいしそうなお菓子まであるじゃありませんか。いやはや、たいしたごちそうです！

その時、だれかが馬に乗って、街道から家の方へ来るのが聞こえました。それはおかみさんのご主人が、家《うち》へ帰って来るところだったのです。

この人はたいそういい人でした。けれども、役僧の顔を見るのが何よりもきらい、という変な癖がありました。目の前に役僧が現われようものなら、まるで気が狂ったようになるのでした。じつは、そういうわけで、この役僧は、主人が留守だと知って、おかみさんに、こんにちは、を言いに来たのです。そして、親切なおかみさんの方でも、ありったけのごちそうを出したのでした。二人は、ご主人の足音を聞くとびっくりしました。おかみさんは、役僧に、すみにある大きな箱の中にかくれてくださいと頼みました。役僧は、言われたとおりにしました。なぜなら、ご主人は自分の顔を見るのが大きらいだということをよく知っていたからです。おかみさんは、大いそぎで上等のごちそうやお酒をパン焼かまどの中にかくしました。もしご主人に見られたら、これはいったいどうしたわけだと、きかれるにきまっているからです。

納屋《なや》の上にいた小クラウスは、ごちそうが消えてしまったのを見て「やれ、やれ！」とため息をつきました。

「だれだい、そんなところにいるのは！」とお百姓は声をかけて、小クラウスの方を見ました。「なんで、そんなところに寝てるんだね？　それよりか、わしといっしょに、うちん中へはいんなせえ。」

そこで、小クラウスは、道に迷ったことを話して、一晩とめてもらいたいと頼みました。

「ああ、いいとも！」とお百姓は言いました。「だが、まず、何か食わなくちゃならねえ。」

おかみさんは、いそいそと二人を迎えました。そして、長いテーブルにテーブル掛けをかけて、大きなお皿《さら》におかゆを入れて出しました。お百姓は、お腹《なか》がすいていたので、おいしそうにたべました。けれども、小クラウスは、さっきのおいしそうな焼肉や、おさかなや、お菓子が、パン焼かまどの中に、はいっていることを、知っているものですから、どうしてもそれを思い出さずにはいられませんでした。

さて、テーブルの下の自分の足もとには、馬の皮を入れた袋がおいてありました。なぜって、皆さん、小クラウスは、それを町で売ろうと思って、わざわざ出かけて来たのじゃありませんか。ところで、おかゆは、いっこうおいしくないので、小クラウスは、この袋を踏んづけました。すると、袋の中のかわいた馬の皮が、ギュー！　と大きな音をたてました。

「しっ！」と小クラウスは、袋に言いました。けれども、同時にもう一度袋を踏んづけました。こんどは前よりも大きく、ギュー！　と鳴りました。

「おや、おめえさん、その袋の中には何がはいってるだね？」とお百姓がききました。

「なに、こいつは魔法使でさあ！」と小クラウスは言いました。「こいつの言うにゃ、わしらは、かゆなんか食うには及ばねえと。かまどの中に焼肉やら、さかなやら、菓子やら、いっぱい魔法で入れておいたちゅうだ。」

「まさか、そんなことが！」とお百姓は言って、さっそくかまどをあけて見ました。すると、おかみさんがかくしておいたごちそうがそっくり見えました。主人は、袋の中の魔法使が、自分たちのために魔法で入れておいてくれたんだと思いました。おかみさんは、何も言うわけにいかず、さっそくごちそうをテーブルにならべました。そこで、二人は、おさかなも、焼肉も、お菓子も、残らずたべてしまいました。すると、小クラウスはまた袋を踏んづけましたので、馬の皮が、またもやギュー！　と鳴りました。

「こんどはなんと言ってるかね？」とお百姓はききました。

「魔法使の言うにゃ、わしらのために、ぶどう酒も三本出しておいたとさ。そいつは、かまどのうしろのすみっこにあるってよ。」と小クラウスは言いました。そこで、おかみさんは、かくしておいたぶどう酒も持って来なければなりませんでした。お百姓はそれを飲むと、すっかりいい気持ちになりました。そして、小クラウスが袋の中に持っているような魔法使がほしくてほしくてなりませんでした。

「その魔法使は、悪魔なんかも出せるかね？　おらあ、とてもいい気持ちだ。一つ悪魔ってものを、見てえもんだ！」

「ようがす」と小クラウスは言いました。「おらの魔法使は、おらの言うことならなんでもきくだ。なあ、そうだろう？」こう言いながら、袋を踏んづけましたので、袋はギュー！　と音を立てました。「ほら、聞いたかね？　はい！　と言ったろう。だが、悪魔ってやつはとてもいやな面《つら》しているだ。見るがものはねえだよ。」

「いんや、おれはちっとも、こわくねえぞ！　いったいどんな面しているだね？」

「そうさね、悪魔め、役僧そっくりのかっこうで出るとよ。」

「ひゃあ！　そいつは、かなわねえ。おめえさん、おれはね、もとから、役僧の顔を見るとがまんがなんねえだ。だが、かまうことはねえ。悪魔だってことがわかってるだもの、こっちもそのつもりでいらあ。さあ、矢でも鉄砲でも持って来い！　だが、あんまりおれの近くによこすなよ！」

「そうだな、ちょっくら、魔法使にきいてみるだ。」小クラウスはこう言って、袋を踏んづけて、耳をすましました。

「なんと言ってるかね？」

「やつの言うにゃ、むこうへ行ってすみっこにある箱をあけろって。そうすりゃ、その中に悪魔がしゃがんでるのが見えるとよ。だがね、ふたをしっかりおさえて、逃さねえようにしなせえ。」

「おめえさんも、手つだって、ふたをおさえていてもらいてえ。」お百姓はこう言いながら箱のところへ行きました。その中には、おかみさんにかくしてもらった、ほんものの役僧がぶるぶる震えてすわっていました。

お百姓は、ふたを少しばかりあけて、中をのぞきましたが、「ひゃあー！」と叫んで飛びのきました。「ほんとだ！　見たとも。うちの知り合いの役僧にそっくりだ。いやまったく、おっそろしいこった！」

こうなっては、また、お酒を飲まずにはいられませんでした。そこで、二人は、夜おそくまで飲みつづけました。

「ぜひとも、その魔法使を、おらに売ってくんなせえ。」とお百姓は言いました。「そのかわり、おめえさんのほしいものは、なんでもやるだ。そうだ、いますぐ、大枡《おおます》にいっぺえ、お金をあげるだ。」

「いいや、それはできねえ。」と小クラウスは言いました。「まあ、考えてもみなせえ。この魔法使のおかげで、おらがどんなに調法しているかをよ。」

「そうかのう。だけど、おら、やっぱりほしくてなんねえだ。」こう言ってお百姓は、なおもせがみました。

「よかろう！」と小クラウスはとうとう言いました。「あんたは親切だし、今夜もこうして宿をかしてくれただから、そういうことにしますべえ。大枡《おおます》にいっぺえのお金で、この魔法使をあげますさ！　だが大枡に山盛りでなくちゃ、いやだよ。」

「いいとも。」とお百姓は言いました。「だが、あそこの箱も、いっしょに持ってってくんなせえ。おらもう、一時間とあれをうちに置いとくのはいやだ。あいつが、まだあの中にいるかも知んねえもの。」

小クラウスはお百姓に、かわいた馬の皮のはいっている袋をやって、大きな枡に山盛りのお金を受けとりました。ご主人はおまけに、お金と箱を運ぶために、荷車までくれました。

「さよなら！」と、小クラウスは言って、お金と、役僧がまだ中にはいっている大きな箱をのせた荷車を引いて出かけました。

森をぬけると、そこに大きな深い川がありました。流れが急で、とうてい泳いで渡ることはできないので、大きな新しい橋が、かけてありました。小クラウスは橋のまん中まで来て立ち止りました。そして、箱の中の役僧にも聞こえるような大きな声で言いました。

「こんな役にもたたねえ箱なんか持っていって、どうするだ！　石でもへえっているみたいに重くてしようがねえ。まだこの先ひっぱって行ったら、こっちがまいっちまうだ。いっそ、川ん中へほうり込んでしまえ。おらのうちの方へ流れて来たらお慰みだ。流れてこなくたってかまうことはねえ。」

こう言って片手を箱にかけて、今にも川の中へほうり込もうとするように、すこし持ち上げました。

「おい、おい、待っておくれ！」と、箱の中の役僧が叫びました。「どうかわしを出してくだされ。」

「ひゃあー！」と、小クラウスは、さもびっくりしたように言いました。「やつは、まだ中にいるんだな、早く川の中へほうり込んでおぼらしちまえ。」

「おい、おい！　じょうだんじゃない。」と役僧は叫びました。「どうか出しておくれ。わしも大枡《おおます》にいっぱいお金をあげるから。」

「なるほど、そうなりゃ、話はべつだて。」と小クラウスは言って、箱のふたをあけました。役僧はすぐはい出て来て、から箱を川の中へつき落としました。そして、うちへ帰って、小クラウスに大枡にいっぱいのお金をやりました。前にお百姓から大枡にいっぱいもらっていましたから、もう荷車がお金でいっぱいになりました。

「見な。あの馬がいい金になったものだなあ。」小クラウスは、うちへ帰って、部屋の中にお金を山のように積み上げながら、こうひとり言を言いました。「たった一匹の馬から、おらがこんな金持ちになったと聞いたら、大クラウスのやつ、さぞ気を悪くするだろうな。こいつはありのままを、聞かせるわけにはいかねえぞ。」

さて、小クラウスは、大きな枡を借りに、小僧を大クラウスのところへやりました。

「この枡で、いったい、何をする気だろう？」と大クラウスは思って、枡の底にタールを塗りました。こうしておけば、枡ではかった物がきっと少しは底にくっついてくるだろう、と思ったからです。枡が返ってきたとき見ると、案のじょう、新しい八シリング銀貨が三つも底にくっついていました。

「こりゃ、どうしたってことだ。」と、大クラウスは驚いて言いました。そして、すぐ小クラウスのところへ駆けつけました。「どこから、こんなにたくさん、金を持って来ただ？」

「なあに、馬の皮の代金よ。ゆうべ売って来たんだ。」

「そいつは、うまいもうけをしたもんだな。」と大クラウスは言いました。そして、急いでうちへ帰ると、斧《おの》を取り出して、自分の馬を四頭とも、鼻づらを打って殺しました。それから、皮をはいで、それを持って町へ行きました。

「皮や、皮！　皮のご用はありませんか！」と町じゅうを呼んで歩きました。

靴屋や革屋がみんな走って来て、値段をたずねました。

「一枚について、大枡《おおます》いっぺえのお金をくだせえ。」と、大クラウスは言いました。

「おまえさん、気でも狂ったのか。」とみんなはどなりました。「おれたちが、枡ではかるほど、金を持ってると思ってるのか。」

「皮や、皮や、皮はようござい！」と、またもや、大クラウスは呼ばわって歩きました。けれども、みんなに値段を聞かれると、きまって「大枡にいっぺえのお金！」と答えました。

「こいつは、おれたちをからかう気だな。」とみんなは言いました。そして、靴屋は革ひもを、革屋は革前だれをとって、それで大クラウスをなぐりはじめました。

そして「皮や、皮や！」と、大クラウスの口まねをしては、「この皮をくれてやるから、赤い小ブタでも、はき出しやがれ！　さあ、こいつを町から追い出してしまえ！」とどなりました。大クラウスは、ほうほうのていで逃げ出しました。いままでこんなにひどく打たれたことは、ありませんでした。

「見てろ！」と、大クラウスはうちへ帰って言いました。「小クラウスめ！　このかたきはきっとうってやるぞ。やつをぶっ殺してやるだ。」

さて、小クラウスの家では、年をとったおばあさんが死にました。このおばあさんは、たいへん気むずかし屋で、小クラウスにとっても、いじわるでしたが、それでも、小クラウスはたいそう悲しみました。そして、死んだからだを、もしや生きかえりはしないかと、自分の暖かい寝床の中へ寝かしました。そして、おばあさんを一晩じゅう寝かせておいて、自分は、前にもよくやったように、すみっこの椅子《いす》にすわったまま、眠ることにしました。

こうして、まっ暗な中にじっとしていますと、戸があいて、大クラウスが、斧《おの》を手に持ってはいって来ました。大クラウスは、小クラウスの寝床のありかをよく知っていましたので、つかつかと、そこへ行って、おばあさんを小クラウスと思って、その脳天をなぐりつけました。

「ざまあみろ！」と大クラウスは言いました。「もう、おめえなんかにばかにされるこっちゃねえぞ。」こう言って、うちへ帰って行きました。

「まったく、ひどいやつだ。」と小クラウスは言いました。「あいつは、おらをぶっ殺そうと思ったんだな。おばばは、死んでて、まだしもよかっただ。さもなけりゃ、あいつはおばばの命をとるところだったんだ。」

さて、小クラウスは、おばあさんに晴れ着をきせると、隣りから馬を一頭借りてきて、それを車につけ、おばあさんをうしろの席にすわらせました。こうして、車が動き出しても、ころげ落ちないようにしました。こうして、車を走らせて、森をぬけて行きました。すると、お日様がのぼったころ、とある一軒の大きな居酒屋の前に来ました。小クラウスは車をとめて、何かたべようと思って中にはいりました。

居酒屋の主人は、たいへんなお金持ちで、また、たいそうよい人でした。ただ、からだの中に、いいこしょうとたばこがいっぱい詰まってでもいるように、ひどいかんしゃく持ちでした。

「お早う！」と主人は小クラウスに言いました。「きょうはまた、早くから、晴れ着なんか着こんで、どこへお出かけかね？」

「なにねえ、おら、ばあさんをつれて町へ行くところよ。ばあさんは、そとの車の中にすわっているだ。部屋の中へつれてくることができねえんだ。ちょっくら、すまねえが、ばあさんに蜂《はち》蜜酒《みっしゅ》を一ぺえ持ってってくれねえかの？　だけどな、耳が遠いから、少し大きな声を出してくんなせえ。」

「ああ、いいとも。」と主人は言いました。そして、大きなコップに蜂蜜酒をついで、車の中にいる死んだおばあさんのところへ持って行きました。

「ほれ、あんたの息子《むすこ》さんが、蜂蜜酒をよこしたよ。」と主人は言いました。けれども、死んだおばあさんは一言も返事をしないで、じっとすわったままでした。――

「聞こえなさんねえかえ？」主人は、こんどはできるだけ大きな声で言いました。「息子さんから、蜂蜜酒《はちみつしゅ》をよこしたよ！」

もう一度、主人は同じことを叫び、それから、また、もう一度。それでも、おばあさんはぴくりともしませんので、とうとう主人はおこってしまいました。そして、コップをおばあさんの顔に投げつけました。すると、おばあさんは、鼻の上に、蜂蜜酒を浴びて、車の中にあおむけに、倒れました。なにしろ、おばあさんはただ立てかけてすわらせてあっただけで、しばってはなかったからです。

「や、や！」と叫んで小クラウスは、戸口から飛び出して、主人の胸ぐらをつかまえました。「てめえは、おらのばあさんを殺したな。見ろやい！　額にでっかい穴があいてるでねえか！」

「ああ、なんちゅう災難だ！」と主人は両手を打ち合わせて、嘆きました。「これもみんな、わしの短気から起こったことだ。なあ、小クラウスさん。わしは、あんたに大枡《おおます》にいっぱいのお金をあげるし、おばあさんも、わしのおばあさんのように、お葬いするから、どうかこのことはないしょにしてくださいよ。さもないと、わしの首がふっ飛んじまうからね。ああ、えらいことになった！」

こうして、小クラウスは大枡にいっぱいのお金を受けとり、居酒屋の主人は小クラウスのおばあさんを、自分のおばあさんのように葬りました。

さて、小クラウスはまたもや、たくさんお金を持ってうちへ帰りました。そして、さっそく、小僧を大クラウスのところへやって、大枡を借りさせました。

「なんだって！」と大クラウスは言いました。「おれは、やつを殺したんじゃなかったのか。

どれ、おれが行って見てやろう。」そこで、自分で大枡を持って、小クラウスのところへ出かけました。

「やれやれ！　どこから、そんなにたくさん、お金を持って来たんだ？」と、大クラウスは、新たにふえたお金をながめて、目をまるくしてたずねました。

「おめえの殺したのは、おらじゃなくて、おらのばあさんだったんだ。」と小クラウスは言いました。「そのばあさんを売って、大枡にいっぺえのお金をもらったのよ。」——

「なるほど、そいつはほんとに、いいもうけをしたな。」と大クラウスは言いました。そして、急いで家に帰ると、斧《おの》を持ち出して、さっそく、自分の年とったおばあさんを打ち殺してしまいました。それから、死骸《しがい》を車にのせて、町に出て、薬種屋の店へ行きました。そして、死んだ人を買わないか、とたずねました。

「それはだれだね。どこで手に入れなすったかね。」と薬種屋はききました。

「うちのばあさんでさ。」と大クラウスは言いました。「大枡いっぺえの金で売ろうと思って、ぶっ殺して来ましただ。」

「とんでもない！」と、薬種屋はびっくりして言いました。「とんでもないことを言う人だ！　そんなことをしゃべるなんて！　おまえさんの首が、ふっ飛んでしまうから！」——そして、薬種屋は、それが、どんなに恐ろしい行いであるか、そういうことをする者が、どんなに悪い人間であるか、そして、どうしたって罰を受けないではすまないことを、くわしく説いて聞かせました。大クラウスはびっくり仰天して、薬種屋の店を飛び出して、車に飛び乗って、馬に鞭をあてて、一目散に家へ逃げ帰りました。薬種屋や、ほかの人たちはみんな、この男は気が狂っているのだと思って、どこへ行こうと、そのままにしておきました。

「この仕返しは、きっとしてみせるぞ。」と、大クラウスは街道に出ると言いました。「やい、小クラウスめ！　このお礼は必ずして見せるぞ。」家に帰るとさっそく、家じゅうで一番大きな袋を出して、それを持って小クラウスの所へ行きました。そして、言いました。「よくもてめえは、また、おらをなぶったな。おら、はじめは馬をぶっ殺すし、こんどは、ばあさんまで殺してしまっただ。これもみんな、てめえのせいだぞ。だが、もう二度と、てめえなんかにばかにされねえぞ。」こう言って小クラウスをつかまえると、袋の中へいれてしまいました。そして、袋を肩にかついで大声で言いました。「さあ、これから出かけて、てめえを土左衛門にしてやるだ。」

川まではだいぶ道のりがありました。それに、小クラウスだって、そう軽くはありません。道は教会のそばを通っていました。教会の中では、オルガンが鳴って、人々が美しい声で歌をうたっていました。そこで、大クラウスは、小クラウスのはいっている袋を、教会の入り口のそばに置きました。そして、ちょっと中にはいって、賛美歌を聞いて、それからさきへ行こう、と考えました。なぜって、小クラウスは、ひとりで袋の中から出ることはできませんし、人々は皆、教会の中にいたからです。こうして、大クラウスは、教会の中へはいって行きました。

「ああ、ああ！」と、小クラウスは袋の中でため息をつきました。そして、しきりに、からだを、あちこちねじってみましたが、ひもをゆるめることは、どうしてもできませんでした。その時、雪のように白い髪をした年寄りの牛追いが、長い杖《つえ》をついてやって来ました。牛追いは、牝《め》牛《うし》や牡牛《おうし》の群れを追って来たのですが、その牛たちが、小クラウスのはいっている袋にぶつかったので、袋が倒れました。

「ああ、ああ！」と小クラウスはため息をついて言いました。「おら、まだこんな若いのに、もう天国に行かなきゃなんねえのか。」

「なんの、可哀そうなのは、このわしじゃ！」と牛追いは言いました。「こんな年をとっているのに、まだ天国へは行けないのだ。」

「袋の口をあけてくんなせえ！」と小クラウスは叫びました。「おらの代わりに、この中にはいりせえすりゃ、すぐ天国へ行けるがね。」

「うん、それはありがたいことじゃ！」と牛追いは言って、袋の口をあけました。小クラウスは、すぐ中から飛び出しました。

「お前さん、牛の世話をみてくれるかね？」と言いながら、老人は袋の中へはいこみました。小クラウスは、その口をしめると、牝牛と牡牛とをみんなつれて、行ってしまいました。

間もなく大クラウスは教会から出て来ました。そして、袋を肩にかつぎました。すると、袋がたいへん軽くなったような気がしました。そのはずです。年とった牛追いは、小クラウスのたった半分ぐらいしか目方がなかったんですから。「なんて軽くなったんだ。これもやっぱり、賛美歌を聞いたおかげに違えねえだ。」やがて、大きな深い川へ出ました。そこで、年とった牛追いのはいっている袋を川の中へ投げ込むと、中にはいっているのがてっきり小クラウスだと思っていたので、そのあとから、こう叫びました。「ざまあみろ！　もう、てめえなんかに、ばかにされはしねえぞ。」

こうして、うちの方へ帰っていきましたが、道が十字になっているところまで来ますと、むこうから牛を追ってくる小クラウスに出あいました。

「こりゃ、どうしたってことだ！」と大クラウスは言いました。「おら、おめえを土左衛門にしてやったんじゃなかったか？」

「そうよ！」と小クラウスは言いました。「おら、おめえのために、半時間にもならねえ前、川の中へ投げ込まれたんだ。」

「だが、いったいどこでおめえは、そんなりっぱな牛を手に入れたんだ？」と大クラウスはたずねました。

「こりゃ海牛ちゅうものだよ！」と小クラウスは言いました。「おれはおめえにすっかり話をして、おめえに礼を言いてえだ。なぜって、おめえに土左衛門にされたおれが、こうしてまた、あがってきて、その上えらく金持ちにもなっただからな！――袋の中にいた時は、ほんとにこわかったぞ。おめえが橋の上から、おらを冷たい水の中におっぽり込んだ時は、風が耳のそばを、ひゅうひゅう鳴りやがってね。おら、まっすぐ川の底に沈んだだ。けれど、どこもぶちはしねえだ。川の底には、柔らかなきれいな草が一面に生《は》えていたからね。その草の上に、おら、落っちたんだ。するとすぐ、袋の口が開いてね、見ると、おめえ、まっ白な着物をきて、ぬれた髪の毛に、緑いろの冠をかぶったそりゃきれいな娘さんがね、おらの手をとって言うでねえか。『あなたが小クラウスさんですの？　さっそくですが、牛を二三四、さしあげましょう。この道を一マイルばかり行きますと、また一群の牛がおりますが、それもあなたにさしあげましょう。』――そこで、あたりを見まわすと、なるほど、川だと思ったのは、海の人の大きな街道なんだ。この川の底をな、海から来た人たちが、歩いたり、馬車を走らせたりしていた。そうやって、陸地のずっと奥まで、川がおしまいになるところまで行くんだとよ。あたりのきれいなことといったら、どっちを向いても、一面に花や青々とした草でいっぱいなんだ。水の中を泳いでいる魚は、ちょうど、空の鳥のようにおらの耳のあたりを、すいすいとすべって行くんだ。なんというきれいな人たちだっけ！　土手や生垣なんかで、草を食ってた牛の、なんちゅうみごとなもんだったけよ！」

「だが、どうしておめえは、すぐまた、戻って来たんだ？」と大クラウスはたずねました。「川の底が、そんなにきれいなら、おらだったら、戻っては来ねえがね。」

「それ、そこが頭のはたらきってものよ。」と小クラウスは言いました。「さっきも言ったとおり、海の娘さんのいうにゃ、この道を一マイルばかり行くと――道というのは、つまり、川のことよ。なぜって、川のそとへは行けやしねえんだから――一マイルばかり行くと、また一群の牛がいて、それもおらにくれる、とこう言うんだ。だがね、おら、ちゃんと知ってるだ。川というやつは、あっちゃこっちで、曲がりくねっていて、おっそろしくまわり道なものよ。だから、いったん、陸へ上って、そこを横ぎって、また川に出たら、よっぽど近くなるだ。どうしたって半マイルは助かるし、そのうえ、おいらの牛のところへも、それだけ早く行けるっていうもんだ。」

「うん、ほんとにおめえは運のいいやつだ！」と大クラウスは言いました。「おらも、川の底へ行ったら、海牛がもらえるだろうか？」

「うん、そう思うがねえ。」と小クラウスは言いました。「だが、おら、おめえを袋に入れて、川まで運ぶことはできねえだ。おめえは重すぎるもの。だから自分でそこまで歩いて行って、袋の中へはいってくれるなら、おら、喜んでおめえを投げ込んでやるだよ。」

「そいつはありがてえ！」と大クラウスは言いました。「だが、もし下へ行って海牛が一匹ももらえなかったら、こんどこそ、うんとぶんなぐられるものと思っていろよ。いいか。」

「お願いだ、そんなひどいことはしないでもらいてえ。」やがて、二人は川へ出ました。すると、のどのかわいていた牛が、水を見ると、一散に水ぎわにおりて行きました。

「見なせえ、やつらの急いで行くこと。」と小クラウスは言いました。「もう一度、川の底へ帰りたがって、やきもきしているだ。」

「そんなことは、どうでもいいから、早くおらに手を貸しな。」と大クラウスは言いました。「でないと、痛い目にあわすぞ！」こう言いながら、牡牛《おうし》の背に、乗せてきた大きな袋の中にもぐり込みました。「石を一つ入れてもらいてえ。ちゃんと沈まねえと、いけねえもの。」と大クラウスは言いました。

「なに、だいじょうぶさ。」と、小クラウスは言いました。けれども、やっぱり、大きな石を袋の中に入れて、口をしっかりと結びました。それから、ぐいと一押し押しました。ドブン！　と大クラウスは川に落ちて、たちまち、底に沈んでしまいました。

「あいつには、やっぱり、牛は見つかりっこねえさ！」と小クラウスは言いました。そして、自分の牛を追い追い、うちへ帰って行きました。

エンドウ豆の上に寝たお姫様

むかしむかし、一人の王子がいました。王子はお姫様を、お妃《きさき》に迎えたいと思っていました。けれども、それはほんとうのお姫様でなければなりません。そこで、王子は、世界じゅうを旅してまわって、そういうお姫様を捜しました。ところが、どこへ行っても、なにかしらん、工合のわるいところがありました。なるほど、お姫様はいくらもいましたが、さて、それがほんとうのお姫様かどうかとなりますと、どうも、よくわかりませんでした。いつもどこかに、なんだかへんだと思われるところがありました。こうして、王子はがっかりして国へ帰り、ひどく悲しい気持ちになりました。なぜなら、王子は、どうかして、ほんとうのお姫様をお妃に迎えたいと、願っていたからです。

ある晩のことでした。ひどいあらしになりました。稲妻《いなずま》が光り、雷がなって、雨が滝のように降ってきました。まったく、すさまじい晩でした。その時、お城の門を、トントンとたたくものがありました。そこで、お年寄りの王様が、門をあけに出て行かれました。

門のそとに立っていたのは、一人のお姫様でした。ところが、可哀そうに、雨とあらしのために、なんという姿をしていたことでしょう! 雨水は、髪の毛や着物からしたたり流れ、靴《くつ》のつまさきからはいり、かかとから流れ出るしまつでした。それでも、そのお姫様は、わたくしはほんとうのお姫様です、と言うのでした。

「そうね。どうせわかることです。」と、お年寄りのお妃はお考えになりました。けれども、そのことはなにもおっしゃらずに、寝室におはいりになりました。そして、ふとんをみんなとりのけて、ベッドの上に、一粒のエンドウ豆をおきました。それから、敷きぶとんを二十枚も持ってきて、そのエンドウ豆の上に重ねました。それから、もう、二十枚やわらかなケワタガモの羽ぶとんを持ってきて、その敷きぶとんの上に重ねました。

こうして、お姫様はその夜、その上で寝ることになりました。

朝になって、寝ごこちはいかがでしたか、と、お姫様はきかれました。

「ええ、とてもひどい目にあいましたわ。」と、お姫様は言いました。「一晩じゅう、まんじりともしませんでしたわ。いったい、寝床《ねどこ》の中には何がはいっていたのでしょう。なんだか、堅いものの上に寝たものですから、からだじゅう、赤く青く、あとがついてしまいました。ほんとうに、恐ろしい目にあいましたこと。」

そこで、これこそほんとうのお姫様だということが、わかりました。なにしろ、二十枚の敷きぶとんと、二十枚のケワタガモの羽ぶとんの下にあるエンドウ豆が、からだにこたえたというのです。こんなに感じのこまかい人は、ほんとうのお姫様よりほかにあろうはずがありませんもの。

王子は、このお姫様をお妃《きさき》に迎えました。とうとう、ほんとうのお姫様が見つかったからです。

そして、エンドウ豆は博物館におさめられました。もし、だれかが持っていきさえしなければ、いまでもそこで見られるはずです。

ね、だからこれはほんとうにあったお話なんですよ！

小さいイーダの花

「あたしの花が、可哀そうに、すっかり死んでしまったわ。」と小さいイーダが言いました。「ゆうべは、そりゃきれいだったのよ。それが、いまはこんなに、花びらがしおれて、ぐったり頭をたれてるのよ。どうしてなの？」イーダは、ソファーに腰かけている学生さんにこうたずねました。小さいイーダは、この学生さんが大好きでした。学生さんはいつも、面白いお話をしてくれました。また、紙を切りぬいて、ハート形の中で小さい女の人がダンスをしているところとか、花とか、戸をあけたてできるお城とか、いろいろ面白い形を作ってくれました。ほんとうに、愉快な学生さんでしたよ！「ね、どうしてきょうは、花がこんなに元気がないの？」とイーダは、もう一度ききながら、すっかりしおれてしまった花たばを見せました。

「ああ、イーダちゃんにも、花になにかあったことがわかるでしょう。」と学生さんは言いました。「この花たちはね、ゆうべ舞踏会へ行っていたんだよ。それで、きょうは頭をぐったりさせているのさ。」

「だって、花はダンスなんかできないわ。」とイーダは言いました。

「ところが、できるのさ。」と学生さんは言いました。「あたりが暗くなって、僕たちがみんな寝てしまうと花たちは、面白そうに飛びまわるんだよ。ほとんど毎晩のように、舞踏会をひらいてさ。」

「その舞踏会へは、子供は出られないの？」

「出られるとも。」と学生さんは言いました。「ちっちゃなヒナギクやスズランだって。」

「一番きれいな花は、どこでおどるの？」とイーダはたずねました。

「イーダちゃんは、これまで幾度も、町の門のそとにある、大きなお城へ行ったことがあるでしょう。そら、夏になると王様がお住まいになるお城さ。あそこにたくさん花の咲いているきれいなお庭があるね。お池もあって、白鳥がいたでしょう。イーダちゃんが、パンのかけらをやると、みんなイーダちゃんの方へ泳いで来たね。あそこだよ、あそこには、たしかに舞踏会があるのさ。うそじゃないよ！」

「あたし、きのう、お母さんと、あそこのお庭へ行ったわ。」とイーダは言いました。「でも、葉がみんな木から落ちてしまって、花なんか一つもなかったわ。どこへ行ってしまったんでしょう。夏行った時は、あんなにたくさんあったのに。」

「みんな、お城の中にはいっているんだよ。」と学生さんは言いました。「イーダちゃんも知ってなけりゃいけないよ。王様が宮中のお役人をおつれになって、町へお帰りになると、花たちはさっそく、お庭からお城の中へ駆けこんで、そこで遊ぶんだよ。イーダちゃんに一度、見せてあげたいよ！　なかでも一番美しいバラの花が二つ、玉座にすわって、王様とお妃様《きさきさま》になるの。赤いケイトウが、ずらりと両側にならんでおじぎをするよ。これがお付きの公達《きんだち》さ。――そこへきれいな花が、ぞろぞろはいってくる。いよいよ、大舞踏会だ。青いスミレは可愛らしい海軍の士官候補生で、ヒヤシンスやサフランに、お嬢さん！　と呼びかけて、いっしょにダンスをはじめる。チューリップと大きな黄いろいユリ、これはお年寄りの奥様がたで、みんながダンスを上手《じょうず》におどって、舞踏会がうまくいくように、気をくばっているんだよ。」

「でも、王様のお城の中で、おどったりして、だれにもなんとも言われないの？」とイーダはたずねました。

「それは、ちゃんとその場を見た人がないもんだから。」と学生さんは言いました。「もっとも、夜になると、ときどき、年とったお城の番人が、大きな鍵《かぎ》たばをがちゃつかせて、見まわりに来ることはあるさ。けれども、その鍵の音が聞こえると、花たちはすぐひっそりとなって、長いカーテンのうしろに隠れてしまうの。そして、顔だけ出してのぞいているんだよ。『ここは、花の匂《にお》いがぷんぷんするわい！』と年とった番人は言うけれども、何も見えやしないんだ。」

「まあ、おかしい！」と、小さいイーダは、手を打って言いました。「そんなら、あたしにも、花は見えないかしらん？」

「見えるよ。」と学生さんは言いました。「こんどあそこへ行ったら、忘れないで窓からのぞいてごらん。きっと見えるから。僕がきょうのぞいたらね、すらりとした黄いろいスイセンがソファーに、ながながと横になっていたっけ。よく見たら女官だったよ。」

「植物園の花も行くの？　そんなに遠い道を行くことができるの？」

「もちろんさ！」と学生さんは言いました。「もし行きたいと思えば、飛んで行かれるんだものね。イーダちゃんは、きれいな蝶々《ちょうちょ》を見たことがあるだろうね。赤いのや、黄いろいのや、白いのや、まるで花のようだね。ところが、じつは、もとはあれは花だったんだよ。花が茎のさきから離れて空高く飛び上がって、花びらを小さい翼のように動かすと、それで空中にうかぶのさ。上手《じょうず》に飛べるようになると、昼間もそこらを飛んでいいというお許しが出て、うちへ帰って茎の上にすわっていなくてもよいことになるの。こうして、花びらは、とうとうほんとの羽になってしまうんだよ。イーダちゃんが見るのは、それなのさ。けれども、植物園の花は、ことによったら、まだ一度も王様のお城へ行ったことがないかも知れないね。そしてお城で毎晩、そんな面白いことがあるのを知らないかも知れないよ。だから僕、イーダちゃんに、いいことを教えてあげよう。お隣りの植物の先生ね――イーダちゃんも知っているでしょう――あの先生がきっとびっくりなさるよ。こんど先生のお庭へ行ったら、どれか一つの花に、お城で大舞踏会があると言ってごらん。すると、その花が、ほかの花にしゃべって、みんなで飛んで行ってしまうよ。先生がお庭に出てみると、花が一つもないってわけだ。いったい、花たちは、どこへ行ったんだろう、先生にはさっぱりわからないだろうな。」

「でも、どうして花はお互いにお話ができるの？　花はものが言えないじゃないの。」

「そりゃ、もちろん、おしゃべりはできないさ。」と学生さんは答えました。「けれども、お互いに身ぶりでわかるんだよ。イーダちゃんも見て知ってるでしょう、風が少し吹くと、花がうなずいたり、緑の葉が一度に動いたりするね。あれが、花たちが話をしている、何よりの証拠さ。」

「植物の先生にも、その身ぶりの言葉がわかるの？」とイーダはたずねました。

「いうまでもないさ。ある朝のこと、先生がお庭に出るとね、大きなイラクサが、美しい赤いカーネーションに、葉でもって身ぶりをしていたんだって。イラクサの言うには『君はなんて可愛らしい花でしょう。僕は君が好きになったよ。』ところが、先生はそんなことがとてもおきらいなものだから、すぐイラクサの葉をぶったんだ。葉は、イラクサの指だからね。すると、急に先生の手がひりひりして来たんだよ。それからというもの、先生は、イラクサには手をふれないことにしているんだって。」

「まあ、おもしろいわねえ！」と、小さいイーダは言って笑いました。

「そんなことを、子供に教えるやつがあるもんか。」と、その時、ちょうど訪問に来てソファーに腰かけていた気むずかし屋のお役人が口をはさみました。このお役人は、学生さんがきらいで、面白いおどけた絵を切り抜いているのを見ると、いつもぶつぶつ、こごとを言いました。その絵というのは、たとえば、手に心臓を持って絞首台にぶらさがっている男、これは心の盗人でした。または、箒《ほうき》に馬乗りになって、亭主《ていしゅ》を鼻に引っかけている年とった魔女、といったようなものでした。お役人はそういうものが大きらいでしたから、いまと同じようにいうのでした。「そんなことを子供に教えるやつがあるものか。そんなばかばかしいでたらめを！」

けれども、小さいイーダには、学生さんがしてくれた花のお話は、ほんとうに面白く思われました。そして、幾度もそのことを考えてみました。花たちがぐったり頭をたらしているのは、ゆうべ、一晩じゅう、ダンスをしてくたびれたからです。きっと、病気かも知れません。そこで、イーダは、花たばを抱きかかえて、おもちゃたちのいる所へ行きました。みんなは、きれいな小さいテーブルの上にならんでいました。引出しの中も、たからものでいっぱいです。お人形のベッドには、お人形のソフィーが寝ていました。そこで、イーダはソフィーにこう言いました。「ソフィーちゃん。さあ、起きてちょうだい！　そして今夜はがまんして、引出しの中で寝てちょうだいね。花がね、可哀そうに病気なのよ。だから、お前のベッドで寝かせてやりたいの。そうすれば、きっとまたよくなると思うのよ！」こう言いながら、イーダは、人形を取り出しました。人形はたいそう不平らしい様子で、ひと言も返事をしません。自分の寝床を取り上げられたものですから、おこっていたのです。

さて、小さいイーダは、花を人形のベッドに寝かすと、小さい掛けぶとんを、すっぽりかけてやりました。そして「おとなしくお寝んねするのですよ。すぐ、お茶をこしらえてあげますからね。そうしたら、あしたは、もうよくなって起っきできるようになりますよ。」と、言いました。それから、小さいベッドのまわりにカーテンを引いて、朝になってお日様の光が目にあたらないようにしてやりました。

その晩はずっと、イーダは、学生さんから聞いたお話のことばかり思い出していました。そのうちに、イーダの寝る時がきましたので、寝る前に、ちょっと窓の前にたれているカーテンのうしろをのぞいて見ました。そこには、お母様の美しい花がならんでいました。ヒヤシンスやチューリップもありました。そこで、イーダは、小さい声でそっと「あなたたち、今夜舞踏会に行くんでしょう。あたし、ちゃんと知っててよ。」とささやきました。けれども、花たちは何もわからないようなふりをして、葉一つ動かしませんでした。でも、小さいイーダは、自分の言ったとおりにちがいない、と思っていました。

ベッドにはいってからも、しばらくは寝たまま、王様のお城できれいな花たちがダンスをしているのが見られたら、どんなにいいだろうと、そればかり考えていました。「あたしの花たちは、ほんとにあそこへ行ったかしらん?」けれども、そのうちに、イーダは眠ってしまいました。夜なかに一度、目がさめました。花のことや、でたらめばかり教えると言ってお役人に叱《しか》られた学生さんのことを、夢に見ていたのです。イーダの寝ている部屋は、しいん、と静まりかえっていました。寝室ランプがテーブルの上で燃えていました。お父様もお母様も眠っていらっしゃいました。

「あたしの花は、今ごろソフィーちゃんのベッドでよく寝ているかしらん?」と、イーダは、ひとり言を言いました。「どうしているかしらん。心配だわ。」そこで、からだを少し起こして、少しあいているドアの方を見ました。そのむこうに、花やおもちゃがみんな置いてあるのでした。耳をすますと、中でだれかがピアノをひいているようです。ごく低い音ですが、いままで聞いたこともないくらい、美しい音でした。

「きっといま、花たちがみんなで、ダンスをしているのだわ。ああ、あたし、見たいわ！」とイーダは言いました。けれども、お父様とお母様が目をさますかも知れないので、起きるわけにはいきません。「みんな、こっちへはいって来てくれるといいのに。」とイーダは言いました。けれども、花たちは、はいっては来ません。しかも、音楽はあいかわらず美しく鳴りつづけています。もう、どうしても、がまんができなくなりました。それほど、その音楽はすばらしかったのです。とうとうイーダは、そっと小さいベッドからぬけ出て、静かにドアのところへ行って、部屋の中をのぞきました。まあ！　イーダの見たのは、なんという面白い光景だったでしょう！

その部屋には、寝室ランプは一つもありませんでした。それなのに、たいへん明るくて、まるで昼間のようでした。お月様が窓からさし込んで、ゆかのまんなかまで照らしていました。ヒヤシンスとチューリップとが残らず、ゆかの上に二列にならんでいました。窓には、もう、花は一つもなくて、からっぽの植木鉢《うえきばち》ばかりが立っていました。ゆかの上では、花がみんなそろって、それはそれは可愛らしく、ぐるぐるお互いのまわりをまわりながら踊っていました。そして、長い鎖の形になって、ひらりとまわりながら、長い緑の葉と葉をつなぎ合わせて、みごとな輪をつくりました。ピアノにむかっているのは、大きな黄いろいユリの花でした。それはたしかに、小さいイーダが、この夏見たユリの花に違いありません。なぜなら、あのとき学生さんが言った言葉が頭に浮かんで来たからです。「おやおや！　あのユリの花はリーネさんにそっくりじゃないか！」その時は、学生さんは皆に笑われましたが、いま見ますと、この黄いろい長い花はほんとうに、あのお嬢さんに似ているように思われました。ピアノのひき方までが、お嬢さんにそっくりです。長めの黄いろい顔を一方にかしげるかと思えば、また反対の方にかしげて、美しい音楽に拍子を合わせていました。だれも、小さいイーダのいるのに、気のつくものはありませんでした。そこで、なおも見ていますと、大きな青いサフランが、おもちゃののっているテーブルの上に飛び上がりました。そして、つかつかと、お人形のベッドのところへ行って、カーテンを引きました。そこには、病気の花が寝ていました。花たちはすぐからだを起こして、下にいる花たちに、いっしょに踊りたいというように、うなずいて見せました。下くちびるのかけているおじいさんの煙出し人形が、立ち上がって、このきれいな花たちにむかっておじぎをしました。花たちは、もう少しも病気らしい様子はなく、さっそくお友だちのなかへ飛びおりて、いかにもうれしそうにしていました。

その時、何かテーブルから落ちたような音がしました。イーダがそちらを見ますと、それは謝肉祭の笞《むち》*が飛びおりたのでした。自分もやはり花の仲間のつもりらしいのです。これも、たいそうめかしこんで、頭には、小さい蠟人形《ろうにんぎょう》が、例のやかまし屋のお役人そっくりの、つばの広い帽子をかぶっていました。謝肉祭の笞は、赤く塗った木の三本足で花たちの間を、とんとんと飛んで歩きました。その音といったらありません。なにしろマズルカを踊っていたのですから。このダンスは、ほかの花にはできませんでした。なぜなら、みんなはからだが軽くて、そんなふうにゆかをとんとんと踏むことはできないからです。

その時、謝肉祭の笞の頭にすわっていた蠟人形が、にわかに大きく長くなりました。そして、紙で造った花の上でぐるぐるまわりながら「そんなことを子供に教えるやつがあるものか。そんなばかばかしいでたらめを！」とどなりました。その様子は、色の黄いろいところといい、がみがみ口やかましいところといい、つばの広い帽子をかぶったお役人にそっくりでした。ところが、紙の花が、そのやせこけた脚《あし》をぶちますと、見る見るうちに、ちぢこまって、もとのちっぽけな蠟人形《ろうにんぎょう》になってしまいました。その様子の、おかしいことといったら！　小さいイーダも、思わず笑い出してしまいました。謝肉祭の笞《むち》があいかわらず踊りつづけていますので、お役人は、いやでもいっしょに踊らなければなりませんでした。大きく長くなって、いばってみても、大きな黒い帽子をかぶった小さな黄いろい蠟人形のままでいても、どっちにしても何のやくにも立ちませんでした。そこで、花たちが、中でもお人形のベッドに寝ていた花が、お役人のために頼んだので、謝肉祭の笞もやっと踊りをやめました。ちょうどその時、イーダのお人形のソフィーが、ほかのいろいろのおもちゃといっしょにはいっていた引出しの中で、こつこつと、だれかが強くたたく音がしました。煙出し人形がテーブルの端まで走って行って、腹ばいになり、引出しを少しあけて見ました。すると、ソフィーが立ち上がって、あたりを不思議そうに見まわしました。そして「まあ、舞踏会じゃないの。どうして、だれもわたしに言ってくれなかったの。」と言いました。

「わしといっしょに、踊ってくれんかね？」と、煙出し人形が言いました。

「ふん！　お前さんと踊ったら、さぞ似合うでしょうよ。」こう言って、ソフィーはくるりとむこうを向いてしまいました。そして、引出しの上に腰をおろして、花の中でだれかが来て、ダンスの相手を申しこみにこないかなあ、と考えていました。ところが、だれも来ません。そこで、エヘン、エヘン、エヘン！　とせきばらいをしてみました。それでもやっぱり、だれも来ません。見ると、煙出し人形は一人で踊っていましたが、どうして、まずいどころではありませんでした。

ソフィーは、どの花も自分の方を見てくれないので、思いきって引出しからゆかの上へ、飛びおりました。そのため、たいへんな音がしました。花という花がみな駆けつけて、まわりを取りまいて、どこか、けがはしませんでしたか、とたずねました。どの花もみな親切でした。中でも、ソフィーのベッドで寝た花たちは、ことに優しくしてくれました。ソフィーは、どこもけがをしていませんでした。イーダの花たちは、きれいなベッドに寝かせてもらったお礼を言って、いろいろいたわってくれました。そして、ソフィーを、お月様の光のさしている部屋のまん中へつれて行って、そこでいっしょにダンスをしました。すると、ほかの花たちもみんな、集まって来て、ソフィーたちをかこんで、輪を作りました。さあ、ソフィーはすっかりうれしくなりました。そして「よかったら、もっとわたしのベッドでお寝なさいな。引出しの中で寝るの、わたし、なんとも思やしないわ。」と言いました。

けれども、花たちは、こう言うのでした。「ご親切にありがとうよ。でも、わたしたち、そう長くは生きていられないの。あしたになれば、わたしたちは死んでしまうんです。どうぞ、イーダちゃんに、お庭のカナリヤのお墓のそばに、埋めてくださるように、言ってちょうだいな。そうすれば、わたしたち、夏までにはまた、大きくなって、いまよりもずっと美しく咲きますわ。」

「いいえ、死んじゃいけないわ！」とソフィーは言いました。そして花にキスをしました。と同時に、広間の戸があいて、きれいな花の群れが、踊りながらはいって来ました。どこから来たのでしょうか、イーダにはさっぱりわかりませんでした。たぶん、あの王様のお城から来たのかもしれません。一番先頭は、二つの美しいバラの花です。頭には小さい金の冠をかぶっていました。これは王様とお妃《きさき》です。その次は、とても可愛らしいアラセイトウとカーネーションで、四方八方におじぎをしながら行きました。こんどは音楽隊が来ました。大きなケシとシャクヤクの花が、エンドウ豆のさやを、顔をまっかにして吹いていました。空いろのリンドウと、小さい白いスノードロップとは、鈴でも持っているように、リンリンと音をたてていました。ほんとうに面白い音楽でした。それから、まだまだ、たくさん花がつづきました。そうして、みんなそろってダンスをしました。青いスミレは赤いサクラソウと、ヒナギクはスズランと組になっておどりました。そして、お互いにキスをしました。ほんとうに、それは、見るからに可愛らしい光景でした!

とうとうおしまいに、花たちはお互いに、お休みなさい、と挨拶《あいさつ》をかわしました。そこで、小さいイーダも、そっと自分の寝床へ戻りました。そして、いま見てきたことを、のこらず夢に見ました。

あくる朝、起きるとすぐ、イーダはいそいで小さいテーブルのところへ行きました。花たちがまだそこにいるかどうか、見たいと思ったからです。イーダが、小さいベッドのカーテンを引きますと、ほんとうに、花たちはみんなそこに寝ていました。けれども、きのうよりも、ずっとしおれていました。ソフィーも、イーダがいれておいた引出しの中に、横になっていました。まだだいぶ眠たそうにしていました。

「おまえ、あたしに何か言うことがありやしない？」と、小さいイーダは言いました。けれども、ソフィーは、ぼんやりした顔をして、ひと言も言いませんでした。

「いけない子ね。」とイーダは言いました。「みんながおまえといっしょにダンスをしてくれたじゃないの。」それから、イーダは、きれいな鳥の絵がかいてある小さい紙箱を出して、それをあけて、その中に死んだ花をいれました。そして、言いました。「これが、あなたたちの可愛い棺よ。いまにノルウェーのいとこたちが来たら、手つだってもらって、お庭でお葬いをしてあげましょうね。夏までにずんずん大きくなって、もっときれいな花になってちょうだいね。」

さて、ノルウェーのいとこたちというのは、ヨナスとアドルフという二人の元気な男の子でした。二人は、お父様からそれぞれ新しい石弓を買っていただいたので、それをイーダに見せに、持って来ました。イーダは二人に、死んだ可哀そうな花のことを話しました。そこで、みんなで、花のお葬式をしてもいいというお許しをもらいました。二人の男の子が石弓を肩にかついで、さきに立って進みました。そのあとから、イーダが、死んだ花を入れたきれいな箱を持ってつづきました。庭のすみに、小さい穴が掘られました。イーダが、まず花たちにキスをして、それから、箱ごと土の中に埋めました。アドルフとヨナスとが、お墓の上で石弓を引きました。お葬式の時につう鉄砲も大砲も、持っていなかったものですから。

親指姫

むかし昔、あるところに、一人の女の人が住んでいました。その人は、可愛らしい赤ちゃんが一人ほしいと、心から願っていました。けれども、どこからもらってきたらいいのか、わかりませんでした。そこで、魔法使のおばあさんのところへ行って言いました。

「可愛い赤ちゃんが、とても、ほしいのですが、どこからもらってきたらよいのか、教えてくださいな。」

「ああいいとも、そんなことは、なんでもありゃしない。」と、魔法使は言いました。

「さあ、この大麦の粒を一粒しんぜよう。これはね、お百姓の畑に生《は》えたり、ニワトリのえさになったりする、ただの大麦ではないよ。これを植《うえ》木鉢《きばち》にまきなされ。なにか生えて出てくるだろうよ。」

「ありがとうございます。」と、女の人は言って、魔法使に十二シリングやって、家《うち》へ帰りました。そして、大麦の粒を、鉢《はち》に植えました。すると、たちまち美しい大きな花が生えてきました。それはチューリップそっくりでしたが、花びらだけは、まだつぼみのように、かたく閉じていました。

「まあ、きれいな花だこと。」と、女の人は言いながら、赤と黄の美しい花びらにキスをしました。すると、キスをしているうちに、大きな音をたてて、つぼみがパッとひらきました。見ると、やっぱり、ふつうのチューリップでした。ところが、花のまん中の、緑いろのめしべの上に、小さい小さい女の子が、ちょこんとすわっているではありませんか。ほんとうに、ちっちゃな、可愛らしい子でした。からだは、親指ほどしかありません。そこで、この子は、親指姫と呼ばれることになりました。

親指姫は、きれいにニスを塗ったクルミのからを、ゆりかごにもらいました。青いスミレの花びらが、敷きぶとんで、バラの花びらが、掛けぶとんになりました。そして、夜はそのなかで眠り、昼はテーブルの上で遊びました。テーブルの上には、水をいれたお皿《さら》が一枚おいてあって、まわりをすっかり花輪で飾ってありました。そして、花の茎は水にひたしてあって、水の上には大きなチューリップの花びらが一枚浮かんでいます。親指姫は、この花びらの上に乗って、お皿の片方のはしから、むこうのはしまで、こいで行くのです。こぐには、白い馬の毛を二本つかいました。その様子は、ほんとうに愛らしく見えました。親指姫はまた、歌もうたいました。だれもまだ聞いたことのないくらい、きれいな可愛らしい声で。——

ある晩のこと、親指姫が可愛い寝床《ねどこ》の中で寝ていますと、一匹のみにくいヒキガエルが、窓からピョンと飛びこんできました。窓のガラスがこわれていたのです。そのヒキガエルは、からだが大きくて、みにくくて、じめじめしていました。ヒキガエルは、親指姫が赤いバラの花びらをかけて寝ている、テーブルの上へぴょいと飛びおりました。

「こりゃ、せがれの嫁さんに、もってこいだて。」と、ヒキガエルは言いました。そして、親指姫の寝ているクルミのからをかかえて、窓ガラスの割れ目から庭へ飛びおりました。

そこには、広い大きな川が流れていました。川の岸は、じくじくして、どろ沼みたいになっていました。そこに、このヒキガエルは、息子《むすこ》と住んでいるのでした。おやおや、この息子も、みにくくて、きたないこと、母親そっくりです。息子は、クルミのからの中にいる、可愛らしい女の子を見ますと、「コアックス、コアックス！　ブレッケ、ケ、ケックス！」*と、言いました。息子は、これだけしか、ものを言うことができないのです。

「これ、そんな大きな声を出すでねえ。この子が目をさますでねえか。」と、年寄りのヒキガエルは言いました。「わしらのところから、逃げ出すかもしれねえぞ。まるで、白鳥の綿毛のように軽いんじゃからな。そうだ、川の中にある、あの大きなスイレンの葉の上に乗せておこうでねえか。こんな軽い、ちっぽけな子には、あれだって島みてえなものだよ。あすこからは、逃げ出すわけにゃいかねえ。そのあいだ、わしたちはどろ沼の中に、おまえたちの住むりっぱな部屋をつくることにしよう。」

川の中には、大きな緑の葉のスイレンが、たくさん生《は》えていました。その葉は、ちょうど水の上に浮いているようでした。一番はずれにある葉が、一番大きい葉でした。年寄りのヒキガエルは、そこへ泳いで行って、その上に親指姫を、クルミのからごとおいてきました。

小さい親指姫は、あくる朝早く目をさましました。そして、自分のいるところがわかると、おいおい泣きだしました。大きな緑の葉のまわりは、どこを向いても水ばかりで、岸に上がることなんか、とうていできそうもありませんでした。

年寄りのヒキガエルは、どろ沼の中にいて、部屋をアシと黄いろいスイレンの花で飾りました。――息子《むすこ》の嫁のために、きれいにしてやろうというのです。――それがすむと、みにくい息子をつれて、親指姫のいる葉のところへ泳いで行きました。親指姫のきれいな寝床《ねどこ》をまず運んで、花嫁を迎えるまえに、婚礼の部屋におくためでした。年寄りのヒキガエルは、川の中から、丁寧におじぎをして、言いました。「これが、わたしのせがれでごぜえます。おめえさまの婿どのでごぜえます。下のどろ沼の中で、たのしく、暮らしてくだせえまし。」

「コアックス、コアックス! ブレッケ、ケ、ケックス!」息子の方は、やっぱりこれだけしか言うことができませんでした。

そして、親子は美しい小さい寝床をかついで、泳いで行ってしまいました。親指姫はたったひとり残されて、緑の葉の上で泣いていました。なぜなら、あんなきたないヒキガエルの家《うち》に住んで、あんなみにくい息子のお嫁さんになるのは、いやだったからです。川の中を泳いでいた小さな魚たちは、ヒキガエルのことをよく知っていましたし、また、いまの話も聞いていましたので、

こんどは、小さい女の子を見ようと思って、頭を水の上に出しました。見ると、たいそう可愛らしい子だものですから、あんなみにくいヒキガエルのところへ、おりて行かなければならないのが、いかにもふびんに思われました。いけない、そんなことは、させられない！　みんなは、親指姫の立っている葉のまわりに集まって、その茎を歯でかみ切ってしまいました。すると、その葉は、親指姫を乗せたまま、川の流れにのって、もうヒキガエルが追いつけないほど遠くへ流れて行きました。

親指姫は、それはいろいろの場所を通りすぎました。林の中で遊んでいた小鳥たちは、親指姫を見ると、「なんてきれいな、可愛い娘さん！」と、うたいました。親指姫を乗せた葉は、なおも遠くへ流れて行きました。こうして、とうとうよその国まできてしまいました。

きれいな白い蝶《ちょう》が、さっきからずっと、親指姫のまわりを飛びつづけていましたが、とうとう、葉の上にとまりました。それというのも、親指姫がとても好きになったからです。親指姫の方も、もうヒキガエルにつかまる心配がありませんし、流れて行くところは、どこもいいけしきでしたから、たいそうたのしい気分になりました。お日様は川の上を照らして、水は金のように美しくきらきら光りました。親指姫は、リボンの帯をといて、片方のはしを蝶に、もう片方のはしを葉に、しっかりとむすびつけました。すると、葉はいままでよりもずっと速く、走り出しました。もちろん、親指姫もいっしょです。だって親指姫も、その上に立っていたのですもの。

その時、一匹の大きなコガネムシが飛んできました。そして、親指姫を見ると、あっという間に、前足で親指姫のほっそりしたからだをつかんで、木立の中へ飛んでいってしまいました。緑の葉は、それにかまわず、どんどん川を下って行きました。そして、それといっしょに蝶《ちょう》も飛んで行きました。なぜなら、葉にむすびつけられていて、はなれることができなかったからです。

コガネムシにさらわれて、木の上へつれてこられた時の、あわれな親指姫は、まあ、どんなにびっくりしたことでしょう。しかし、それよりも、自分が葉にむすびつけた、あの美しい白い蝶のことを思うと、もっと悲しくなりました。もし、あの葉から、はなれることができなければ、飢え死にするよりほかはないでしょう。けれども、コガネムシは、そんなことにはおかまいなしに、その木の中で一番大きな緑の葉の上にとまると、花の蜜《みつ》をとって来て親指姫にたべさせました。そして、この子はコガネムシにはちっとも似ていないけれど、たいそう可愛らしいじゃないか、と言いました。しばらくすると、その木に住んでいるコガネムシたちが、そろって訪問に来ました。みんなは親指姫をじろじろながめていましたが、そのうち、コガネムシの娘が、触角をすぼめて言いました。「まあ、この子ったら、足が二本しかないわ。ずいぶん、みすぼらしいわね。」「それに、触角もないのよ。」と、もうひとりが言いました。「あんなに、からだが細くて。いやねえ！　まるで、人間のようだわ。なんてみっともないんでしょう。」と、コガネムシのおくさんたちも、口をそろえて言いました。でも、やっぱり、親指姫はきれいだったのです。親指姫をつれてきたコガネムシも、そう思ったのですが、ほかのものがみんな、みっともない、みっともない、と言うものですから、とうとう自分もそう思うようになって、手もとにおきたくなくなりました。どこへでも、好きなところへ行くがいい！　みんなは、親指姫をつれて、木から飛びおりると、ヒナギクの上におきざりにしました。親指姫は、自分がコガネムシのお友だちにもなれないほど、みにくいのかと思って、しくしく泣き出しました。けれども、ほんとうは、それはそれは、可愛らしくて、この世で一番美しいバラの花びらのように、上品でやさしかったのです。

夏の間じゅう、あわれな親指姫は、たったひとりぼっちで、大きな森のなかで暮らしました。草の茎で寝床《ねどこ》をあんで、それを大きなスカンポの葉の下につるしました。こうして雨を防ぐことができました。また、花の蜜《みつ》を集めては、それをたべ、毎朝、葉の上にたまる露をくんでは、それを飲みました。こうしているうちに、夏と秋とが過ぎました。そして、いよいよ冬が、寒い長い冬がやってきました。たのしい歌を聞かせてくれた小鳥たちも、みなどこかへ飛んで行ってしまいました。木や花も枯れ、いままで住んでいた大きなクローヴァの葉も、くるくると巻いて、黄色いかさかさの茎だけになってしまいました。親指姫は寒さにふるえました。なぜなら、着物はぼろぼろになってしまうし、そのうえ、からだがもともと、華奢《きゃしゃ》で小さかったからです。可哀そうに、親指姫は、このままではこごえ死ぬほかはないでしょう。雪が降りはじめました。親指姫の上に落ちてくる雪の一ひら一ひらは、わたしたちにしてみれば、シャベルに山もりの雪が投げつけられるようなものです。なにしろ、わたしたちは大きいですけれども、親指姫は、ほんの親指くらいしかないからです。親指姫は、枯れ葉にからだをつつんでみましたが、すこしも暖かくなりません。やっぱり寒くて、ぶるぶる震えるばかりでした。

さて、親指姫のいた森のすぐそとには、大きな麦畑がひろがっていました。でも、麦はとっくに刈りとられて、はだかの、かさかさな切り株だけが、凍りついた地面につっ立っていました。そこを通るのは、親指姫には、まるで大きな森の中を行くのと同じでした。おお寒い！　からだががたがた震えます。やがて、野ネズミの家《うち》の前に出ました。野ネズミの家というのは、切り株の下にある、小さな穴でした。ここで、野ネズミは、暖かく、のんきに、暮らしていたのです。麦のいっぱい詰まっている部屋や、りっぱな台所や、食料部屋までもありました。あわれな親指姫は、貧しい乞食娘《こじきむすめ》のように、入り口に立って、大麦の粒を少しください、とたのみました。なにしろ、この二日間というもの、なにもたべていなかったのです。

「おや、おや、可哀そうに。」と、野ネズミは言いました。この野ネズミは、根はいたって親切な、おばあさんでした。「さあ、わたしの暖かい部屋の中におはいり。そして、わたしといっしょに、たべようね。」

おばあさんは、親指姫が気にいりましたので、こう言いました。

「この冬は、わたしのところにいるがいいよ。ただ、わたしの部屋をきれいにしておくれよ。それから、わたしにお話をしておくれ。わたしは、お話を聞くのが大好きなんだから。」親指姫は、親切な年寄りの野ネズミの言うとおりにしました。そして、たのしく、毎日をおくりました。

ある日、野ネズミが言いました。「近いうちにお客さんがあるよ。毎週わたしの家へ、お隣りさんが、たずねてくるんだよ。お隣りさんは、わたしよりも、暮らしがよくって、いくつも大広間があるし、いつも、りっぱな黒いビロードの毛皮にくるまっていなさるよ。もし、おまえが、あのひとのお嫁になれば、暮らしには、もう困らないよ。ただ、あのひとは目が見えないんでね。だから、おまえの知っている一番面白いお話をしてあげなさいよ。」

けれども、親指姫は、そんなことはすこしも気にとめていませんでした。お隣りさんなんか、まっぴらです。なぜって、お隣りさんというのは、モグラだったのですから。やがて、モグラは、黒いビロードの毛皮を着て、お客に来ました。野ネズミの話では、ずいぶんお金持ちで、おまけに学者だということでした。屋敷も、野ネズミの家《うち》の二十倍もありました。それに、学問もありました。ただ、お日様と、きれいな花が、大きらいで、よく、その悪口を言いました。それもそのはず、まだ一度も、そういうものを見たことがなかったからです。親指姫は、歌をうたわされました。そこで、「コガネムシさん、飛んでこい」と「坊さん、畑に出てみたら」をうたいました。モグラは、その声のいいのに感心して、親指姫が大好きになりました。けれども、考えぶかい人でしたから、そのことは、一言も口に出しては言いませんでした。——

近ごろモグラは、自分の家から、この家まで、長い廊下を土の下に掘りました。野ネズミと親指姫は、好きな時にそこを散歩してもよい、というお許しをもらいました。ただ、廊下の途中に死んだ鳥がころがっているけれど、びっくりしないように、とのことでした。それは、羽もくちばしも、ちゃんとしている鳥で、たぶん、ついさきごろ、冬のはじめに死んで、ちょうど廊下を掘ったところに、うずまっていたのでしょう。

モグラは、くさった木の切れを口にくわえました。くさった木は、暗いところでは火のように光るからです。そして、先にたって、長い暗い廊下を照らしながら行きました。死んだ鳥のころがっているところまで来ますと、モグラは平べったい鼻を天井につっぱって、土を押しあげました。すると、大きな穴が、ぽっかりとあいて、そこから光がさしこんで来ました。見ると、ゆかのまん中に、一羽のツバメが死んでいました。美しい羽は、からだの両側にぴったりくっついており、頭と足は、羽の下に引っこめていました。可哀そうに、きっと、寒さにこごえ死んだのでしょう。親指姫は、心から可哀そうに思いました。なぜなら、姫は、小鳥という小鳥はみな好きでしたから。ほんとうに、小鳥たちは夏のあいだじゅう、あんなにも上手《じょうず》に歌をうたったり、さえずったりしてくれたではありませんか。それなのに、モグラは、短い足で小鳥をけとばして、言いました。「もうこいつは、ピーピー鳴きもせんわい。小鳥にうまれてくるなんて、あわれなやつだ。ありがたいことに、わしの子供は、だれもこんなものにはならないよ。こういう連中は、ピーピー鳴くよりほかに能がないんだ。だから、冬になると、飢え死にせんけりゃならんのさ。」

「ほんに、賢いあなたのおっしゃるとおりですよ。」と、野ネズミは言いました。「冬がきたら、ピーピーいったとて、なんになりましょう。お腹《なか》がすいて、こごえるのがおちですよ。それなのに、そんなことが、上品なんですとさ。」

親指姫は、なにも言いませんでした。ただ、二人が小鳥に背を向けた時、からだをかがめて、小鳥の顔にかぶさっていた羽をわきへのけて、その閉じた目にキスをしてやりました。「夏のあいだ、あんなきれいな歌をうたってくれたのは、きっと、この小鳥なんだわ。」と、親指姫は思いました。「この可愛らしい美しい鳥は、どんなにわたしを喜ばしてくれたかしれないわ。」

モグラは、日のさしこんでいる穴をふさいで、二人を家までおくりました。その晩、親指姫は、どうしても眠ることができませんでした。そこで、寝床《ねどこ》から起きて、枯れ草で、きれいな大きい毛布をあみました。そして、それを持って、死んだ小鳥のところへ行って、その上にかけてやりました。それから、野ネズミの部屋で見つけた、柔らかな綿を、小鳥のからだの両わきにあてがって、冷たい土の中でも、暖かに寝られるようにしてやりました。

「さようなら。きれいな、可愛い小鳥さん！」と、親指姫は言いました。「さようなら。夏、あなたがうたってくれた歌は、ほんとうに面白かったわ。ありがとうよ。あのころは、木はみんな青々していて、お日様は暖かに、わたしたちを照らしていたわね。」こう言って親指姫は、顔を小鳥の胸の上にのせました。そして思わず、どきっとしました。なぜなら、その胸の下で、何かどきどきと打っているように思われたからです。それは、小鳥の心臓でした。小鳥は死んでいたのではなくて、ただ気を失って、倒れていただけなのです。それが、いま、からだが暖められたので、息を吹きかえしたのです。

秋になると、ツバメはみな、暖かい国へ飛んで行きますが、その時、みんなからおくれた鳥は、こごえて、死んだようになって地面に落ちます。そして、その場に、横になったままでいるうちに、やがて、冷たい雪が降ってきて、からだをおおってしまうのです。

親指姫は、からだがぶるぶる震えました。それほど、びっくりしたのです。なにしろ、その鳥は、たいそう大きくて、親指ぐらいしかない姫にくらべると、それはそれは大きな鳥でしたもの。けれども、勇気を出して、あわれなツバメのまわりに、なおもしっかりと綿をつめました。それから、ふだん、掛けぶとんにしていたハッカソウの葉を持ってきて、それを小鳥の頭の上にあてがいました。

つぎの夜も、そっときて見ました。ツバメは、すっかり元気になっていましたが、なにしろ、疲れきっていたので、ちらっと目をあけて、親指姫の方を見ただけでした。親指姫は、ほかにあかりがありませんので、くさった木の切れを手にして立っていたのです。

「可愛い小さなお嬢さん、ありがとうございます。」と、病気のツバメが言いました。「おかげで、気持ちよく、暖まりました。もうすぐ、力もつくことでしょう。そうしたら、また暖かいお日様の光の中へ、飛び立てるでしょう。」

「まあ、なにをおっしゃるの。」と、親指姫は言いました。「そとは、それは寒いのよ。雪が降って、氷がはっているのよ。いつまでも、この暖かい、お床《とこ》の中にいらっしゃいね。もっと、かいほうしてあげますから。」

そして、花びらに水を入れて持ってきました。ツバメは水を飲んで、いろいろと話をしました。――このツバメは、イバラのやぶに片方の羽をひっかけて、やぶいたので、ほかのツバメのように、はやく飛ぶことができなくなったのです。ほかのツバメたちは、みんな、遠い暖かい国へ飛んで行ってしまいました。あとに残されたツバメは、とうとう地面に落ちたのです。それからあとのことは、おぼえがなく、どうしてここへ来たのかも、知らないのでした。

冬じゅう、ツバメはそこにいました。親指姫は、やさしくかいほうしてやるうちに、すっかり、このツバメが好きになりました。モグラと野ネズミは、すこしもそれに気がつきませんでした。なぜなら、どちらも、このあわれなツバメのことなんか、好きになれなかったからです。

春がきて、お日様が地の下まで、暖めるようになりますと、すぐツバメは親指姫に別れを告げました。親指姫は、前にモグラがあけたことのある、天井の穴をあけました。お日様が明るくさしこんできました。ツバメは、いっしょに行きませんか、僕の背中に乗っかれば、ずっとむこうの緑の森へつれていってあげます、と言いました。けれども、親指姫は、このまま行ってしまったら、年をとった野ネズミのおばあさんが、さぞ悲しむにちがいない、と思いました。

「いいえ、わたしは行けないの。」と、親指姫は言いました。「では、さようなら、さようなら、親切な美しいお嬢さん！」ツバメはこう言って、お日様の光の中へ飛んで行きました。それを見送っていた親指姫の目には、涙が浮かんできました。なぜなら、このあわれなツバメが、心から好きになっていたからです。

「キーヴィット！　キーヴィット！」と、ツバメはうたいながら、緑の森をさして飛んでいってしまいました。——

親指姫は、悲しい日をおくりました。暖かいお日様の光の中へ出ることは、どうしても許されませんでした。畑にまかれた麦は、野ネズミの家《うち》の上まで、空高くのびました。親指くらいしかない、可哀そうな小さい女の子にとっては、それは深い深い森と同じでした。

「さあ、夏のうちに、お嫁入りの着物を縫うんですよ。」と、野ネズミが言いました。それというのも、黒いビロードの毛皮を着たお隣りさんのモグラが、いよいよ親指姫をお嫁にもらいたいと言ってきたからです。「毛とリンネルのたんものを、両方とも用意しなければいけないよ。モグラのおくさんになったら、座ぶとんや、敷きぶとんがいりますからね。」

親指姫は、糸車をまわして、糸をつむがなければなりませんでした。野ネズミは、クモを四匹やとってきて、夜となく昼となく、機《はた》をおらせました。モグラは毎晩たずねてきて、そのたびにおしゃべりをしました。——やがて夏がおしまいになって、お日様がこんなに暑く照らさないようになったら、ほら、いまでは、地面がこんなに石のように、カチカチに焼けているけれど、そうだ、夏が過ぎたら、親指姫と結婚式をあげたいものだ、と言うのでした。——親指姫は、それを聞いても、すこしもうれしくありませんでした。こんな、のろのろしたモグラなんか、どうして好きになれましょう。毎朝、お日様がのぼるとき、また、毎晩、お日様が沈むとき、親指姫はそっと、戸のそとへ出るのでした。そして、麦の穂が風になびいて、その間から青空が見えますと、いまさらのように、そとの世界の明るくて美しいことを、思わずにはいられませんでした。そして、あのなつかしいツバメに、どうかしてもう一度あいたいと思うのでした。けれども、ツバメは戻って来ませんでした。おおかた、ずっと遠い国の美しい緑の森へ、飛んでいってしまったのでしょう。

秋になって、親指姫のお嫁入りのしたくは、すっかりできあがりました。

「あと一月《ひとつき》したら、御婚礼だよ。」と、野ネズミは言いました。親指姫はしくしく泣き出して、あんな、のろくさいモグラのお嫁さんになるのはいやです、と言いました。

「ばかなことを、お言いでない。」と、野ネズミは言いました。「あんまり、ごうじょうをはると、わたしのこの白い歯でかみつくよ。ほんとにりっぱなお婿さんじゃないか。お妃《きさき》だって、あんな黒いビロードの毛皮は、持っちゃいないよ。台所だって、地下室だって、たべものでいっぱいだしさ。神様にお礼でもお言い。」

こうして、いよいよ、御婚礼の式をあげることになりました。モグラは、親指姫を迎えに、もうさっきから来ています。これからは、深い地の下で、モグラといっしょに、暮らさなければなりません。モグラはお日様がきらいですから、もう、二度と暖かいお日様の照るところへは出られません。可哀そうに、親指姫の悲しみは、どんなだったでしょう。いよいよ美しいお日様に、さようならを言わなければならない時がきました。いままで野ネズミの家《うち》では、戸口からお日様を仰ぐことだけは、許してもらっていたのでした。

「さようなら、明るいお日様！」親指姫はこう言いながら、腕を高くさしのべました。そして、野ネズミの家のそとを、すこし歩いてみました。それというのも、麦はもう刈りとられてしまって、このあたりは、かわいた切り株が立っているばかりでしたから。「さようなら、さようなら！」こう言って、親指姫は、そこに咲いていた小さい赤い花を、可愛い腕に抱きしめました。「もし、あの可愛らしいツバメさんを見たら、わたしから、よろしくと言ってちょうだいね。」

するとその時、「キーヴィット！　キーヴィット！」という声が頭の上でしました。見ると、いつかのあの小さいツバメが、ちょうどそこへ飛んできたのでした。ツバメは親指姫を見ると、たいそう喜びました。親指姫はツバメに、みにくいモグラのお嫁さんにならなければならないことや、これからは、お日様のすこしもささない地の底で暮らさなければならないことを話しました。話しているうちに、涙が出てきてしかたがありませんでした。

「もうじき、冷たい冬が来ますよ。」と、小さいツバメは言いました。「いま、僕は遠い暖かい国へ飛んで行くところです。あなたもいっしょに行きませんか。僕の背中にお乗りなさい。そして、リボンでからだをしっかり、むすびつけてください。そうしたら、いやなモグラや、まっ暗な部屋なんか、あとにして、山また山を越え、暖かい国へ飛んで行きましょう。そこは、お日様がここよりも、美しく照っています。また、そこは、一年じゅう夏のようで、きれいな花が咲いています。さあ、いっしょに飛んで行きましょう。可愛い親指姫さん！　あなたは、僕が暗い地下室で、こごえて倒れていたとき、僕の命をたすけてくださったんです。」

「ええ、いっしょに、つれてってちょうだい。」と、親指姫は言いました。そして、ツバメの背中に乗ると、ひろげた翼の上に両足をかけて、リボンの帯を一番丈夫な羽の一つにむすびつけました。すると、ツバメは空高く、舞い上がりました。そして、森を越え、海を越え、一年じゅう雪の消えない高い山々さえも、ずっと高く飛び越えて、どこまでも飛んで行きました。冷たい空中を飛んで寒くなると、親指姫は、ふかふかした暖かい羽毛の中にもぐりこんで、小さい頭だけをそとに出して、下界の美しいけしきに見とれるのでした。

こうして、とうとう、暖かい国へ来ました。そこでは、きらきら輝くお日様は、この国よりもずっと明るく、空は二倍も高く見えました。掘割《ほりわり》や、生垣《いけがき》の上には、緑や青の、みごとなブドウのふさがさがっていました。森にはレモンやオレンジがみのり、またミルテやハッカソウが匂《にお》っています。いなか道では、可愛らしい子供たちが、走りまわったり、色のあざやかな大きい蝶《ちょう》を追いかけたりしています。けれども、ツバメは、なおもさきへさきへと、飛んで行きました。けしきはますます美しくなりました。青い湖の岸に、美しい緑の木々にかこまれて、まぶしいくらいまっ白な大理石の宮殿が、遠いむかしから立っていました。高い円柱には、ブドウのつるが上の方まで巻きついていました。その柱の頂に、ツバメの巣がいくつもありましたが、そのうちの一つに、親指姫をつれてきたツバメは住んでいたのです。——

「ここがぼくの家《うち》です。」と、ツバメは言いました。「でも、もし、あの下の方に咲いている、きれいな花のどれかがよければ、そこへつれて行ってあげましょう。あそこで、あなたは、お好きなように、たのしくお暮らしなさい。」

「まあ、すてきね。」と、親指姫は、小さい手を打って喜びました。

そこには、一本の大きな白い大理石の柱が、三つにくだけて地面に倒れていました。そして、その割れ目に、そのあたりで一番美しい白い花が咲いていました。ツバメは、そこへ飛んでいって大きく開いた花びらの一つに、親指姫をおろしました。ところが、その時、親指姫は、どんなに驚いたことでしょう！　その花のまん中に、まるで、水晶《すいしょう》でできているような、白くすきとおった小さい人がいるではありませんか。頭には、この上もなく可愛らしい金の冠をかぶり、肩からは、それは美しい白い羽がはえていました。からだは、親指姫と同じくらいでした。これは花の天使でした。まわりを見ますと、どの花の中にも、そういう小さい男の人か女の人が住んでいました。けれども、この天使は、みんなの王様なのでした。

「まあ、なんて美しいかたでしょう。」と、親指姫は、そっとツバメにささやきました。小さい王子は、ツバメを見て、たいそうびっくりしました。なぜなら、こんなに小さくて上品な王子にとっては、ツバメは、とほうもなく大きな鳥に見えたでしょうから。けれども、親指姫に目がとまると、王子はいままでこんな美しい少女を見たことがなかったので、たいそう喜びました。そこで、自分の金の冠をぬいで、親指姫の頭の上にのせました。そして、名前はなんていうの？ぼくのお嫁さんになりませんか、そうしたら、みんなの花の女王様にしてあげましょう、と言いました。ほんとうに、この王子は、あのヒキガエルの息子《むすこ》や、黒いビロードの毛皮を着たモグラとくらべたら、似ても似つかぬ、りっぱなかたでした。それで、親指姫は、この美しい王子に、はい、と返事をしました。すると、どの花からもひとりずつ、まばゆいほど美しい貴婦人や紳士が出てきました。その可愛らしい姿は、思わずほほえまずにいられないほどでした。そして、ひとりびとりが親指姫に、贈り物をささげました。なかでも、一番りっぱな贈り物は、大きな白いハエの、美しい一対の翼でした。それを背中につけますと、親指姫は花から花へ飛びまわることができるようになりました。まあ、なんという喜びでしょう！　小さいツバメも、柱の上の巣の中から、一所懸命、親指姫のために歌をうたいました。けれども、心の中では、悲しかったのです。なぜなら、親指姫がたいそう好きで、別れるのがとてもつらかったからです。

「君は、これからは親指姫という名はおやめなさい。」と、花の天使は言いました。「へんな名だもの、君はそんなにきれいなのに。僕たちは、君をマーヤとよぶことにしましょう。」

「さようなら！　さようなら！」と、小さいツバメは言いました。そして、暖《あたた》かい国を再び飛びたって、はるばるとデンマークの国へもどって来ました。この国の、とある家の窓の上に、ツバメは小さい巣を持っていたのです。そこには、おとぎ話のおじさんが住んでいました。そのおじさんに、ツバメは「キーヴィット！　キーヴィット！」とうたって聞かせてあげました。そういうわけで、わたしたちは、このお話をすっかり知るようになったのです。

いたずらっ子

ある時、一人の年とった詩人がいました。たいへん心のやさしい老詩人でした。ある晩のこと、家《うち》にすわっていますと、外がひどいあらしになって、雨がしのつくように降ってきました。しかし、年寄りの詩人はストーブのそばで、気持ちよさそうに、暖まっていました。ストーブには、火があかあかと燃え、りんごがジュージューとおいしそうに焼けていました。

「こんな天気のとき、外にいる者は、可哀そうに、着物の最後の糸まで、ぬれないじゃいまい。」と、この詩人は言いました。こんなにこの詩人は、とてもいい人だったのです。

その時「ここをあけてちょうだい！　僕、びしょぬれで、寒くてしょうがないよ。」と、小さな子供の声が外でしました。そして、泣きながらドアをたたきました。その間も、雨は滝のように降って、風は窓という窓をガタガタいわせていました。

「おお、可哀そうに！」年とった詩人は、こう言いながら、行ってドアをあけました。すると、そこに、小さな男の子が立っていました。見れば、この寒いのに、まっぱだかで、雨水が長い金髪からぽたぽたしたたっていました。その子は、寒さにぶるぶる震えていました。家《うち》へいれてやらなければ、こんなひどいあらしの中では、死ぬにきまっています。

「おお、おお！　可哀そうに。」と、年とった詩人は言って、男の子の手をとりました。「さあ、中へおはいり。わたしが暖めてあげるよ。それから、ぶどう酒と焼りんごもあげよう。おまえはなかなか可愛い子だからね。」

ほんとうに、その通りでした。その子の目は、明るい星のようでしたし、金色の髪の毛は、まだ水がしたたってはいましたが、それでも、それはそれは美しくうねっていました。まるで、小さな天使のようでした。ただ、寒さのために青ざめて、からだじゅう、ぶるぶる震わせていました。手にはりっぱな弓を持っていましたが、それも雨のために、ぐっしょりぬれてしまっていました。美しく塗った矢も、すっかり色がにじんでいました。

年とった詩人は、ストーブの前に腰をかけて、ひざの上に男の子を抱き上げました。そして、髪の毛の水をしぼってやり、冷えきった手を自分の手の中にいれて暖めてやり、それから、甘いぶどう酒をつくってやりました。やがて、男の子は元気を取りもどして、頰《ほほ》には赤らみがさして来ました。すると、さっそく、ゆかの上に飛びおりて、年とった詩人のまわりを踊りはじめました。

「陽気な子だね。」と、老人は言いました。「いったい名前はなんというのだね?」

「僕はアモール*っていうの。」と男の子は答えました。「おじさんは、僕を知らなかったの? あすこに、僕の弓があるでしょう。僕、あれで矢を射《い》るの。うそじゃないよ。ごらんよ、空がまた晴れて、お月様が出たよ。」

「だが、お前の弓は、ぬれてだめになってしまったぞ。」と年とった詩人は言いました。

「困ったなあ!」と、男の子は言って、弓を取り上げて、調べました。「やあ、もうすっかりかわいてら。そして、どこもいたんでいないや。弦《つる》も、ぴんとしているよ。僕、ためしてみよう。」こう言いながら、弓を引きしぼって、矢をつがえました。そして、親切な年寄りの詩人の心臓をねらって、射ました。「ほら、おじさん! 僕の弓がだめになってないことが、わかったでしょう。」こう言ったかと思うと、大きな声で笑いながら、どこへか飛び出して行ってしまいました。なんという、いたずらっ子でしょう! 暖かな部屋に入れてやったり、おいしいぶどう酒や、とびきり上等のりんごをやったりした、こんなやさしい親切な年とった詩人を、弓で射るなんて!

親切な詩人は、ゆかの上に倒れて、涙を流しました。ほんとうに、心臓を射ぬかれたのですもの。年とった詩人はこう言いました。「ちょっ! アモールというやつは、なんといういたずらっ子じゃ! そうじゃ、世間のよい子供たちに話してやろう。とんだ痛い目にあわされるから、あいつには用心するように、そして、けっしていっしょに遊ばんように、とな。」

この話を聞いたよい子供たちは、女の子も男の子もみんな、このいたずらなアモールに用心しました。けれども、アモールは、どうしてなかなか利口で、おまけにずるいので、やっぱり、みんなはだまされてしまうのでした。大学生たちが講義から出て来ますと、いつの間にかアモールが、本を腕にかかえ、黒い制服を着て、並んで歩いているのです。ですから、みんなには見分けがつきません。やはり自分たちと同じ大学生だと思って、腕を組んで歩きます。するとさっそく、胸もとを矢で射《い》られてしまうのです。また、娘たちが、神父さんのところからもどって来る時とか、教会の中に立っている時でも、アモールはそのうしろに立っています。いや、それどころか、いつなんどきでも、人々のうしろにつきまとっているのです。劇場の大きなシャンデリアの中にすわりこんで、あかあかと燃えていることもあります。人々は当たりまえのランプだと思っているのですが、あとになって、それが思い違いだったことに気がつくのです。また、時には、お城の遊園地の散歩道を歩きまわっていることもあります。いえ、それればかりではありません。あなたのお父さんやお母さんだって、一度は、胸のまん中を射られたのですからね！　まあ、お父さんやお母さんに、聞いてごらんなさい。きっと、お話が聞かれますよ。ほんとに、このアモールという子は、いたずらっ子です。あなたは、けっして、この子にかまってはいけませんよ。どんな人でも、つけねらっているのですからね。年をとったおばあ様でさえ、矢を射られたことがあるのですよ。もっともそれは、だいぶ昔のことで、もうすんでしまったことですがね。でも、おばあ様はそのことを決して忘れてはおりません。いやはや、困ったアモールです！　けれども、もうあなたにはわかったでしょう。アモールが、どんなにいたずらっ子だか、そのことを忘れないように。

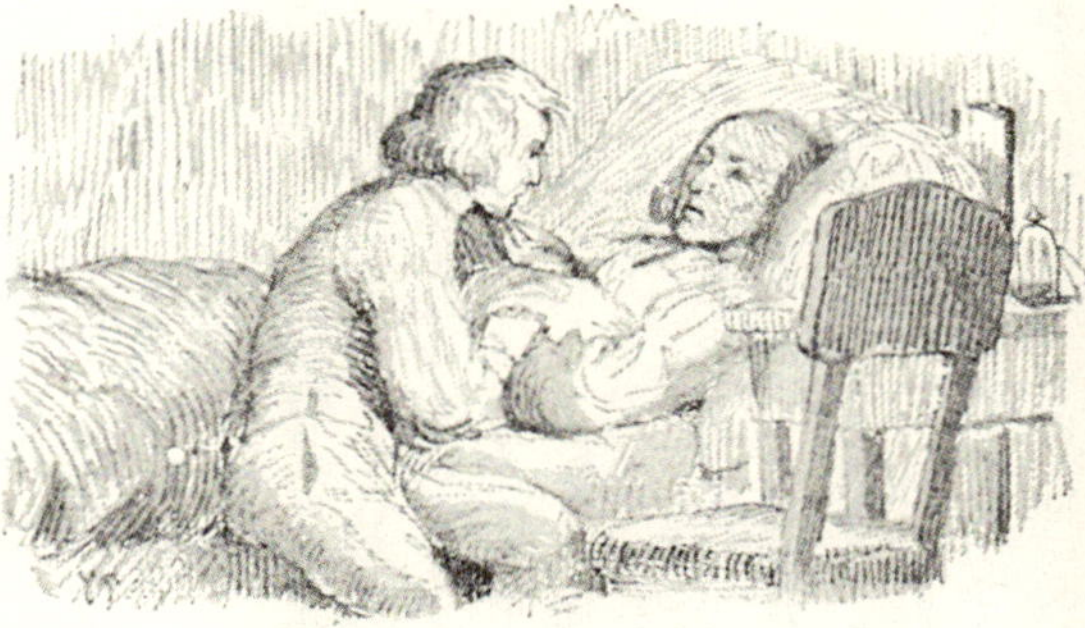

旅の道づれ

可哀そうにヨハンネスは、深い悲しみに沈んでいました。なぜなら、お父さんが重い病気で、もう、たすかる見込みがなかったからです。二人のほかには、この小さい部屋にはだれもいませんでした。テーブルの上のランプは、いまにも燃えきってしまいそうです。夜もだいぶふけました。

「ヨハンネスや！　おまえはいい子だったね。」と、病気のお父さんは言いました。「世の中へ出てもな、神様がきっとお助けくださるよ。」こう言ってお父さんは、愛情のこもった優しい目で、じっとヨハンネスを見ました。そして、深く息をついたかと思うと、そのまま死んでしまいました。見たところ、まるで眠っているとしか思われませんでした。ヨハンネスは涙を流しました。この広い世の中に、お父さんもお母さんも、それから兄弟も姉妹も、だれも身うちの者がいないのです。ほんとうに可哀そうなヨハンネス！　ヨハンネスはベッドの前にひざをついて、死んだお父さんの手にキスをしました。そして、声をあげてさめざめと泣きました。そのうちに、いつの間にか、両方の目が閉じて、ベッドの固い脚《あし》に頭をもたせかけたまま、寝入ってしまいました。

すると、不思議な夢を見ました。お日様とお月様とが自分におじぎをするのです。* それに、お父さんが、また、元気になっていて、いつものうれしい時の笑い声が聞こえました。長い美しい髪に金の冠をかぶった愛らしい少女が、ヨハンネスに手を差し出しました。すると、お父さんが「ほら、お前のお嫁さんを、よくごらん！　世界一の美人だよ。」と言いました。そのとたんに、目がさめて、美しいものはみんな消えてしまいました。お父さんは、やっぱり冷たくなって寝床《ねどこ》の中に死んでいました。そのほかには、だれひとり、部屋の中にはいませんでした。ああ、可哀そうなヨハンネス！

次の週に、お葬いをしました。ヨハンネスは、棺のすぐうしろについて行きました。あんなに可愛がってくださった、やさしいお父さんの顔を見ることは、もうできないのです。人々が土を棺の上に投げ入れる音がしました。まだ、棺の一番はしが見えます。しかしそれも、次の一シャベルの土で見えなくなってしまいました。あまり悲しくて、ヨハンネスの心は悲しみで、はり裂けるばかりでした。お墓のまわりで、人々が賛美歌をうたいました。その歌がたいへん上手《じょうず》にうたわれたので、ひとりでに、目に涙が浮かんできました。ヨハンネスは泣きました。すると、その涙が、少しは悲しみをまぎらしてくれました。お日様が緑の木々の上に、美しく輝いていましいまいなさるのだよ。そして、天国の上にお父さんは、いいよ。ごらん！　青空の美しいこと！　あの上にお父さんは、いまいなさるのだよ。そして、神様に、おまえがいつでも仕合わせにいられるように、お願いしていなさるのだよ。」

「僕はいつでもよい人でいよう！」と、ヨハンネスは言いました。「そして、僕もいまに、天国のお父さんのところへ行くんだ。お父さんにまた会えたら、どんなにうれしいだろうな！　僕には、たくさんお話することがあるし、お父さんも、きっと生きていた時のように、いろんなものを見せてくださるだろう。それから、天国のいろんなすばらしいものを教えてくださるだろう。ああ、そうなったら、どんなにうれしいだろうな！」

ヨハンネスは、その時のありさまをありありと心に思い浮かべました。そして、まだ涙がほほを流れていたのに、思わずにっこりほほえみました。小鳥たちがトチの木の梢《こずえ》にとまって、「キーヴィット！　キーヴィット！」とさえずっていました。小鳥たちが、お葬いに来ていながら、ずっとこんなに楽しそうにしていたのは、死んだ人が、いまはもう天国にいて、自分たちのより、ずっと大きくて美しい翼を持っていることや、この世でよい行いをした人でしたから、いまでは仕合わせになっていることを、よく知っていたからです。ヨハンネスは、小鳥たちが緑の森を離れて、遠い世界へ飛んで行くのを見ていましたが、自分もいっしょに飛んで行きたくなりました。けれども、ヨハンネスが、まっさきにしたことは、お父さんのお墓に立てる大きな木の十字架を作ることでした。夕がた、それを持って墓地に行きますと、どうでしょう、お墓には砂を盛って、花が飾ってありました。それは、よその人たちがしてくれたのです。それというのも、なくなったお父さんは、みんなにたいへん好かれていたからです。

あくる朝早く、ヨハンネスは小さい包みをこしらえ、お父さんの残してくれた全財産の、五十ターラーと、何枚かのシリング銀貨をみな、帯の中へしまいました。そして、いよいよ広い世の中へ旅に出る決心をしました。けれども、その前に、まずお父さんのお墓にお参りして「主の祈り」をとなえ、それから、言いました。「お父さん、さようなら！　僕はこれから、いつでもよい人間になるようにつとめます。ですから、僕が仕合わせになるように、神様にお願いしてくださいね。」

ヨハンネスが野原へ出て行きますと、花という花が、みな暖かいお日様の光を浴びて、いきいきと美しく咲いて、風にゆられてうなずいていました。それはちょうど「よくいらっしゃいました。青々としたこの野原はきれいでしょう？」と言っているようでした。ヨハンネスはもう一度、うしろをふり向いて、古い教会をながめました。この教会で、ヨハンネスは赤ん坊の時、洗礼を受けたのでした。また、日曜日ごとにお父さんといっしょにお参りして、賛美歌をうたったのも、この教会でした。その時、ふと、塔の頂上の小窓に、赤いとんがり帽子をかぶった教会の小びとの妖精《ようせい》が立っているのに気がつきました。小びとの妖精は、手を額《ひたい》にかざしていました。そうしないと、お日様が目にまぶしかったからでしょう。ヨハンネスはお別れのしるしに頭をさげました。すると、この小びとの妖精は、赤い帽子をふったり、手を胸に置いて幾度も投げキスをしたりして、ヨハンネスが幸福でいるように、そして、つつがなく旅をするように、祈っていることを見せるのでした。

ヨハンネスは、大きなすばらしい世の中へ出たら、どんなにたくさんの美しいものが見られることだろうと考えました。そして、どこまでもずんずん歩いて、これまで一度も来たことのないほど遠い所まで来ました。たくさんの町を通り過ぎ、いろいろな人々に出あいましたが、どれもこれも知らない町や人ばかりでした。もう、まったく知らない国へ来てしまったのです。

さいしょの夜は、野原の中で、枯れ草を積んだ上で寝なければなりませんでした。ほかには寝《ね》床《どこ》がなかったからです。でも、この寝床はとても工合がよくて、王様だってこれほどりっぱな寝床は持っていらっしゃらないだろうと思われるほどでした。小川の流れている広々とした畑、枯れ草の山、そして、その上にひろがっている青い空、まったくすばらしい寝室です。赤や白の小さい花の咲いている緑の草原は、ゆかに敷く絨毯《じゅうたん》でした。ニワトコの茂みと野バラの生垣《いけがき》は花たばでした。顔を洗うには、きれいな冷たい水の流れている小川がありました。そこではアシがおじぎをして、お休みなさいや、お早うございます、を言いました。お月様は、青い天井に高くかかっている大きなランプでした。このランプの火は、カーテンを燃やす心配はすこしもありませんでした。ヨハンネスは、こうして、なんの心配もなく安らかに眠ることができました。そして、実際また、ぐっすり眠りましたので、目がさめた時は、もうお日様は空高くのぼっていて、ありとあらゆる小鳥がまわりで歌をうたっていました。「お早う！　お早う！　まだ起きないの！」

鐘の音が教会から響いて来ました。きょうはちょうど、日曜日だったのです。人々はお説教を聞きに出かけました。ヨハンネスもみんなのあとについて行って、いっしょに賛美歌をうたい、神様のお言葉を聞きました。そうしていると、小さいとき洗礼をうけ、そしてお父さんとよくいっしょに賛美歌をうたった、あの教会にいるような気がしました。

教会の裏の墓地には、たくさんのお墓がありました。そのなかには、草が高く生えているお墓もいくつかありました。それを見るとヨハンネスは、お父さんのお墓を思い出しました。お父さんのお墓も、草を取ったり掃除したりしないと、しまいには、きっとこういうふうになってしまうでしょう。そこで、地べたにすわって、草を抜きとったり、横倒しになっている木の十字架を立てなおしたり、風に吹き飛ばされた花輪をもとのお墓の上に置いたりしました。そして、心の中で、いまは僕が自分ではできないけど、だれかよその人が、お父さんのお墓を、こういうふうにしてくれないかなあ、と考えました。

墓地の門を出ると、年をとった乞食《こじき》が松葉杖《まつばづえ》にすがって立っていました。ヨハンネスは、持っていたシリング銀貨をやりました。そして、気もはればれと元気よく、広い世の中へと歩いて行きました。

日が暮れかかるころ、おそろしく天気が悪くなりました。ヨハンネスは、どこかで雨やどりをしようと思って急ぎましたが、間もなく、あたりはまっ暗になってしまいました。ようやく、丘の上に、ぽつんと一つだけ立っている小さな教会にたどりつきました。入り口の扉《とびら》は運よく、半びらきになっていましたので、中にはいって、あらしのやむのを待つことにしました。

「ここのすみっこに腰かけるとしよう。」と、ヨハンネスは言いました。「すっかりくたびれてしまった。一休みしなければだめだ。」こう言って、そこにひざまずいて、手を合わせて、夜のお祈りをとなえました。そのうちに、知らぬ間に眠って、夢をみていました。その間にも、外では稲妻《いなずま》が光り、雷が鳴っているのでした。

再び目がさめた時は、もう真夜中になっていました。でも、あらしはとっくに過ぎ去っていて、お月様が、窓からヨハンネスのところまでさしこんでいました。ふと見ると、本堂のまん中に、死人のはいっている棺が、ふたもせずに置いてありました。その死人は、まだお葬式がすんでいなかったからです。良心に少しもやましいことのないヨハンネスは、少しもこわいとは思いませんでしたし、また、死んだ人はだれにも害をするものではないということも、よく知っていました。私たちに害を加えるのは、生きている悪い人たちだけですものね。ところが、そういうよくない、生きている人間が二人、お葬式までそこに置いてあった棺のそばに立っていました。この二人は、たいへん悪いことをたくらんでいるのでした。この気の毒な死人を、棺の中に寝かしておかないで、教会の外へほうり出してしまおうというのです。

「なぜ、おじさんたちはそんなことをするの？」と、ヨハンネスはたずねました。「それは悪いことですよ。後生だから、その人をそっと休ませてあげなさいよ！」

「何をくだらないことを言うんだ。」と二人の乱暴者は言いました。「こいつは、おれたちをだましたんだ。おれたちから、金を借りておきながら、返すことができず、おまけに、死んでしまやがったんだ。それで、おれたちゃ、一文も取らずじまいだ。だから、かたきをとってやるんだ。犬みたいに、教会の外へおっぽり出してしまうんだ。」

「ここには、五十ターラーしかありませんが、」と、ヨハンネスは言いました。「でも、これは、お父さんが残してくださったお金の全部です。もし、おじさんたちが、その可哀そうな死人をそっとしておくと、約束してくれるなら、このお金をすっかりあげましょう。僕はお金がなくったって、やって行けるよ。だって、からだも丈夫で強いし、それに、神様はいつだって僕を助けてくださるもの。」

「よし!」と、悪い男たちは言いました。「おめえが、こいつの借金を払ってくれるんなら、おれたちは何もしやしねえ。安心しな。」こう言って、ヨハンネスの出したお金を受け取ると、子供のお人よしを、からからと笑いながら、出て行ってしまいました。ヨハンネスは、死体をもう一度、棺の中にちゃんと寝かして、手を組み合わせてやりました。それから、お別れを言って、はればれとした気持ちで、大きな森の中をずんずん歩いて行きました。

お月様の光が木の枝の間からもれて、あたりを照らしていました。そこには、小さな可愛らしい妖精《ようせい》が、そこらじゅうで面白そうに遊んでいました。妖精たちは、ヨハンネスが親切なよい少年だということを知っていますから、すこしも逃げたりなんかしませんでした。妖精の姿が見えないなんていうのは、悪い人たちだけなんです。なかには、指の長さぐらいしかない妖精もいましたが、いずれも、あま色の長い髪の毛を金の櫛《くし》でかき上げていました。見ると、木の葉や、背の高い草の上にたまっている大きな露の玉の上で、二人ずつ玉乗りをして遊んでいるのです。ときどき、しずくがころがり落ちると、上に乗っている二人も、長い草の茎の間にころげ落ちました。すると、ほかの小びとたちは、おかしがってわいわいはやし立てるのです。まったく、なんとも言えない、楽しさでした。また、妖精たちは、いろいろの歌をうたいましたが、それはみんなヨハンネスが小さい時におぼえた歌でした。銀の冠を頭にいただいた美しい大きなクモが、生《いけ》垣《がき》から生垣へ長いつり橋をかけたり、御殿を造ったりしていました。その上にきれいな露がおりますと、清らかなお月様の光をあびて、まるできらきら光る水晶のように見えるのでした。こうして、みんなの楽しい遊びは、お日様ののぼるまでつづくのでした。その時になりますと、小さな妖精《ようせい》たちは、花のつぼみの中にもぐりこみました。また、橋や御殿は、風に吹かれて、もとの大きなクモの巣になって、空中に飛び散って行きました。

ヨハンネスが、ちょうど森を出はずれたとき、うしろの方から、男の人の大きな声がしました。

「おーい、旅の人！　どこへ行きなさるかね？」

「広い世の中へ！」と、ヨハンネスは言いました。「僕は、お父さんもお母さんもない、みなしごなんです。でも、きっと神様が助けてくださるんです！」

「わしも広い世界へ出たいのだ。」と、その見知らぬ男は言いました。「どうだね、二人で道づれにならないか？」

「ええ、どうぞ！」と、ヨハンネスは言いました。こうして二人は、道づれになって歩き出しました。二人はすぐ、お互いに好きになりました。なぜなら、二人ともよい人でしたから。ただ、ヨハンネスは、この人が自分よりも、ずっと賢いのに気がつきました。いままでに、もうずいぶん世界じゅうをまわっていて、なんでも知らないことはありませんでした。

お日様はもう、だいぶ高くのぼっていました。そこで二人は、朝の食事をしようと、とある大きな木の下に腰をおろしました。すると、そこへ、一人のおばあさんがやって来ました。まあ、そのおばあさんの年をとっていることといったら！　おまけに、腰は弓のようにまがって、やっ

のです。

て、ころびました。そして、大きな声をあげました。可哀そうに、片方の足をくじいてしまった

ぞいているのが見えました。おばあさんは、二人のすぐ近くまで来たとき、片方の足をすべらし

っていました。前にからげた前掛けの中から、シダとヤナギの枝とでつくった大きな笞《むち》*が三本の

と杖《つえ》にすがって歩いているのでした。それでも、背中には、森の中で集めたたきぎを一たば背負

ヨハンネスはすぐさま、二人でおぶっておばあさんを家《うち》へつれて行きましょう、と言いました。

するた、見知らぬ人は背嚢《はいのう》を開いて小さい箱を取り出しながら、この中に膏薬《こうやく》があるから、これ

を塗ってやろう、そうすれば、おばあさんの足はすぐなおって、くじかない前のようになって、

一人で家へ帰れるよ、と言いました。その代わり、前掛けの中に持っている三本の笞を、お礼に

もらいたい、と言うのでした。

「そりゃ、ちと、値段がよすぎますよ。」と、おばあさんは言って、妙に頭をふりました。この

笞だけは、手ばなしたくなかったのです。でも、そうかといって、足をくじいたまま、倒れてい

るのも決していい気持ちのものではありません。そこで、とうとうその笞をわたしました。そし

て、その膏薬を塗り込んでもらうと、とたんに、おばあさんはぴんと立ち上がって、前よりもず

っと元気に歩いて行ってしまいました。それほどこの薬は、ききめがあったのです。けれども、

これは、どこの薬屋でも買えるという品ではありません。

「そんな笞なんか、おじさんはどうするんです？」と、ヨハンネスは、旅の道づれにたずねま

した。

「なあに、きれいな花たばが三つだよ。」と、この人は言いました。「わしはこんな物が好きなんだよ。わしもおかしな変わり者さ。」

こうして、またもや、二人はだいぶ歩きました。

「いけない、曇ってきましたよ。」と、ヨハンネスは言いながら、むこうの空を指さしました。「おそろしく厚い黒雲ですよ！」

すると、旅の道づれは言いました。「いや、あれは、雲じゃなくて、山だよ。大きな美しい山でね、頂上は雲の上にそびえているんだ、あそこへ登るとすがすがしい空気の中に出られるのだよ。まったくすばらしい気持ちさ！　あすは、いよいよあれを越えて、広い世界に出られるだろうよ。」

けれども、山は思ったほど近くはありませんでした。二人はまる一日歩いて、やっとその山のふもとに着きました。山には、黒々とした森が空までまっすぐに突き立っているかと思うと、また、一つの町ぐらいもある大きな岩がありました。こんな所を登って行くのは、たしかに、なみたいていのことではありません。そこで、ヨハンネスと旅の道づれは、まずゆっくり休んで、あすの山のぼりの力をたくわえておこうと、一軒の宿屋にはいりました。

宿屋の一階にある大きな酒場には、大ぜいの人が集まっていましたが、それは、人形芝居が来ていたからです。いましも、人形つかいが、小さな舞台をつくったところです。人々はそれを取りまいて、芝居のはじまるのを、待っていたのです。一番前の、しかも一番上等の席には、ふとった肉屋の親方ががんばっていました。肉屋の大きなブルドッグが――おや、まあなんてかみつきそうな顔をしているんでしょう！——そばにすわって、みんなと同じように目をぐりぐりさせていました。

いよいよ芝居がはじまりました。それは王様とお妃《きさき》の出る、たいへん面白い喜劇でした。お二人は、金の冠をかぶり、長いすそをうしろに引いて、この上ないりっぱな玉座についていました。お二人はお金持ちですから、こんなことぐらい、なんでもありません。ガラスの目をして、大きな頬《ほほ》ひげをつけた可愛らしい木の人形が、御殿のドアごとに立っていて、部屋の中へ新しい空気を入れるために、扉《とびら》をあけたてしていました。芝居のすじは、たいへん面白いもので、悲しいところはすこしもありませんでした。ところが、ちょうど、お妃が立ち上がってゆかをお歩きになろうとした時、例の大きなブルドッグが——ああ、この犬は、いったい何を考えたのでしょう！——ふとった肉屋の親方がおさえるまもなく、ぱっと舞台の上に飛び上がって、お妃のほっそりした腰のあたりにガブリとかみつきました。メリメリ！　という音がしました。まったく、なんという恐ろしいことでしょう！

可哀そうに人形つかいは、きもをつぶして、お妃のことを嘆き悲しみました。なにしろ、このお妃は、人形つかいの持っている人形の中で、一番美しい人形だったからです。それをいま、憎らしいブルドッグが、頭をかみきってしまったのです。ところが、人々が皆行ってしまうと、ヨハンネスといっしょに来た見知らぬ人が、お妃をもとのようにしてあげよう、と言いました。そうして、例の小箱を取り出しました。そして、おばあさんが足をくじいた時に塗ってなおしてやった膏薬《こうやく》を、人形に塗りました。塗るが早いか、人形はもう、もとの通りになりました。それどころか、自分で手足を動かすことさえできるようになり、人が糸を引かなくてもいいようになりました。人形はまるで生きている人間のようでした。ただちがうところは、話ができないだけでした。人形芝居の親方の喜びは、たいそうなものでした。もうこれからは、この人形は手で持っていなくても、自分ひとりで踊りがおどれるからです。こんなまねは、ほかの人形にはできないことでした。

やがて、夜もふけて、宿屋の人たちも残らず寝床にはいりますと、どこかで、ひどく深いため息をついているものがいました。それがいつまでもつづくので、みんなは寝床《ねどこ》から起きて、いったいだれだろうと捜しに行きました。人形芝居をして見せた男は、自分の小さな舞台の方からため息が聞こえて来るように思えたので、そこへ来て見ました。すると、木の人形が、王様をはじめ近衛兵《このえへい》まで、みんな重なり合って横になっていました。あんな悲しげなため息をついていたのは、大きなガラスの目を見開いている、この人形たちだったのです。自分たちもお妃《きさき》のように、少し薬を塗ってもらって、自分で動けるようになりたいというわけなのでした。お妃もすぐひざをついて、りっぱな金の冠を高くささげながら「この冠をあげますから、どうぞ私の夫や、家来たちに、薬を塗ってあげてください。」と、言いました。これを聞いて、芝居と人形全部の持ち主の親方は、気の毒になって、思わずもらい泣きをせずにはいられませんでした。なぜなら、人形たちがほんとうに、可哀そうでたまらなくなったからです。そこでさっそく、旅の道づれにむかって、もし一番きれいな人形の四つか五つに、薬を塗ってくださるなら、あすの晩芝居をしてもうけたお金は全部あげましょう、と申し出ました。けれども、旅の道づれは、わたしがほしいのは、人形つかいが腰にさげている大きなサーベルのほかには何もない、と答えました。そこで、サーベルをもらうと、さっそく六つの人形に薬を塗りました。すると、たちまち、人形たちは踊り出しました。その踊りが、あんまり上手《じょうず》で面白かったので、娘たち、それを見ていたほんとうの人間の娘たちまでが、いっしょに踊り出しました。やがて、御者と料理女が踊り出しました。下男と下女も踊り出しました。お客もみんな踊り出しました。十能と火ばしまでが仲間にはいりました。けれども、十能と火ばしは、さいしょに一跳《は》ねはねたかと思うと、すぐひっくり返ってしまいました。——いや、もう、まったく愉快な一夜でした。——

あくる朝、ヨハンネスと旅の道づれとは、みんなと別れて、大きなモミの木の森を通って、いよいよ高い山に登りはじめました。だんだん登るにつれて、教会の塔も下になり、とうとうしまいには、はるか下の一面の緑の間に、小さい赤いイチゴのようになってしまいました。そして、そこからは、まだ行ったこともない遠くの方まで、何マイルも何マイルもさきの方まで、見渡すことができました。——こんなにすばらしい世界の、こんなにたくさんの美しいものを、一度にながめたことは、ヨハンネスは、まだ一度もありませんでした。お日様は、すがすがしい青空から暖かい光をさしてくるし、猟師が山の中で吹いている角笛《つのぶえ》のひびきは、とても美しく、祝福するように聞こえました。ヨハンネスの目には、自然に喜びの涙が浮かびました。そして、思わずこう言わずにはいられませんでした。「ああ、おなさけ深い神様！　あなたは私たちみんなに、こんなにも親切にしてくださるのですか。この世界の美しいものを、残らずお与えくださるのですか。どうぞ、私の感謝のキスをお受けください。」

旅の道づれも、手を合わせて立ったまま、暖かいお日様の光を浴びている森や町の上を見渡していました。その時、ふいに頭の上で、びっくりするほど美しい声がしました。空を見上げますと、一羽の大きな白鳥が空を飛んでいるのでした。その声の美しいことは、いままで聞いたことがないくらいでした。ところが、その声がだんだん弱って来たかと思ううちに、白鳥は頭をたれて、元気なく二人の足もとに落ちて来ました。そしてそのまま、この美しい鳥は死んでしまいました。

「なんて美しい二枚の羽だろう！」と、旅の道づれは言いました。「ごらん！　こんなまっ白い大きな鳥の羽は、きっとお金になるよ。持って行こう。ほら、わしのもらったサーベルがこんな時に役に立つじゃないか。」こう言いながら、死んだ白鳥から二枚の羽を切りおとして、それを持っていきました。

さて、二人は山を越えて、何マイルも何マイルも旅をつづけました。とうとう、大きな町がむこうに見えてきました。何百という塔が、お日様の光の中で銀のように輝いていました。町のまん中に、純金で屋根をふいた、りっぱな大理石のお城がありました。そこにこの国の王様が住んでいました。

ヨハンネスと旅の道づれとは、すぐには町の中へ、はいって行かないで、町はずれの宿屋によりました。町の中の往来を歩いても、見苦しくないように、身ごしらえをしようと思ったからです。すると、宿屋の主人が二人に、こんな話をしました。――王様は親切なよいかたで、すこしでも、人に迷惑をかけるようなことはなさいません。ところが、王様のお嬢様ときたら、ほんとうに困ったことですが、たいそう悪いお姫様なのです。おきれいなことはだれ一人かなう者はありません。けれども、それがなんになりましょう！　このかたは、じつはたちの悪い魔女なのです。そして、たくさんのりっぱな王子が、この人のために命をなくしたのも、そのせいです。どんな人でも、結婚を申し込むことはお許しになるのです。その人が王子であろうと、乞食であろうと、だれでもかまいません。ただその人は、お姫様のたずねる三つの物を言いあてなければなりません。もしそれができれば、お姫様はその人と結婚され、やがてお父様の王様がおなくなりになったのちは、その人がこの国全体の王様になれるというわけです。けれども、もしその三つの物を言いあてることができないと、その人は、すぐ首をくくられるか、切られるかしてしまうのです。このきれいなお姫様は、こういうたちのよくないかたなのです。お父様の年とった王様は、それをたいへん悲しんではいましたけれど、そういう悪いことを、お姫様にやめさせることができないのです。なぜなら、王様は以前に、お姫様がどんな人をお婿さんに選ぼうと、全然かまわない、なんでも姫の思いどおりにするがよい、とおっしゃったからです。こういうわけで、次から次へと王子が来て、お姫様をお嫁にしようと、なぞをときにかかりますが、そのたびに答えることができないで、首をくくられたり、切られたりしてしまうのです。言うまでもなく、町の人々はそういう王子たちに、前もって、結婚を申し込むのはおよしなさいと、とめはするのですがだめなのです。お年寄りの王様は、たび重なる悲しい不幸をたいそうお嘆きになり、年に一度は、一日じゅう朝から晩まで、兵隊を残らずおつれになり、神様の前にひざまずいて、どうかお姫様がよい人間になりますようにと、お祈りをされるのです。けれども、いっこうにそのききめがありません。町のおばあさんたちは、ブランデーを飲むにも、それをまっ黒にしてから飲みました。それほど、みんなは悲しんでいたのです。けれども、それ以上のことは、どうにもしようがないのです、ということでした。

「ひどいお姫様だなあ！」と、ヨハンネスは言いました。「それこそ、ほんとうに笞《むち》でぶってやるがいいのだ。そうしたら、すこしはききめがあるかも知れない。もし、僕がお年寄りの王様だったら、うんとこらしめてやるんだがなあ。」

その時、家のそとで人々が、ばんざい、と叫ぶのが聞こえました。お姫様のお通りでした。うわさにたがわず、それはそれはきれいなかたで、人々はお姫様の性悪なのも忘れてしまって、こうしてばんざいを叫んだのでした。十二人の美しいおとめがおそろいの白い絹の服をきて、手には金のチューリップを持ち、まっ黒な馬に乗っておそばに従っていました。お姫様自身は、ダイヤモンドとルビーで飾りたてた雪のように白い馬に乗っていました。乗馬服は純金の糸で織ってありました。手に持っている鞭《むち》は、まるでお日様の光のように見えました。頭にいただいた金の冠は、夜の大空の星のようでした。外套《がいとう》は、何千という美しい蝶《ちょう》の羽を集めて、縫い合わせたものでした。それでも、お姫様の方が、こんなに美しい着物よりも、もっともっと美しかったのです。

ヨハンネスは、お姫様をひと目見るなり、顔が血のようにまっかにほてってって、ひと言も物が言えなくなってしまいました。それればかりか、お姫様は、お父さんの死んだ晩に夢に見た、金の冠をかぶったあの美しい少女にそっくりだったのです。ヨハンネスは、お姫様があんまりきれいなので、どうしても好きにならずにはいられませんでした。こんなきれいなお姫様が、なぞを言いあてることのできない人の首を、くくらせたり切らせたりする、そんな悪い魔女だなんて、どうしてそんなことがあるもんか、とヨハンネスは心に思いました。「だれでも、お姫様に結婚を申し込んでもいいということだ。どんな貧乏な乞食《こじき》でもかまわないそうだ。よし、僕もこれからお城へ出かけよう！　もう、じっとしてはいられないもの！」

人々はみんな、そんなことはしない方がいい、ほかの人たちと同じ目にあうにきまってるから、と言って引き止めました。旅の道づれも、思いとどまるように言ってきかせましたが、でも、ヨハンネスは、きっとうまく行くからと言ってききません。靴《くつ》と上着にブラシをかけ、顔と手を洗い、美しいブロンドの髪の毛に櫛《くし》をいれると、ただ一人で町の中へはいって、お城をさして行きました。

ヨハンネスが御殿の扉《とびら》をコツコツとたたきますと、「おはいり！」と、中でお年寄りの王様がおっしゃいました。――ヨハンネスが扉をあけますと、お年寄りの王様が、長いガウンをまとい、刺繍《ししゅう》をしたスリッパをはいて出ておいでになりました。王様は頭に金の冠をいただき、片手に笏《しゃく》を、もう一方の手に金の宝珠を持っていらっしゃいました。「ちょっと、待っておくれ。」王様はこうおっしゃって、宝珠をわきの下にかかえてヨハンネスに手をお出しになりました。ところが、この若者がお姫様に結婚を申し込みに来たのだとお聞きになりますと、思わず笏と宝珠とを、ゆかに取り落とされるほど、さめざめとお泣きになり、ガウンで目の涙をおふきにならなければなりませんでした。ほんとうに、お気の毒な、お年寄りの王様です！

「それは、やめなさい。」と王様はおっしゃいました。「おまえもほかのものたちと同じように、ひどい目にあうにきまっている。いま、おまえに見てもらいたいものがある。」こう言って王様は、ヨハンネスをお姫様のお庭へ案内しました。ああ、なんという恐ろしいありさまでしょう！木という木のこずえには、お姫様に結婚を申し込んで、なぞをとくことのできなかった王子が、三人四人とつるされていました。風が吹くたびに骸骨《がいこつ》がカタカタと音をたてました。小鳥たちもこわがって、お庭の中へはいって来ようとはしませんでした。草花はみんな、人間の骨にしばりつけられてあるし、植木鉢《うえきばち》には髑髏《されこうべ》が植わっていて、歯をむき出していました。まったく、お姫様のお庭としては、とんでもないお庭でした。

「これでおわかりだろう。」と、お年寄りの王様はおっしゃいました。「ここに見られる人たちの運命が、とりもなおさずおまえのだよ。だから、そんなことは、どうかよしておくれ。おまえに万一のことがあれば、わしを不幸におとしいれるというものだ。わしはもう心配でならん。」

ヨハンネスは、心のやさしいお年寄りの王様の手にキスをして、きっとうまく行きます、私は美しいお姫様を、それは愛していますから、と言いました。

その時、お姫様が、お付きの侍女たちをつれて、馬に乗ってお城の中庭へはいって来ました。王様とヨハンネスとは、お姫様を迎えて挨拶《あいさつ》しました。お姫様は、それはやさしくて、ヨハンネスに手を差しのべました。それで、いままでよりも、なおいっそう、お姫様が好きになって、この人がみなの言うような悪い魔女だとは、どうしても思えませんでした。——みんなは大広間にあがりました。小姓たちが、砂糖煮のくだものや、こしょう入りのくるみ菓子をすすめました。

けれども、お年寄りの王様は悲しみのあまり、なんにもたべられませんでした。それに、くるみ菓子は、お年寄りの王様には、すこしかたすぎました。

さて、ヨハンネスは、いよいよあすの朝もう一度お城へ来るようにと言われました。その時は、裁判官と顧問官とが、全部集まって、どういう答えをするか聞くことになっていました。うまくいっても、あともう二度、来なくてはなりませんでした。けれども、いままでだれ一人として、さいしょの日からして、言いあてた者はなく、みんな命を失ってしまったのです。

ヨハンネスは、自分がどうなるかということは、すこしも気にかけていませんでした。それどころか、たいへんうきうきと、ただもう、美しいお姫様のことばかり思っていました。そして、きっと神様がお助けくださるものと、信じきっていました。しかし、どういうふうにして助けてくださるかという点になると、まるっきりわかりませんでした。そこで、いっそそのことは、考えないことにしました。そして、街道をおどるようにして、旅の道づれの待っている宿屋に帰って来ました。

ヨハンネスは、お姫様がどんなに親切だったか、また、どんなにきれいだったかなど、幾度も繰り返し話して、あきることがありませんでした。そして、いまからもう、早く、あしたの朝になって、お城へ行って、なぞをといて自分の運をためしたいと、ただそればかり待ちこがれているのでした。

しかし、旅の道づれは頭をふって、いかにも心配そうな顔つきをしていました。そして言いました。「わしは、おまえさんが大好きだ。だから、もっと長くいっしょにいたいんだが、もう別れなけりゃならないんだよ。なあ、可哀そうなヨハンネスさんや！　わしはいっそ泣きたいくらいだよ。けれども、これが、おまえさんと過ごす最後の晩だもの、せっかくのおまえさんの喜びを台なしにしたくない。さあ、愉快に楽しもうじゃないか。あす、おまえさんが出かけてしまったら、わしは存分に泣けるんだものね。」

町じゅうの人々の間には早くも、新しい求婚者がやって来たことが知れわたりました。町全体が深い悲しみに沈みました。芝居小屋はしまってしまう、菓子屋のおばさんたちは砂糖菓子の小豚に黒い喪章を巻きつける、王様は坊さんたちと教会でお祈りをする、どちらを向いても悲しみばかりでした。なぜなら、ヨハンネスが、いままでの求婚者よりうまくやるとは、だれだって考えられなかったからです。

夕方になると、旅の道づれは大きな鉢にポンスをたくさん造りました。そして、ヨハンネスにむかって「さあ陽気にやろうじゃないか。そしてお姫様のために乾杯しよう！」と言いました。ところが、ヨハンネスはポンスを二杯飲むと、もう眠たくなって、とても目をあけていることができなくなりました。そして、とうとう眠りこんでしまいました。旅の道づれは、ヨハンネスをそっと椅子《いす》から抱きあげて、寝床にねかしました。やがて、夜がふけて、あたりがまっ暗になりますと、白鳥から切り取った例の二つの大きな羽を出して来て、自分の肩にしっかりとゆわえつけました。それから、足をくじいた、あのおばあさんからもらった笞《むち》の中で、一番長いのをポケットに入れると、窓をあけて、お城を目ざしてまっすぐに町の上を飛んで行きました。お城の上まで来ますと、お姫様の寝室の窓のすぐ下のすみっこに、そっとからだをかくしました。

町じゅうはひっそりと静まりかえっていました。折りしも、時計が十二時十五分前をしらせました。すると、窓があいて、長い白いマントをまとい、大きな黒い翼をつけたお姫様が飛び出して来ました。そして、町の上を越えて、むこうの大きな山をさして飛んで行きました。旅の道づれは、自分のからだを、お姫様に見えないようにしておいて、そのあとを追いかけました。そして、笞《むち》でお姫様を打ちました。打たれたところからは、血が流れ出ました。ああ、なんという空の旅でしょう！　お姫様のマントは、風にあおられて、大きな帆のようにひろがりました。月の光も、それにさえぎられて、ぼんやり見えました。

お姫様は笞で打たれるたびに「おお、あられの降ること！　あられの降ること！」と言いました。笞で打たれるなんて、ほんとに、いい気味です。それでも、とうとう山に着きました。そして、山をトントンとたたきました。すると、雷の鳴るようなすさまじい音がして、山が開きました。お姫様はそこから中へはいりました。旅の道づれも、つづいてはいりました。だれの目にも見えないようにしていたので、だれ一人それに気づいた者はありませんでした。お姫様と旅の道づれとは、大きな長い廊下を通って行きました。廊下の壁は不思議な光を放っていました。よく見ると、何千とも知れない光グモが壁をのぼったりおりたりして、火のように輝いているのでした。やがて、二人は金と銀とで建てられた大広間に来ました。ヒマワリほどもある赤や青の大きな花が、壁にきらめいていました。でも、この花は摘むことができません。なぜなら、茎は見るも恐ろしい毒蛇《どくじゃ》で、花と見えたのは、毒蛇の口からはく炎だったからです。天井は、一面にぴかりぴかり光っているホタルと、薄い翼をばたばたやっている空いろのコウモリとでおおわれていました。まったく、世にも不思議な光景です。広間のまん中に玉座がありましたが、それは、四頭の馬の骸骨《がいこつ》の上にのっていました。くつわは、赤い火のクモでできていました。玉座そのものは乳色のガラスで、クッションは、たがいに尻尾をかみ合っているたくさんの小さな黒ネズミでした。玉座の上の天蓋《てんがい》は、バラ色のクモの巣でした。それに、宝石のようにきらめくきれいな緑いろの小さいハエがちりばめてありました。さて、この玉座には、年寄りの魔物が、みにくい頭に冠をかぶり、手に笏《しゃく》を持って、すわっていました。魔物はお姫様の額にキスをして、自分のそばのりっぱな椅子に腰をかけさせました。やがて、音楽が始まりました。大きな黒いキリギリスがハーモニカを吹きならすと、フクロウは、自分の太鼓がないものですから、そのかわりに自分のおなかを打ちました。こんなおかしな合奏ってありません！　色の黒い小びとの鬼が、頭巾《ずきん》に鬼火をつけて、広間の中を踊りまわりました。だれも、旅の道づれのいることには、気がつきませんでした。どこにいたかと言いますと、玉座のすぐうしろに立っていたのです。そうして、何から何まで見たり聞いたりしていました。やがて、ぞろぞろと宮中の役人が出て来ました。みんなどうして、なかなかハイカラで上品でした。けれども、ちゃんと物を見ることのできる人ならば、その正体がわからないはずはありません。じつは、これらの役人たちは、キャベツの頭をくりつけた箒の柄なのでした。それに魔物が命をふき込んで、刺繡《ししゅう》した着物をきせてやっただけのことなのです。けれども、そんなことはどうでもよいことでした。ただ、飾り立てるためだけのものですから。

しばらく踊りがあったあとで、お姫様は魔物に、また新しい求婚者が来たことを話して、あすの朝その男がお城に来たら、どんなことを心に思っていて、その男に言いあてさせたらいいでしょう、とききました。

「よし、よし！　いいことを教えよう。」と魔物は言いました。「なんでもごくたやすいことを思っているんじゃ。そういうことは、得て思いつかんもんじゃからな。そうだ、おまえの靴《くつ》のことを考えていなさい！　なに、言いあてられるものか。そうしたら、すぐ首を切らせなさい。だが、あすの晩わしの所へ来る時には、その男の目玉を持って来ることを忘れなさんなよ。久しく食わんもんでの。」

お姫様はうやうやしくおじぎをして、目玉のことは忘れませんと言いました。そこで、魔物は山を開いてやり、お姫様はお城へむかって飛び立ちました。旅の道づれは、あとをつけて、笞《むち》でひどく打ちました。お姫様は、ひどいあられが降ると思って、深いため息をつきながら、できるだけ急いで飛んで帰り、窓から寝室の中へはいりました。一方、旅の道づれは、ヨハンネスの寝ている宿屋に飛んで帰りました。そして、翼を取りはずして、ひどく疲れていたものですから、すぐ寝床《ねどこ》にはいって寝ました。

あくる日、ヨハンネスは朝早く目をさましました。旅の道づれも起きて、ゆうべ見た、お姫様とお姫様の靴の不思議な夢の話をしました。そして、そういうわけだから、お姫様はもしやご自分の靴のことを考えているのではありませんか、とこう答えてみなさいと言いました。言うまでもなく、山の魔物からじかに聞いて来たことなんです。でも、そのことには一言もふれませんでした。

「僕はまだ、なんと聞いてみようか、きめていないんです。」とヨハンネスは言いました。「たぶん、あなたが夢でごらんになったことは、間違いのないことでしょう。僕は、いつだって、神様が僕をお助けくださると、信じていますから。でも、あなたに、さよならを言っておきましょう。もし僕が失敗したら、もうお目にかかれませんから。」

二人はお互いにキスをしました。それから、ヨハンネスは町へいって、お城をさして行きました。大広間は人でいっぱいでした。裁判官たちは、ひじかけ椅子に腰をかけ、頭のうしろに雁《がん》の綿毛のはいったクッションをあてがっていました。なにしろ、この人たちは、たくさん考えごとをしなければならないからです。お年寄りの王様は立ちあがって、白いハンケチで涙をおふきになりました。やがて、お姫様がはいって来ましたが、きのうよりも、また一だんと美しく見えました。お姫様は、人々に愛きょうよく会釈《えしゃく》をしてから、ヨハンネスに手を差しのべて、「お早うございます。」と言いました。

さて、いよいよ、ヨハンネスは、お姫様が何を考えているか、言いあてることになりました。お姫様は、それはそれはやさしくヨハンネスを見つめました。ところが、たった一言「靴《くつ》!」という言葉がヨハンネスの口から出ますと、たちまち顔がまっさおになって、からだじゅう、ぶるぶる震え出しました。もうどうにもなりません。なにしろ、ヨハンネスは、ぴったりと言いあてたのですもの!

でかしたぞ！　お年寄りの王様の喜びはたいしたもので、思わず、思いきったとんぼ返りをなさいました。人々は王様と、はじめてちゃんと言いあてたヨハンネスとに、盛んな拍手をおくりました。

一方、旅の道づれも、うまくいったと聞いて、たいそう喜びました。ヨハンネスは、手を合わせて神様にお礼を申し上げました。神様は、あと二回もきっとお助けくださるでしょうと信じて。あくる日は、またなぞを言いあてなければならないのでした。

その晩も、ゆうべとそっくり同じでした。ヨハンネスが眠ってしまうと、旅の道づれは、お姫様のあとをつけて山まで飛んで行きながら、ゆうべよりも強く笞《むち》で打ちました。なにしろ、今夜は笞を二本も持って行ったからです。そして、だれにも、姿を見られることなしに、何もかも聞いてしまいました。お姫様は、こんどは手袋のことを考えることになりました。それを旅の道づれは、夢で見たことにして、ヨハンネスに話しました。そこでヨハンネスは、またもや正しく言いあてることができました。そのため、お城じゅうたいへんな喜びようでした。宮中のお役人たちは、きのう王様がなさったのをまねて、みんなでとんぼ返りをやりました。けれども、お姫様はソファーによりかかって、ただの一言も口をきこうとしませんでした。さあ、いよいよ、ヨハンネスが三度目も、正しく言いあてるかどうか、ということになりました。もし、これがうまくいけば、美しいお姫様をお嫁さんにもらい、お年寄りの王様がおかくれになったあとは、この国全体を受けつぐこともできるのです。もししくじったならば、命をなくした上に、魔物に、きれいな青い目をたべられてしまうのです。

その晩もヨハンネスは早く寝床にはいり、夜のお祈りをして、安らかに眠りました。けれども、旅の道づれは、背中に翼をゆわえつけ、サーベルを腰にさげると、笞を三本とも持って、お城をさして飛んで行きました。

その夜は、おそろしくまっ暗やみでした。おまけに屋根の瓦《かわら》も吹き飛ばされるほどのあらしになりました。骸骨《がいこつ》のぶらさがっている庭の木も、風でアシのようにまがりました。稲妻《いなずま》は絶え間なく光り、雷は夜どおし鳴りつづけました。やがて窓が開いて、お姫様が飛び出してきました。顔は死神のように青ざめていました。けれども、こんなひどいあらしにも、びくともしないで、このくらい、大したことないわ、とばかり笑っていました。白いマントは風にあおられて、大きな帆のように空中にはためきました。旅の道づれは、笞《むち》を三本ともいっしょに持って、お姫様を打ちました。そのため、血がぽたぽた地面に落ちました。しまいには、もう飛ぶのもやっとになりました。それでも、やっとのことでお姫様は山にたどり着きました。

「まあ、なんてひどいあらしだこと！　なんてひどいあられだこと！　こんなお天気にそとに出たことなんかいままでありませんでしたわ。」とお姫様は言いました。

「なに、いまに、よいこともたんとあるじゃろう。」と魔物は言いました。お姫様は、ヨハンネスに二度目も言いあてられたことを話し、もし、あしたもそうなると、ヨハンネスの勝ちになって、もうこの山へは来られなくなり、魔法を使うこともできなくなります、と言いました。そして、たいへん悲しがりました。

「こんどこそは、決して言いあてさせはしないぞ！」と魔物は言いました。「その男の思いもよらないことを考え出してみよう。それでも言いあてたなら、その男は、わしよりもえらい魔法使に違いないぞ。だが、まあ一つ、にぎやかにやろうじゃないか。」こう言って魔物はお姫様の両手をとると、広間にいた鬼火や小鬼どもといっしょに、ぐるぐる輪をかいて踊り出しました。赤いクモも負けずに陽気に、壁を上下に飛びはねました。そのため、壁はまるで炎の花が、火花を散らしているように見えました。フクロウは腹づつみを打つ、コオロギは歌う、黒いキリギリスはハーモニカを吹く、いやもう、とんだ愉快な舞踏会となりました！――

みんながさんざん踊りぬいた時、お姫様の帰る時刻がきました。いま帰らないと、お城の人々が、お姫様のいないのに気がついてしまうからです。魔物は、お城まで送ってあげよう、そうすれば、その途中だけでもいっしょにいられるから、と言いました。

そこで二人は、ひどいあらしの中を飛び出しました。旅の道づれは、二人の背中を三本の笞《むち》で、打って打って打ちのめしました。こんなにひどいあられの降る中は、さすがの魔物も飛んだことがありませんでした。お城の上まで来ますと、魔物はお姫様に別れを告げながら「わしの顔のことを思っていなさい！」と小声で言いました。けれども、旅の道づれは、それをちゃんと聞いてしまったのです。お姫様はすぐ、窓から寝室にすべり込みました。そして、魔物は山へ引き返そうとしました。その瞬間、旅の道づれは、魔物の長い黒いひげをつかむなり、サーベルでそのみにくい頭を、ちょうど、首のつけねから切り落としてしまいました。こうして、さすがの魔物も、この旅の道づれの姿は、一度として見ることができなかったのです。旅の道づれは、魔物のからだを湖の中へほうり込んで、魚の餌食にしてしまいましたが、頭は水で洗って、絹のハンケチに包んで、宿屋に持って帰りました。そうして、寝床《ねどこ》にはいって眠りました。

あくる朝、旅の道づれは、ヨハンネスにハンケチの包みを渡しながら、お姫様が何を考えてい

るかときかれるまでは、決してこれをほどいてはならない、と言いました。

さて、お城の大広間には、まるで赤ラディシュをたばねたように、大ぜいの人がぎっしり詰めかけていました。顧問官たちは、柔らかなクッションのある椅子に腰をかけ、お年寄りの王様は新しい着物をお召しになっていました。金の冠と笏《しゃく》とはぴかぴかにみがいてあって、たいへんりっぱに見えました。それに引きかえ、お姫様は目立って青ざめている上に、着物がまっ黒で、ちょうどお葬式にでも出かける時のようでした。

「さあ、わたしは何を考えていますか？」とお姫様はたずねました。ヨハンネスはすぐに、ハンケチの包みをときました。そして、だれよりもさきに、自分自身がびっくり仰天してしまいました。それもそのはずです、恐ろしい魔物の首がころがり出たのですもの。この、身の毛もよだつような光景に、人々もみな、ふるえあがってしまいました。けれども、お姫様は、石の像のようにじっとすわったまま、ただの一言も言うことができませんでした。それでも、とうとうしまいに、立ち上がって、ヨハンネスに手を差しのべました。なにしろ、ヨハンネスは、ぴったりと言いあててしまったのですもの。お姫様はだれの顔も見ないで、深いため息をつくと、こう言いました。「これであなたは、わたくしの旦那《だんな》様です。今晩、御婚礼の式をあげることにいたしましょう。」

「こんなうれしいことはない！」と、お年寄りの王様は言いました。「ではさっそく、そういうことにいたそう。」人々はみんなばんざいを叫びました。軍楽隊は音楽行進をやり、教会からは鐘が鳴りわたりました。菓子屋のおばさんたちは、砂糖菓子の小豚の黒い喪章を、また取りのぞきました。こうなれば、うれしいことばかりですから。おなかのなかにカモとニワトリとを詰めて丸焼きにした牛が三頭、市場広場のまん中に持ち出されて、だれにでも一きれずつ切り取らせました。噴水からは、とびきり上等のぶどう酒がほとばしりました。おまけに、パン屋で一シリングのパンを一つ買うと、上等の小麦パンの大きいのを六つも、しかも、干しぶどう入りのを、おまけにくれました。

夕方になると、町じゅうにイルミネーションがつきました。兵隊はお祝いの大砲を打ち、子供たちはかんしゃく玉を鳴らして遊びました。王様のお城では、盛んな宴会がひらかれ、食べたり、飲んだり、乾杯をしたり、飛んだりはねたりです。上品な紳士たちと、美しいお嬢さん方が、お互いに手をとってダンスをしました。みんなの歌う声が、遠くの方まで聞こえました。

「そろうた、そろうた、きれいな娘
みんな、踊りが、だいお好き！
くるりとまわれば糸捲《いとよ》り車。
可愛いこの娘《こ》もきりょうよし。
さっさ、とんとと踊らにゃそんよ、
靴《くつ》のかかとのとれるまで」

けれども、お姫様はまだ、魔女のままでしたから、ヨハンネスをすこしも好きになれませんでした。旅の道づれは、それに気がつきましたので、白鳥の翼から抜き取った三枚の羽と、水薬のすこしはいっている小さなびんとを、ヨハンネスに渡して、こう言いました。——水を入れた大きなたらいを、お姫様のベッドのそばにおいてもらって、お姫様がいざベッドにはいろうとする時、ちょっと突きとばすのだよ。お姫様はたらいの中へころげ落ちるから、そこで、前もって羽と、びんの中の薬とを入れておいた水の中に、お姫様を三度沈めるのだ。そうすると、魔法の力が消えて、ヨハンネスが好きになるだろう。

ヨハンネスは、旅の道づれに言われたとおりにしました。お姫様は、水の中に沈められた時、とてもかん高い叫び声をあげました。と思うと、たちまち、一羽のまっ黒な大きな黒鳥となって、ぎらぎら火を吹くような目をむいて、ヨハンネスの手の下でもがきました。二度目に水の上に浮かび出てきた時には、黒鳥は白くなっていました。ただ、首のまわりに、黒い環《わ》があるきりでした。ヨハンネスは、神様に熱心にお祈りしながら、三度その鳥に水を浴びせました。すると、そのとたんに、白鳥は世にも美しいお姫様になりました。お姫様は前よりもずっときれいでした。そして、美しい目に涙をいっぱい浮かべて、ヨハンネスのために魔法から救われたお礼を言いました。

あくる朝、お年寄りの王様は、宮中のご家来を全部おつれになって来ました。お祝いの言葉を述べに来る人は、一日じゅう絶え間がありませんでした。そして、一番おしまいに、旅の道づれが来ました。見ると、手に杖を持ち、背中には背嚢《はいのう》をしょっているではありませんか。ヨハンネスは幾度も幾度もキスをした上、どうぞどこへも行かないで、いつまでもここにいてください、わたしがこんなに幸福になったのも、みんなあなたのおかげなのですから、と言いました。けれども、旅の道づれは頭を振って、静かにやさしく言いました。「いやいや。もうわたしの時は終わったのです。わたしはただ、借金を返しただけですよ。お前さんは、悪い人たちにひどい目にあいそうになった、いつかの死んだ男のことをまだ、おぼえていなさるだろうか。お前さんは、持っていたお金を残らずそいつらにやって、その死人を安らかにお墓の中で眠らせてくれたね。その死人がじつは、このわたしなのです。」

こう言ったかと思うと、旅の道づれの姿は消えてしまいました。——

御婚礼のお祝いは、まるひと月もつづきました。ヨハンネスとお姫様とは、お互いに心から愛し合いました。そして、お年寄りの王様は、それからも、ずっと楽しい年月をお過ごしになり、愛くるしい小さなお孫さんたちをひざの上にのせて、あやしたり、笏《しゃく》をおもちゃにさせたりなさいました。でも、ヨハンネスが、いまでは国じゅうの王様なのでした。

人魚姫

海をはるか沖へ出ますと、水は一番美しいヤグルマソウの花びらのように青く、このうえなくすんだガラスのようにすんでいます。ところが、その深いことといったら、どんなに長い、いかりづなでもとどかないくらい深くて、教会の塔をいくつも、いくつも積み重ねて、ようやく水の上までとどくほどです。このような深い海の底に、人魚たちは住んでいるのです。

　さて、海の底は、なにも生えていないで、ただ白い砂地だけだろう、などと思ってはいけませんよ。いいえ、そこには、それは珍しい木や草が生《は》えているのです。その茎や葉のなよなよしていることは、水がほんのすこし動いても、まるで生きもののように、ゆらゆら動くのです。そして、小さいのや大きいのや、ありとあらゆる魚がその枝のあいだをすいすいとすべって行きます。それはちょうど、この地上で、鳥が空を飛びまわっているのと同じです。この海の底の、そのまた一番深いところに、人魚の王様のお城が建っています。お城の壁はさんごで築いてあり、上のとがった高い窓は、このうえもなくすきとおったこはくでできています。屋根は、貝殻でふいてありましたが、それが水の動くにつれて、開いたり閉じたりする様子は、まったくみごとなものでした。なぜなら、その貝殻の一つ一つには、きらきら光る真珠がはいっているのですから。それ一つだけでも、女王様の冠の、りっぱな飾りになるくらいでした。

このお城に住まっている人魚の王様は、もう何年も前から、やもめ暮らしをしておいででした。それで、お年寄りのお母様が、いっさい、おうちの世話をしていました。お母様は賢いかたでしたが、家柄のよいのが、ご自慢で、尻尾にはいつも、かきを十二もつけていました。ほかの者は、どんなに身分が高くても、たった六つしかつけられないのです。——けれども、そのほかのことでは、ほんとうに、ほめてあげてよいかたでした。とりわけ、お孫さんの小さい姫たちを、だいじにすることは、たいしたものでした。姫はみなで六人で、どれもきれいなかたばかりでしたが、わけても末の姫は、一番きれいでした。膚は、バラの花びらのように、すきとおるほどきめがこまかく、目は深い深い海のような青い色をしていました。けれども、おねえさんたちと同じく、足というものがなくて、胴の下は魚の尻尾になっているのでした。

一日じゅう、みんなは海の底の広々した部屋で遊び暮らしました。部屋の壁には、生きている花が咲いていました。大きなこはくの窓を開きますと、魚が泳いではいってきます。ちょうど、わたくしたちが窓をあけると、ツバメが飛んではいってくるように。魚は小さい姫たちの方へ泳いできて、みんなの手から、たべものをたべたり、また、なでてもらったりしました。

お城のそとには、大きな庭があって、まっかな木や、まっさおな木が生《は》えていて、木の実は金色に光り、花は燃える火のように輝き、たえず茎や葉をそよがせていました。地面はごくこまかい砂地で、それがゆおうの炎のような青い光をはなっていました。こうして、庭全体に、不思議な青い光が漂っているので、海の底にいるというよりは、上を見ても下を見ても青々とした大空に、高く浮かんでいるような感じでした。風のないでいる時には、お日様を仰ぐこともできました。そういう時、お日様は紫いろの花のように見え、そのうてなから、あたり一面の光がさしてくるようでした。

小さい姫たちは、この庭の中に、めいめいの小さな花壇を持っていて、そこを好きなように掘りかえして自分の好きな花を植えることができました。一人の姫は花壇をクジラの形につくるかとおもえば、もう一人の姫は小さい人魚の形にしたほうがいいと思いました。ところが、一番末の姫は、お日様のようにまんまるな花壇をつくって、お日様のように赤く輝く花ばかりを植えました。この末の姫は、もの静かな、考え深い、すこしかわった娘でした。おねえさんたちが、沈んだ船から持ってきた、珍しい物で飾って遊んでいる時、この姫は、はるか上の方に見えるお日様に似たバラ色の花のほかには、たった一つ、美しい大理石の像を大切にしていました。それは、すきとおるようにまっ白な大理石に彫った、美しい少年の像で、難破した船から海の底へ沈んできたものでした。姫はこの像のそばに、バラ色のシダレヤナギを植えました。それはみごとに成長して、若い枝を像の上にたれ、そのさきは青い砂地にとどきそうにたれていました。砂地に映った影は、枝の動くにつれて、紫いろにゆらめいて、ちょうど、枝の先が、根とたわむれて、お互いにキスをしようとしているようでした。

姫たちにとっては、海のそとの人間の世界のお話を聞くくらい、たのしいことはありませんでした。お年寄りのおばあ様は、船や町や、人間や動物のことなど、知っていることはなんでもお話をさせられました。なかでも、姫たちにとって、不思議な美しさに思われたのは、海のそとの地上では、花がよいかおりで匂《にお》っているということでした。海の底では、そういうことはありませんでした。また、地上では、森は緑いろで、枝のあいだに見えかくれする魚が、高い美しい声で歌をうたうことができて、それを聞くのがそれはたのしみだということでした。おばあ様が、魚、と言ったのは、小鳥のことなのです。なぜなら、そう言わないと、まだ鳥というものを見たことのない姫たちには、おばあ様のお話がわからなくなるからでした。

「おまえたちが十五になったら、」と、おばあ様は言いました。「そうしたら、海の上に浮かび上がって行くのを、許してあげますよ。その時は、岩の上にすわって、お月様の光を浴びながら、そばを通る大きな船を見たり、森や町をながめたりすることができますよ。」さて、次の年に、一番上の姫が十五になりました。ほかの姫たちは一つずつ年が下でした。ですから、一番下の姫は、海の底から浮かび上がって、わたしたち人間の世界がどんな様子だか見られるようになるまでには、まだ、まる五年もありました。そこで、みんなのあいだで、海の上に浮かんださいしょの日に見たことで、一番美しいと思ったことを、帰ってきたら、妹たちに話してきかせるという約束をしました。なぜなら、おばあ様のお話だけでは、もう満足できなくなったからです。それほど、姫たちには、知りたいことがたくさんあったのです。

ところが、一番強いあこがれをいだいていたのは、よりによって一番長く待たなければならない、もの静かな、考えぶかい末の姫でした。幾夜も、姫は開かれた窓ぎわに立って、魚がひれや尾を動かして泳いでいる、まっさおな水をすかして、上の方を見あげるのでした。そこからは、お月様や星が見えました。その光は、たしかにぼんやりしていましたが、そのかわり水をとおしてくるので、わたしたちの目に映るよりは、ずっと大きく見えました。時には、黒い雲のようなものが光をさえぎって、すべって行くことがありました。それが頭の上を泳いで行くクジラかでなければ、たくさんの人を乗せた船だということは、姫も知っていました。でも、船の人たちは、下の方に可愛らしい人魚のお姫様が立っていて、白い手を船の方へさしのべていようとは、夢にも思っていなかったでしょう。

さて、一番上の姫は十五になりました。そして、いよいよ海の上に浮かび出ていいことになりました。

姫が帰ってきた時は、お話が山ほどありました。でも、一番たのしかったのは、月の明るい夜、静かな海べの砂浜にすわって、海ぞいの大きな町に、何百というあかりが、星のようにまたたいているのをながめて、音楽に耳をかたむけたり、車馬や人々のざわめきを聞いたり、また、方々の教会や塔を仰いで、鐘がなるのを聞いたりすることだったと言いました。まだ、しばらくは、そこへのぼって行くことができないだけに、末の姫は、だれよりも、熱心にこうしたことに、あこがれを感じました。

ああ、どんなに熱心に、姫は、この話に聞きいったことでしょう。それからというものは夕方になると、開いた窓のそばに立って、まっさおな水の中を見あげては、いろいろの物音《ね》が聞こえるという大きな町のありさまを心に描くのでした。すると、気のせいか、教会の鐘の音までが、この海の底まで響いてくるような気がするのでした。

あくる年は、二番目の姫に、海の上に浮かんで行って、好きなところを泳ぎまわってもよろしい、というお許しが出ました。姫が浮かび上がった時は、ちょうどお日様が沈むところで、そのながめは、このうえなく美しいものに思われました。姫の話では、空一面が金色に輝いていて、雲の美しさといったら、とても言葉では言いあらわすことができなかったと言います。その雲は赤に、また、スミレ色に、染まって頭の上を流れて行くのでした。ところが、その雲よりもはやく、一むれの白鳥が長い白いヴェールのように、遠く波の上を入り日の方へ飛んで行きました。姫はその方へ泳いで行きましたが、まもなく、お日様は沈んで、海の上や雲の上に漂っていた、バラ色の輝きも消えてしまいました。

その次の年は、三番目の姫が海の上に浮かびました。この姫は、みんなのうちで一番勇気がありましたから、海にそそいでいる大きな川をさかのぼって行きました。ブドウのつるにおおわれた、美しい緑の丘が両岸に見え、お城や農園が、みごとな森のあいだに見えがくれしました。いろいろの鳥が歌をうたっているのも聞きました。お日様が、あまり暖かに照りつけるので、姫はなんども水の中にもぐって、ほてった顔をひやさなければなりませんでした。とある小さな入江では、人間の子供たちがいました。子供たちは、まっぱだかではねまわったり、水をパチャパチャさせたりしていました。姫がいっしょに遊ぼうとすると、みんなはびっくりして、逃げてしまいました。そこへ、一匹の小さい黒い動物がやってきました。それは犬でしたが、もちろん姫は犬というものを見たことがありません。犬は姫にむかってひどくほえたので、こわくなって、またひろびろとした海へもどったのでした。けれども、あの美しい森や、緑の丘や、また、魚の尻尾を持っていないのに泳ぐことのできる、可愛らしい子どもたちのことは、いつまでも、忘れることができませんでした。

四番目の姫には、それほどの勇気はありませんでした。それで、ずっと大海原《おおうなばら》のまん中にばかりいました。姫の話では、そここそ一番美しいところだったと言います。ぐるりは何マイルもさきまで、目をさえぎるものはなく、空は大きなガラスの円天井のように、おおいかぶさっていました。ときどき見える船は、はるか遠くの方に、まるでカモメのようにみえました。おどけもののイルカは、とんぼ返りをするし、大きなクジラどもは、鼻のあなから潮をふきあげて、あたり一面に何百という噴水をつくっていました。

さてこんどは、五番目の姫の番になりました。この姫の誕生日は、ちょうど冬のさなかでしたから、おねえさんたちの見なかったものを見ることができました。海は見わたすかぎり、緑いろで、まわりには大きな氷山が浮かんでいました。姫の話によりますと、氷山の一つ一つは、ちょうど真珠のように見えますが、その大きさときたら、人間の建てた教会の塔よりも、ずっと大きかったと言います。また、その形にも、いろいろ不思議なのがありました。しかもそれが、ダイヤモンドのように輝いているのでした。姫はそのなかでも一番大きい氷山の上にすわりました。

そばを通る船びとたちは、姫が氷山の上で長い髪の毛を風になびかせているのを見て、びっくりして、おじけをふるって船の向きをかえて行ってしまいました。日が暮れると、空は雲でおおわれてしまい、稲妻《いなずま》がひらめき、雷がとどろきわたりました。そのあいだ、大きな氷のかたまりは、まっ暗な海の上に高く持ちあげられながら、赤い稲妻の光に照らしだされるのでした。船という船は帆をおろして、人々は恐れおののきました。けれども、姫は、波に漂う氷山の上にじっとすわって、青い稲妻が、きらめく海面にジグザグに落ちるのを見ていました。

こうして、おねえさんたちは、はじめて海の上に出たときはいずれも、自分の見た新しいものや美しいものに夢中になるのでした。けれども、年ごろになって、いつでも好きなときに行けるようになりますと、たちまち熱がさめてしまって、またもや家《うち》が恋しくなり、ひと月もたちますと、海の底がやはり一番美しく、住みよいなつかしいところだと、言うようになるのでした。

五人のおねえさんたちは、夕方になると、よくいっしょに手をつないで、海の上へ浮かんで行きました。姫たちは、どんな人間よりも美しい声を持っていました。あらしになって、船が沈みそうになりますと、その前を泳ぎながら、どんなに海の底が美しいかということを、それはそれはいい声でうたいました。そして、海の底へ行くのをこわがらないでください、と頼むのでした。けれども、船びとたちには、その言葉がわかりません。あらしの音だとばかり思いこんでいるのでした。それにまた、人間は、海の底の美しさを見ることはできないのです。というのは、船が沈みますと、人間はおぼれて、人魚の王様のお城へつくころには、もう死んでしまっているからです。

こうして、おねえさんたちが毎晩、お互いに腕を組んで海の上へ浮かんで行く時、末の姫は、たった一人あとに残されて、みんなのあとを見送るのでした。そんな時は、泣きたいような気持ちになりました。けれども、人魚には涙というものがないのです。それだけに、いっそう苦しい思いをするのでした。

「ああ、早く十五になりたいわ！」と、姫は言いました。「わたし、海の上の世界と、そこに住んでいる人間が、きっと好きになれると思うわ。」

そのうちに、とうとう姫も、十五になりました。

「さあ、おまえも、いよいよ、一人前になるんですよ。」と、王様の母君の、おばあ様が言いました。「いらっしゃい！　おねえさんたちと同じように、お化粧をしてあげましょう。」こう言って、おばあ様は、白ユリの花冠を姫の頭にのせました。その花びらは一つ一つが、真珠を半分にしたものでした。その次に、おばあ様は、姫のりっぱな身分をあらわすために、八つの大きなカキに、姫の尾をしっかりはさませました。

「まあ、痛いわ！」と、人魚姫は言いました。

「りっぱになるんですから、すこしは、がまんしなくてはいけません。」と、おばあ様は言いました。

ああ、姫はどんなに、こんなけばけばしいものなんか、みんなふり捨て、重たい冠もぬいでしまいたかったことでしょう。自分の花壇に咲いている赤い花のほうが、ずっとよく似あうにきまっています。けれども、いまさら、どうしようもありません。姫は、「行ってまいります！」と言うと、すきとおったあわのように、かるがると、水の中を上へ上へとのぼって行きました。

姫が頭を水の上に出したときは、今しもお日様が沈んだところでした。けれども、雲という雲はまだ、バラ色に、また金色に輝いていました。うすもも色の空には、宵の明星《みょうじょう》がキラキラと美しく光っていました。空気はおだやかで、すがすがしく、海は鏡のように静かでした。その時、むこうに、三本マストの大きな船が浮かんでいました。風がすこしもないので、帆はたった一つだけしか、あげてありませんでした。帆げたの上や、帆づなのまわりには、水夫たちが腰をおろしていました。やがて、音楽と歌が聞こえてきました。夕やみがこくなりますと、何百という色とりどりのちょうちんに火がともりました。それはちょうど、万国旗が風にひるがえっているようでした。人魚姫は船室の窓の近くへ、泳いで行ってみました。からだが波にもちあげられるたびに、すきとおった窓ガラスの中を見ることができました。そこには美しく着飾った大ぜいの人がいました。けれども、なかで、ひときわ目立って美しいのは、大きい黒目がちの目をした若い王子でした。年はたしかに十六より上ではありませんでした。ちょうどきょうは、この王子の誕生日だったので、それで、このようににぎやかにお祝いをしているのでした。水夫たちが甲板《かんぱん》でダンスをはじめました。そこへ若い王子が出て行きますと、打上げ花火が百以上もあがりました。そのため、あたりが、昼間のように明るくなりました。人魚姫はびっくりして、あわてて水の中にもぐりましたが、すぐまた顔を出してみました。そのとたんに、空の星がみな頭の上に落ちてきたような気がしました。花火というものを、姫はまだ見たことがなかったのです。大きなお日様がいくつも、シューシュー音を立ててまわっています。すばらしい火の魚が、青い空におどりあがりました。そして、それらがみな、静かな、すみきった海に映るのでした。船の上は、人間はもとより、どんな細い帆づなでさえ一本一本かぞえられるくらい明るく照らされました。ああ、どんなに若い王子はきれいだったでしょう！　王子は人々と握手をして、ニコニコほほえんでいます。そのあいだも、音楽はこのはなやかな夜の空になり響いているのでした。

夜はふけました。けれども、人魚姫はいつまでも、船と美しい王子とから目をはなすことができませんでした。もう、色とりどりのちょうちんの火は消え、花火もあがらず、祝砲もとどろかなくなりました。ただ、海の底の方で、にぶいうなりがしているだけでした。それでも、姫は水の上に浮かんで、波のまにまにゆられながら、船室の中を見ていました。そのうちに、船がいままでより、はやく走りはじめました。そして、帆が一つ、また一つと、張られました。気がつくと、波がいままでより高くうねり、大きな黒雲が押しよせてきて、遠くで稲妻《いなずま》が光りました。ああ、いまにも恐ろしいあらしになりそうです。水夫たちは、またもや帆をたたみました。大きな船は、荒れ狂う海の上を、はげしくゆれながら、矢のように走って行きます。波は黒い大きな山のようにもりあがり、いまにもマストの上にくずれかかるようでした。船は大きな波と波とのあいだを、白鳥のようにくぐり抜けると、すぐまた、塔のように盛りあがる波のてっぺんに持ちあげられました。これは人魚姫には、たいそう愉快な波乗りでしたが、しかし、船びとたちは、それどころではありません。船はきしんで、メリメリと音をたてました。大波が船にぶつかるその強い力で、厚い船板がたわみ、水がどっと流れこんできました。マストが、アシのように、まっ二つに折れて、船は横たおしになって、海水がキャビンの中まで、流れこみました。この時ようやく、人魚姫は、これはただごとではないことに気がつきました。それどころか、姫自身も、海の上に投げ出された材木《ざいもく》や板ぎれなどに、気をつけなければなりませんでした。そのとたんに、あたりが炭のようにまっ暗になって、何もかも見えなくなりました。と、すぐまた、稲光がして、ぱっと明るくなり、船の上がすっかり見えました。なんという騒ぎでしょう！　姫はその中で若い王子の姿を捜しました。しかし、見つかったと思ったとたんに、船がまっぷたつに割れて、深い海に沈んでしまいました。その瞬間、姫は、王子が海の底へおりて来るものと思って、たいそううれしくなりました。けれども、すぐまた、人間は水の中では生きていられないということを思い出して、この王子もお父様のお城へつくまでには死んでしまうにちがいないと考えなおしました。死ぬなんて、そんなことになってはなりません！　そこで、海の上に漂っている材木や板ぎれのあいだを、かきわけて泳いで行きました。もしその一つにでもぶつかったら、からだが押しつぶされてしまうことも、すっかり忘れて。

姫は一度深く水の下にもぐって、ふたたび波のあいだに浮かび上がりました。こうして、とうとう若い王子のところに泳ぎつきました。王子は、このあらしの海の中を、もうそれ以上泳ぐだけの力がなくなり、腕も脚《あし》もぐったりし、美しい目はかたく閉じていました。もし人魚姫がきてくれなかったならば、死んでしまったことでしょう。姫は王子の頭を水の上にささえて、波のまにまに、どこへともなく漂って行きました。

あけがたになって、あらしはやみましたが、船は、もう影も形も見えませんでした。お日様があかあかとのぼって、水の上を照らしますと、気のせいか、王子のほほにも、命の光がさしてきたように思われました。しかし、目はやはり閉じたままでした。人魚姫は、王子のひいでた美しい額《ひたい》にキスをして、ぬれた髪の毛をかきあげてあげました。姫には王子が、海の底のあの小さい花壇にある大理石像に似ているように思えてなりませんでした。姫はもう一度キスして、どうぞ生きかえりますように、と心の中でお祈りしました。

やがて、むこうに、陸地と高い青い山が見えてきました。山の頂には、白い雪が、白鳥の寝ているような形に輝いていました。下の方の海岸には美しい緑の森があって、その手前に、教会かそれとも僧院か、よくはわかりませんが、建物が一つ立っていました。その庭には、レモンとオレンジの木が茂っており、門の前には高いシュロの木が立っていました。海はそこで静かな小さい入江をつくっていました。けれども、水はたいそう深くて、まっ白いこまかな砂が打ち上げられている入江の奥の岩のところまでつづいていました。姫は美しい王子を抱いて、そこまで泳いで行くと、頭の方を高くして、暖かい日の光にあたるように気をくばりながら、王子を砂の上に寝かせました。

その時、大きな白い建物の中で鐘が鳴りました。そして、大ぜいの若い娘たちが庭に出てきました。そこで、人魚姫はずっとあとへ泳ぎもどって、水の中から突き出ているいくつかの大きな岩のかげにかくれました。そして、海のあわを髪の毛や胸の上にかぶって、だれにも、顔を見られないようにしました。こうして、この気の毒な王子のところへ、どんな人がくるかと、気をつけていました。

ほどなく、そこへ一人の若い娘がやってきました。娘はたいそうびっくりしたようでしたが、それもほんのつかの間で、すぐ、ほかの人たちをよんできました。人魚姫がなおも見ていますと、王子はとうとう正気にかえって、まわりの人たちにほほえみかけました。けれども、かんじんの姫のほうへは、ほほえみかけてくれませんでした。それもそのはず、姫に救ってもらったとは、夢にも知らなかったのですもの。姫はすっかり悲しくなりました。そして、王子が大きな建物の中へ運びこまれてしまうと、泣く泣く水の中に沈んで、お父様のお城へ、帰って行きました。

もともとこの姫は、静かな、考え深いたちでしたが、いまでは、それがいっそう、ひどくなりました。おねえさんたちは、海の上でさいしょに何を見てきたかと、しきりにたずねましたけれど、姫は何の話もしませんでした。

それからは、姫は、幾晩も、幾朝も、王子に別れた浜べに浮かび上がりました。庭のくだものが、いつしか熟して、摘みとられるのも見ましたし、高い山々の雪がとけてゆくのも見ました。けれども、王子の姿だけは、見ることができませんでした。そのたびに姫は、よけいに悲しみをつのらせて、家《うち》へ帰ってくるのでした。姫のたった一つの慰めといえば、小さい花壇の中にすわって、王子に似ている美しい大理石像を両腕に抱くことでした。そのため、花の世話は、すっかりおるすになり、草花は荒野のように、ぼうぼうと茂って、路《みち》の上までおおいかぶさってしまいました。そして長い茎や葉が、木の枝とからみあって、あたりをすっかり、暗くしていました。

とうとう姫は、もうこれ以上がまんができなくなりました。そこで、おねえさんの一人にそれをうちあけました。すると、すぐ、ほかのおねえさんたちも知ってしまいました。けれども、知っているのはおねえさんたちと、ほかにほんの二三の人魚の娘たちだけでした。そして、この娘たちは、ごく親しい友だちのほかには、だれにもそれをもらしませんでした。ところが、その友だちのうちに、王子のことを知っている娘がいました。その娘も、いつかの船の上のお祝いを見ていたのでした。そして、王子がどこの人で、その国はどこにあるかということも知っていました。

「さあ妹よ！　行きましょう。」と、おねえさんたちが言いました。そして、みんなで肩を組んで一列になって、王子の御殿があると聞いた海べへのぼって行きました。

その御殿は、つやのあるクリーム色の石でつくられていました。そして、大きな大理石の階段がいくつもあり、その一つは海の中へおりていました。りっぱな金いろの円屋根が屋根の上にそびえています。建物のまわりをとりまいている円柱のあいだには、まるで生きているような大理石像が立っていました。高い窓の、すきとおったガラスから、中を見ますと、そこは、りっぱな大広間で、高価な絹の窓掛けや絨毯《じゅうたん》が、かかっていました。まわりの壁には、いくら見ても見あきない大きな絵がいくつも飾ってありました。一番大きな広間のまん中には、大きな噴水が、さらさらと音をたてていました。その水柱は、高いガラスばりの円天井にむかって、吹き上げていました。天井からさしこんでくるお月様は、水の上や、大きな水盤に浮かんでいる美しい水草を照らしていました。

さて、こうして、王子の住んでいる御殿がわかりますと、それからというもの末の姫は、幾夜も幾夜も、水の上に浮かんできました。そして、ほかのだれもが、とてもそれだけの勇気が出ないくらい、陸の近くまで泳いで行きました。しまいには、狭い掘割をさかのぼって、水の上に長い影を映している、りっぱな大理石のバルコニーの下まで行きました。そして、その下に身をひそめて、若い王子を見あげました。王子の方は、そんなこととは夢にも知らず、ただひとり、明るい月の光を浴びているのでした。

姫はまた、幾度か王子が旗をなびかせた美しいボートを夕方の海へこぎ出して、音楽をたのしむのを見ました。姫は緑のアシの葉かげに身をひそめて、じっとその方を見ていました。そのような時、風が吹いてきて、姫の長い銀色のヴェールをひらひらさせることがありました。それを見た人たちは、白鳥が翼をひろげたのだと思うのでした。

姫はまた、幾夜も、たいまつをともして海に漁に出た漁師が、若い王子のことを、たいそうほめているのを聞きました。この評判のよい王子が死んだようになって荒波に漂っていたとき、自分が救ってあげたのだと思うと、うれしくてなりませんでした。そして、王子の頭がどんなにじっと自分の胸の上に、もたれていたか、また、どんなに心をこめて王子の額《ひたい》にキスをしてあげたか、を思い出すのでした。けれども、王子のほうでは、そんなことはすこしも知りませんでした。夢にも姫のことなど、思っているはずはありません。

次第に姫は人間をいとしく思うようになり、ますます人間の中に、はいって行きたくなりました。人間の世界は、人魚の世界よりもずっと大きいように思われました。人間は船に乗って海の上を走ることができれば、高い山を雲の上まで登ることもできます。また、人間の住んでいる陸は、森や畑をのせて、姫の目のとどかないほど遠くまでひろがっています。そこには、姫の知りたいと思うことが、それはたくさんありました。それなのに、おねえさんたちは、それにみんな答えることはできませんでした。そこで、おばあ様にたずねることにしました。おばあ様は、上の世界のことはよくご存じでした。上の世界というのは、海の上の陸地に、おばあ様がつけた、なかなか上手《じょうず》な名前だったのです。

「おばあ様、人間というものは、おぼれて死にさえしなければ、いつまでも生きていられるのですか。」と、姫はたずねました。「わたしたち海の底の者のように、死ぬということがないのでしょうか。」

「なんの、おまえ、人間だって死ななければならないのですよ。」と、お年寄りは言いました。「おまけに、人間の一生は、わたしたちの一生よりもずっと短いのです。わたしたちは三百年も生きていられるのですからね。そのかわり、わたしたちは、一生が終わると、水の上のあわになってしまいます。そのため、この海の底のなつかしい人たちのところで、お墓に眠るということができないのです。わたしたちには、不死の魂というものがないのです。あの世に生まれかわるということもありません。わたしたちはちょうど、緑のアシのようなもので、一度、刈りとられたら、もう二度と緑の芽を出すことはありません。ところが、人間には、魂というものがあって、肉体が死んで土になったあとでも、それはいつまでも生きているのです。そして、澄んだ大気の中を、キラキラ光っているお星様のところまでのぼって行くのです。わたしたちが海の上まで浮かんで行って、人間の国々をながめるように、人間の魂は、わたしたちの決して見ることのできない、未知の美しい世界へのぼって行くのです。」

「どうして、わたしたちには、不死の魂がさずからないのでしょう?」と、人魚姫は悲しそうに言いました。「たった一日でも人間になれて、死んだらその天国とやらへ行くことができますなら、わたしにさずかった何百年という命だって、残らず、捨てても惜しいとは思いません。」

「そんなことを考えるもんじゃありません。」と、お年寄りは言いました。「わたしたちは、あの上の世界の人間よりも、ずっと仕合わせなんですよ。」

「では、わたしも、死んだら、海のあわになって漂わなければならないのでしょうか。もう波の音楽も聞かれず、きれいな花や、赤いお日様を見ることもできないのでしょうか。永遠の魂をさずかるための方法は、何もないのでしょうか。」——

「ありませんよ！」と、お年寄りは言いました。「けれども、ただ一つ、こういうことがあるんだよ。人間のうちのだれかが、おまえを心から愛して、両親よりもおまえのほうをいとしく思うならば、そして、まごころと愛情とをすっかりおまえにそそいで、やがて、神父さんにお願いして、その人の右手をおまえの右手におきながら、この世でもあの世へ行っても、いつまでも変わらないまごころと誓いとを立てさせてくださるならば、その時こそ、その人の魂がおまえのからだにのりうつって、おまえも人間の幸福にあずかることができるんだそうだよ。つまり、その人はおまえに、魂をわけながら、自分の魂はそのまま持っているというわけなのね。けれども、そんなことは起こりようがないよ。なぜって、この海の底では美しいとされている、おまえのその魚の尻尾だって、陸の上では、みにくいものと思われているんだからね。人間にはその使いみちがわからないんだね。それで、二本のぶかっこうな、突っかい棒なんか持って、それをお上品ぶって、脚《あし》なんてよんでいるんですよ。」

人魚姫はため息をついて、悲しそうに自分の魚の尻尾をじっとながめました。

「さあ、くよくよしないでね。」と、お年寄りは言いました。「わたしたちにさずかった三百年の一生をたのしく踊ったり、はねたりして暮らすことですよ。三百年といえば、ずいぶん長い年月ですもの。そのあとは、なんの未練もなく、ゆっくり休めるというものさ。では、今夜は舞踏会をひらきましょう。」

その晩の舞踏会は、陸の上ではとても見られないはなやかなものでした。大きな舞踏室の壁や天井は、厚いすきとおったガラスばりでした。何百というバラ色や草色の大きな貝殻が、青々と燃えるあかりを一つずつともして、四方の壁にずらりとならんでいました。その光は、広間じゅうを明るく照らした上、壁をとおして、そとまでさしていました。そのため、まわりの海までが、明るく照らし出されていました。数かぎりない魚が、大きいのも小さいのも、ガラスの壁の方にむかって泳いでくるのが見えます。緋《ひ》いろのうろこを、キラキラさせてくる魚もあれば、金いろや銀いろのうろこを光らせてくる魚もありました。――広間のまん中を、幅の広い流れが、さらさらと音を立てて流れていました。その流れの上で、人魚の若者や娘が、美しい歌をうたいながら、おどっていました。こんなきれいな声は、地上の人間は持っていません。ことに、末の人魚姫の声は、だれよりも一番きれいだったので、みんなは手をうってかっさいしました。姫は、陸の上でも海の中でも、自分ほど美しい声を持っているものがないと思うと、一瞬間、心に喜びを感じました。けれども、すぐまた、上の世界のことが思い出されるのでした。そして、あの美しい王子のことや、王子のように不死の魂を持っていない悲しみを、どうしても忘れることができませんでした。そこで、姫はお父様のお城をそっとぬけ出して、みんなが広間で陽気に歌ったり、おどったりしているあいだ、自分の小さな花壇に、しょんぼりすわっていました。するとその時、角笛の音が水をとおして響いてきました。姫はそれを聞いて、こう思いました。「きっといま、あのかたが、上を船で通っていらっしゃるのだわ。お父様よりもお母様よりも大好きな、あのかたが。わたしがひとすじに思っているあのかた、あのかたの手に、わたしの一生の仕合わせをおまかせしてもいい。あのかたと不死の魂とが、わたしのものになるならば、わたし、なんでも思いきってやってみるわ！　そうだわ、おねえさんたちが、お父様のお城で踊っているあいだに、海の魔女のところへ行ってみよう。あの魔女は、いつだって、恐ろしくてしかたがないけれど、たぶん、いい知恵を、かしてくれるかもしれないわ。」

こうして、人魚姫はお庭を出ますと、ごうごうと音をたてて流れている、うずまきの方へ歩いて行きました。魔女はこのうずまきのむこうに住んでいるのでした。この道は、まだ一度もきたことがありません。そこには、花も咲いていなければ、海草さえ生えていません。ただ、灰色のはだかの砂地が、うずの流れているところまで、ひろがっているだけでした。そこへきてみますと、海の水が、ごうごうとはげしい音を立てる水車のように、うずをまいていました。そして、渦の中にはいって来るものは、どんなものでも深い底へ引きずりこんでいました。海の魔女の領地へ行くには、なにもかも粉々《こなごな》にくだいてしまう、このうずのまん中を通りぬけなければなりません。おまけに、かなり長いあいだ、道らしい道もなく、ぶくぶくと熱くあわだつ泥、つまり魔女のいう水苔《みずごけ》、の上を行くほかはありません。ここを通りぬけると、不思議な森があって、そのまん中に魔女の家がありました。この森の中の木ややぶは、どれもみな、半ば動物で半ば植物のヒドラでした。それはちょうど、頭が百もあるヘビが、地から生え出ているようでした。枝という枝はみな、長いねばねばした腕で、ミミズのようにまがりくねる指を持っています。そして、根もとから枝のさきまで、節ごとに動かすことができるのでした。こうして、なんでも水の中でつかまえたらさいご、それにからみついて、もう二度とはなすことはありません。人魚姫はそれを見ると、こわくなって、そこに立ちすくんでしまいました。恐ろしさに、胸がどきどきしました。そして、もうすこしで、あとへ引きかえすところでした。けれども、王子のことや、人間の魂のことを考えると、また勇気が出てきました。そこで、ふさふさした長い髪を頭にしっかりまきつけて、ヒドラにつかまえられないようにすると、両手を胸の上に重ねて、ちょうど魚が水の中を泳ぐように、うすきみ悪いヒドラのあいだを、突きぬけて行きました。ヒドラたちは、うねうねした腕と指とを姫のほうへのばしました。見ると、どのヒドラも、つかまえたものを、何百という小さな腕で、丈夫な鉄のたがのように、しめつけていました。海で死んで、底深く沈んだ人間が、白骨となってヒドラの腕のあいだから、のぞいていました。船のかいや箱をしっかりつかまえているものもあれば、陸の動物の骸骨《がいこつ》も見えました。なかでも、一番恐ろしく思ったのは、小さい人魚の娘がつかまって、しめ殺されていたことでした。

やがて姫は、森の中の、ぬかるみの広場にきました。ここには、大きなあぶらぎった海へビが、とぐろをまいて、きみの悪い、うす黄色の腹をみせていました。広場のまん中に、難破して死んだ人間の白骨でできた一軒の家が立っていました。その家で海の魔女が、ちょうど人間がカナリヤにお砂糖をなめさせるように、口うつしでヒキガエルにえさをやっているところでした。また、きみの悪い、あぶらぎった海ヘビを、ヒョッコと呼んで、自分のだぶだぶした大きな胸の上を、はいまわらせました。

「わたしには、おまえさんが何の用事できたか、ちゃんとわかってるよ。」と、海の魔女は言いました。「ばかなことはしないがいいよ。わがままをとおすのもいいが、そのために不仕合わせになるよ。きれいなお姫さん！　おまえさんは、魚の、尻尾を捨てて、そのかわり、人間が歩くときに使う二本の突っかい棒がほしいと言いなさるんだろ。つまり、あの若い王子を惚《ほ》れさせて、王子と不死の魂とを手に入れようというこんたんさね！」こう言って、魔女は、大きなぞっとするような声を立てて笑いました。そのため、ヒキガエルと海ヘビがころげ落ちて、あたりをのたくりまわりました。「でも、おまえさんは、ちょうどいい時に、きたというものさ。」と、魔女は言いました。「あすになって、おてんと様が出たらさいご、あと一年たたないと、おまえさんに手をかしてあげるわけにはいかなくなるんだよ。どれ、飲み薬をつくってあげるからね、それを持って、おてんと様の上がらないうちに陸に泳ぎついてな、それから、岸に上がって、その薬をお飲み。そうすると、その尻尾がちぢこまって、人間の言う、きれいな脚《あし》というものになるのさ。けれども、そのときの痛さときたら、おまえさん、鋭い剣で突き刺されるようなんだよ。そのかわり、おまえさんを見た人間はだれでも、こんなきれいな娘は、いままで見たことがない、と言うことだろうよ。おまえさんの軽やかな歩きぶりときたら、まるですべるようで、どんな踊り子でも、とうていかなわないよ。けれども、ひとあしごとに、鋭いナイフを踏んで、血を流す思いをするだろうよ。それでも、おまえさんが、がまんするというなら、手をかしてあげてもいいがね。」

「はい、どうぞ！」と、人魚姫はふるえ声で言って、王子と不死の魂のことを、じっと思いつめていました。

「だが、ことわっておくがね、」と、魔女は言いつづけました。「いったんおまえさんが人間の姿になったら、もう二度と人魚にはなれないんだよ。二度と水の中をくぐって、姉さんたちや、お父さんのお城へは、帰ってこられないんだよ。また、王子が、両親を忘れてしまうほど、おまえさんが好きになって、心の底からおまえさんのことばかり思うようにならなけりゃ、そして、坊さんがきて、おまえさんたち二人の手を握らせて、夫婦約束をするようにならなけりゃ、不死の魂なんてものは、決してさずかりっこないんだよ。もし、王子が、ほかの女と結婚するようなことにでもなったら、あくる朝、おまえさんの心臓は破裂して、おまえさんは海のあわになってしまうんだよ。」

「それでも、かまいませんわ。」人魚姫はこう言いましたが、顔は死人のように青ざめていました。

「それから、わたしにお礼のことも、忘れないでもらいたいね。」と、魔女は言いました。「でも、わたしのほしいってものは、ちょっとやそっとのものじゃないんだよ。おまえさんは、この海の底にいるだれよりも、一番いい声を持っておいでだね。その声で王子をまよわすつもりだろうが、わたしのほしいっていうのは、じつは、その声なんだよ。わたしだって、とびきり上等の飲みものをつくってあげるんだもの、おまえさんも、一番いいものをくれなけりゃいけないよ。なにしろ、飲み薬を、両刃《もろは》の剣みたいに、よくきくようにするためには、わたしは、自分の血をそれにまぜなけりゃならないんだからね。」

「でも、声をあなたにあげてしまったら、あとに何が残るでしょう？」

「そんなに美しい姿や、軽い歩きぶりや、ものをいう目があるじゃないか。それだけあれば、人間の心を夢中にさせるくらい、なんでもないやね！　おや、おまえさん、勇気がなくなったのかえ。さあ、その可愛い舌をお出し。よくきく薬の代金に、切り取らせてもらいましょ！」

「どうぞ！」と、人魚姫は言いました。魔女は魔法の飲みものを煮るために、大なべを火にかけました。「あたしゃ、きれい好きでね！」こう言いながら、魔女は、ヘビをくるくるとむすんで、たわしのかわりにして、大なべをみがきました。それから、自分の胸をひっかいて黒い血を、その中へたらしました。湯気が、ぞっとするようなあやしい形になって、もうもうと立ちのぼりました。魔女は、ひっきりなしに大なべの中へ、何か新しいものをいれました。やがて、じゅうぶんに煮たちますと、ちょうど、ワニの泣くような音*をたてました。こうして、とうとう、飲み薬ができあがりました。ちょっと見たところは、すんだきれいな水としか思われませんでした。

「やれやれ、お待ちどうさま。」と、魔女は言いました。そして、人魚姫の舌を切り取りました。姫はおしになって、もう、歌もうたえず、ものも言えなくなってしまいました。

「おまえさんが森の中をぬけて帰るとき、ヒドラにつかまりそうになったらね。」と、魔女は言いました。「そのときは、この飲み薬をたった一たらしでいいから、かけておやり。そうすりゃ、そいつらの腕や指は、粉々《こなごな》にとび散ってしまうからね。」けれども、人魚姫はそんなことをする必要はありませんでした。ヒドラたちは、姫の手の中で星のようにきらきらしている薬を見ますと、おそれをなして、ひっこんでしまいました。そこで姫は、森や、泥沼や、はげしいうずまきの中を無事に通りぬけて行きました。

やがて、お父様のお城が見えてきました。大きな舞踏室も、もはやあかりが消えていました。きっと、みんなは、もう寝てしまったのでしょう。けれども、姫は今では口がきけませんし、また、このまま永久に立ち去ろうと思っていたので、みなに会う勇気はありませんでした。姫の胸は悲しみで、いまにも張り裂けるばかりでした。姫はそっとお庭の中にはいって、おねえさんたちの花壇から、花を一つずつ、摘みとって、お城の方へ幾度も幾度も、投げキスをしました。そして、青い青い海の中を、上へ上へとのぼって行きました。

人魚姫が王子の御殿を仰ぎながら、りっぱな大理石の段の上にあがって行ったときは、お日様はまだのぼっていませんでした。お月様が明るくあたりを照らしていました。人魚姫は、燃えるような強い薬を飲みました。すると、まるで両刃《もろは》の剣が、華奢《きゃしゃ》なからだに突き刺さったような気がして、たちまち気が遠くなり、その場に死んだように倒れてしまいました。しばらくして、お日様の光が海の上を照らしはじめるころ、姫は目をさましました。そして、からだにひりひりする痛みを感じました。ふとみると、目の前に、あの美しい若い王子が立っているではありませんか。王子は、黒い目をじっと姫の上にそそいでいました。姫は思わず、目を伏せました。と、驚いたことには、魚の尻尾がいつのまにか消えてしまって、可愛らしい人間の娘しか持っていないような美しい白い脚《あし》にかわっているではありませんか。姫はなんにも身につけていなかったので、長くてふさふさしている髪でからだをかくしました。王子は、あなたはだれか、どうしてここへきたのか、とたずねました。姫は、青い目でやさしく、けれども悲しそうに、王子を見あげるだけでした。口をきくことはもうできなかったからです。王子は姫の手をとって、御殿の中へつれてはいりました。ひとあし歩くごとに、魔女の言ったとおり、とがったきりと、鋭いナイフの上を踏んでいるような気がしました。けれども、姫はこの苦しみを喜んでがまんして、王子の手にひかれて、水のあわのようにかろやかに、階段をのぼって行きました。王子もほかの人々も、その可愛らしい、すべるような歩きかたに驚きの目を見はりました。

姫は、絹やモスリンの美しい着物をいただきました。御殿じゅうで、姫ほどきれいな者はいませんでした。けれども、可哀そうにおしですから、歌もうたえず、お話をすることもできません。絹や金で着飾った美しい女奴隷《おんなどれい》たちが出てきて、王子と王子のご両親の前で歌をうたいました。その中の一人は、とりわけいい声でうたいました。王子は手をたたいて、その女にほほえみかけました。人魚姫は、前だったら、もっと美しくうたえるのに、と思って、たいそう悲しくなりました。「ああ、王子様！　わたしはあなたのおそばにいたいばかりに、わたしの声を永久に捨ててしまったのです。せめてそれだけでも、おわかりになっていただけたら！」と、姫は心の中で思うのでした。

こんどは、女奴隷たちが、すばらしい音楽にあわせて、あでやかな踊りをはじめました。そこで人魚姫も、美しい白い腕をあげて、つまさきで立ちながら、いままでだれ一人踊ったことのな

いくらい上手《じょうず》に、ゆかの上をすべるように踊りました。ひとふし舞うごとに、その美しさは、いよいよますばかりでした。また、姫の目は、女奴隷《おんなどれい》たちの歌よりも、もっと深く、人の心にしみとおりました。

人々はみな、うっとりと見とれていました。とりわけ王子は、姫が気にいって、「可愛い拾いっ子さん」とよびました。姫は、足がゆかにふれるたびに、鋭いナイフの上を踏むような気持ちでしたが、それでも、がまんして踊りつづけました。王子は姫に、いつまでもそばにいるようにと言いました。そして、王子の部屋のそとのビロードのしとねで寝てよろしい、というお許しも出ました。

王子は姫のために、男の服をこしらえさせて、馬で遠乗りのおともをさせました。ふたりは、かんばしいにおいのする森を通りました。みどりの枝が肩にふれ、小鳥がすがすがしい葉かげでさえずっていました。姫は王子といっしょに高い山にも登りました。かよわい足からは、だれの目にもつくほど血が出ましたが、それを見ても、姫はただほほえむばかりで、せっせと王子のうしろからついて行きました。とうとう、ふたりは頂上の雲の上に出ました。雲は二人の足の下の方を、遠い見知らぬ国へ行く鳥の群れのように飛んで行きました。

王子の御殿で、夜人々が寝てしまいますと、姫は幅の広い大理石の段をおりていって、燃えるような足を、冷たい海の水の中にひたしました。そうしていると、自然に深い海の底にいる、なつかしい人たちのことが思い出されてくるのでした。

そうしたある晩のこと、おねえさんたちが手をつないで海の上に出てきて、波まに浮かびながら悲しい歌をうたいました。姫が手まねきしますと、おねえさんたちのほうでも、それに気がついて、口々に、下ではみんなが姫のいなくなったことをどんなに悲しがっているか、訴えるのでした。それからというものは、毎晩のように、おねえさんたちはたずねてきました。ある夜などは、もう何年も海の上に浮かんできたことのない、お年寄りのおばあ様と、頭に冠をかぶった人魚の王様の姿が、遠くに見えました。お二人とも、姫のほうへ手をさしのばしましたが、おねえさんたちのように、陸に近よろうとはしませんでした。

さて、王子は日一日と、姫が好きになりました。といっても、賢い、可愛らしい子供を可愛がるように、愛していたので、お妃《きさき》にしようなどとは、すこしも思っていなかったのです。けれども、姫のほうでは、どうしても王子のお嫁さんにならなければなりません。さもないと、不死の魂が得られないばかりか、王子がほかのかたと結婚したあくる朝には、死んで海の上のあわにならなければなりません。

王子が人魚姫を腕に抱いて、その美しい額《ひたい》にキスをするとき、姫の目はこう言っているように思われました。「王子様はわたしを、だれよりも一番お好きではないの？」

「ああ、僕はおまえが一番好きだよ。」と、王子は言いました。「なぜなら、おまえはだれよりも心がすなおで、僕によくつかえてくれるもの。それに、おまえは、僕がいつか見たことのある、ある若い娘さんに似ているからさ。その娘さんには、きっともう会うことはないだろう。ある時ぼくは船に乗っていたのだが、その船が難破して、僕はあるりっぱなお寺の近くの浜べに打ちあげられたのだ。そこには若い娘さんが大ぜいおつとめしていたが、そのうちの一番若い娘さんが、浜べに倒れている僕を見つけて、命を助けてくれたのだよ。そのひとを、僕はそのとき二度しか見なかったが、僕がこの世で一番いとしく思うのは、ただその娘さん一人きりだ。ところが、おまえはそのひとによく似ていて、僕の心の中にあるそのひとのおもかげを押しのけてしまいそうだよ。その娘さんはあのお寺に一生をささげたひとなのだ。それで幸福の神様が、そのかわりに、おまえを僕のところにおよこしになったんだ。だから、僕たち二人は、決してはなれずにいようね！」――

「ああ、王子様は、わたしが命を助けてあげたことをご存じないのだわ！」と、人魚姫は心に思いました。「わたしが海の上を、あのお寺のある森のところまで、王子様を抱いでおつれしたのだわ。わたしは海のあわのかげにかくれて、だれか人間がこないかと、見ていたの。そこへ、王子様がわたしより好きだとおっしゃる、そのきれいな娘さんがきたんだわ。」人魚姫は深いため息をつきました。けれども、泣くことはできませんでした。「その娘さんはお寺に一生をささげたかただと、王子様はおっしゃったわ。そんなら、もうこの世の中へは出てこられないのね。お二人は、もうお会いになれないのだわ。それなのに、わたしはおそばにいて、毎日お目にかかることができるのよ。わたしは、王子様のお世話をしてあげよう。王子様をお慕いしよう。そして、このわたしの命を喜んでささげよう！」

ところが、そのうちに、王子は結婚することになったのです。なんでも、お隣りの国の王様の美しい姫君をお迎えになるという、うわさでした。そのため、すばらしくりっぱな船を仕立てなさったというのです。王子は、お隣りの国を見物するためということになっていましたが、ほんとうは、その国の姫君にお会いになるためでした。おともの人々も大ぜいきまりました。けれども、人魚姫は、頭をふってほほえむばかりでした。なぜなら、王子の心の中は、ほかのだれよりもよく知っているつもりでしたからです。「旅に出なければならなくなったよ。」と、王子は姫に言いました。「僕は美しい王女に会ってこなければならない。父上と母上のおいいつけだもの。でも、ぜひ、そのひとを僕のお嫁さんにして家につれてくるようにとは、おっしゃらない。僕がそのひとを愛するなんてことは、ありえないよ。なぜって、そのひとは、あのお寺で見た美しい娘さんに似ているはずがないもの。あの娘さんに似ているのは、おまえだけだよ。もし僕がいつか、お嫁さんを選ばなければならないとしたら、ねえ、もの言う目をした、かわいいおしの拾いっ子さん、僕はいっそ、おまえを選ぶよ！」こう言って王子は、姫の赤いくちびるにキスをしました。そして、姫の長い髪の毛をなでながら、姫の胸に顔を押しあてました。姫の心は、人間としての幸福と不死の魂とを夢みごこちに思いつめていました。

「ねえ、おしの拾いっ子さん、おまえはまさか、海をこわがりはしないだろうね！」と、いま、お隣りの国へ船出しようとする、りっぱな船の上に立って、王子は人魚姫に言いました。そして、あらしのことや、なぎのことや、海の深いところにいる不思議な魚のことや、潜水夫が海の底で見る、珍しいもののことなどを、話して聞かせるのでした。姫は、王子の話を聞きながら、にっこりほほえみました。だって、海の底のことなら、姫は、だれよりもよく知っていたのですもの。

月の明るい夜、かじのところに立っている、かじ取りのほかは、みんな寝しずまっていたとき、姫は船ばたにすわって、すみきった水の中をじっと見つめていました。すると、お父様のお城が見えてくるような気がしました。お城のてっぺんに、銀の冠をかぶったおばあ様が立って、はげしい潮の流れごしに、船の竜骨《キール》をじっと見あげていました。そのとき、おねえさんたちが水の上へ浮かび上がってきました。そして、姫のほうを見ながら、白い手を悲しそうにもむのでした。姫はその方へ手をふって、ほほえみかけ、自分の日ごろの、仕合わせな暮らしのことを話そうとしました。ちょうどその時、船のボーイが近づいてきましたので、おねえさんたちは水の中に姿を消してしまいました。ボーイの目には、何か白いものが映りましたが、たぶん水の上のあわだろうと思って、たいして怪しみもしませんでした。

あくる朝、船はお隣りの国の美しい都の港にはいりました。町じゅうの教会の鐘が鳴りわたり、高い塔からはラッパが吹きならされました。兵隊がひらひらする旗と、キラキラする銃剣を持ってならびました。そして、来る日も来る日も、お祝いがつづき、舞踏会と宴会が、入れかわり立ちかわりもよおされました。ところが、この国の姫君はまだ、姿をみせませんでした。人々の話によりますと、姫君はここからずっと遠くの、あるお寺で教育され、王女としてのいろいろな徳をおさめているとのことでした。その姫君が、とうとう帰ってきたのです。

人魚姫も、その美しい姫君を見たいものと、一心に立って見ていました。そして、なるほど、このような愛らしいかたはいままで見たことがないと、思わないわけにはいきませんでした。膚はきめがこまかく、すきとおるようで、長い黒いまつ毛の奥には、まごころのこもった、こい青い目がほほえんでいました。

「おお、あなたです！」と、王子は叫びました。「あなたです、僕が海岸で死んだように倒れていた時、助けてくださったのは！」こう言って、王子は、顔をあからめている姫君を腕に抱きしめました。そしてこんどは人魚姫にむかって「ああ、僕はなんて幸福なんだろう！」と、言いました。「僕が、とても実現すまいと、あきらめていた願いが、かなったのだもの。おまえも、僕の幸福を喜んでくれるね。だれよりも一番、僕のことを思っていてくれるおまえだもの。」人魚姫は王子の手にキスをしました。けれども、胸はいまにも張り裂けるようでした。そうです、王子の御婚礼のあくる朝は、死んで海の上のあわとならなければならない運命ですもの。

教会という教会の鐘が鳴りわたり、おふれ役が町に馬をはしらせて、御婚約をふれまわりました。祭壇という祭壇には、とうとい銀のランプに、かおりのよい油が燃やされました。坊さんたちが香炉をふり、花嫁と花婿とは、お互いに手を握りあって、僧正の祝福をうけました。絹と金とで着飾った人魚姫は、花嫁の長いすそをささげていましたが、お祝いの音楽も耳にはいらず、おごそかな式も目に映りません。ただ、まっ暗な死のやみのことを思い、この世で失ってしまったすべてのことを思いつづけていました。

その日の夕方のうちに、花嫁と花婿は船に乗りこみました。大砲がとどろき、数しれぬ旗が風にひるがえりました。船のまん中に、金と紫の王様の天幕がはられ、この上もなく美しい、しとねがもうけられました。ここで、お二人は、静かな、涼しい夜をおすごしになるのでした。

帆は風をはらんでいっぱいにふくらみ、船は澄みきった海の上を、軽やかに、あまりゆれもせずに、すべって行きました。

やがて、あたりが暗くなりますと、色とりどりのランプがともされ、水夫たちが甲板でにぎやかにダンスをはじめました。人魚姫は、はじめて海の上に浮かび出てきたときのことを、思い出さずにはいられませんでした。あの晩も、いま目の前に見ているような、はなやかなお祝いの喜びに、人々はわき立っていたのです。やがて、姫もダンスの仲間にはいって、ぐるぐる踊りはじめました。まるで何かに追われているツバメのように、身をひるがえしながら、踊りました。人人はみな、手をたたいて、ほめそやしました。ほんとうに、こんなにすばらしく踊ったことは、姫にもいままでになかったことでした。姫のかよわい足は、鋭いナイフで突き刺されるようでした。けれども、その痛みはすこしも気になりませんでした。それよりも、心を突き刺すような痛みのほうが、ずっとずっとこたえました。王子を見るのも、こよい一夜かぎりです。王子のために、姫は家族を捨て、故郷《ふるさと》を捨て、美しい声までも捨てて、毎日、かぎりない苦しみを忍んできたのです。でも、王子は、このことを夢にも知りません。王子と同じ空気を吸うのも、深い海や星あかりの夜空をながめるのも、今夜かぎりとなりました。魂をもっていない、そして、いまではもう、その望みもなくなった人魚姫を待ちうけているのは、考えるということもない、夢をみるということもない、永久のやみ夜ばかりです。船の上は、夜なかすぎまで、にぎやかな、たのしみがつづいていました。姫は、心には死を思いながら、顔にほほえみを浮かべて、踊りに踊りました。王子は美しい花嫁にキスをし、花嫁は王子の黒い髪をなでました。そして、お二人は手に手をとって、りっぱな天幕の中へはいって、おやすみになりました。

やがて、船の中は、ひっそりとなりました。かじ取りだけが、かじのところに立っているだけです。人魚姫は、白い腕を船の手すりにかけて、東の空が赤らんでくるのを見つめていました。

お日様のさいしょの光が、姫にとっては、とりもなおさず、死の使いであることを、姫はよく知っていたのです。その時、ふと、おねえさんたちが波まに浮かび上がって来るのが見えました。みんなも姫と同じように、青ざめていました。しかも、長い美しい髪の毛は、いつものように風になびいていないで、ふっつりと根もとから切り落とされているではありませんか。

「わたしたちは、髪の毛を魔女にやってしまったのよ。あなたを今夜死なせないように、魔女に助けをかりにいったの。そうしたら、わたしたちに短刀をわたしてくれたの。ほら、これがそうよ。ずいぶん鋭いでしょう。お日様がのぼらないうちに、あなたは王子の心臓を、これで刺さなければいけないのよ。王子の暖かい血が、あなたの足にかかると、あなたの足はまた、いっしょにくっついて魚の尻尾になって、あなたはまた、もとの人魚にもどれるのよ。そうしたら、またわたしたちのところへおりてこられるのよ。そして、死んで海のあわになるまで、あなたは三百年も生きながらえていられるんだわ。さあ、早く！　早く！　王子か、でなければあなたが、お日様ののぼらないうちに死ななければいけないのよ！　おばあ様も、それは心配なさって、しらがすっかりぬけてしまってよ。ちょうど、わたしたちの髪の毛が魔女のはさみで切られてしまったように。思いきって王子を殺して、帰っていらっしゃい！　さあ、早く！　ほら、空がほんのりと、明るんできたじゃないの。もうじき、お日様がのぼるのよ。そうしたら、あなたは死ななければならないのよ！」こう言うと、おねえさんたちは、深い深いため息をついて、波まに沈んでしまいました。

人魚姫は、天幕の紫いろのカーテンを引きあけました。なかには、美しい花嫁が王子の胸に頭をもたせて眠っていました。人魚姫は身をかがめて、王子の美しい額《ひたい》にキスをしました。空を仰ぐと、あけぼのの色がだんだん明るくなってきます。姫は鋭い短刀をじっと見つめては、また王子の上に目をこらしました。その時王子は夢の中で花嫁の名をよびました。王子の心の中にあるのは、花嫁一人だけだったのです。人魚姫の手の中で、短刀が、ぶるっ、ぶるっと震えました。――と、その瞬間、姫は短刀を遠く海の中へ投げ捨てました。すると、短刀の落ちたあたりが赤く光って、まるで、血のしずくが水の中から、あわ立って出てくるように見えました。早くも、半ばかすんできた目を、もう一度王子の上にむけたかと思うと、姫は身をおどらせて海の中へ飛びこみました。と、自分のからだがとけて、あわになってゆくのが感じられました。

その時、お日様が海からのぼりました。その光は、死のように冷たい海のあわを、おだやかに暖かく照らしました。人魚姫はすこしも死んだような気がしませんでした。キラキラ光るお日様の方を仰ぎますと、なか空に、幾百となく、すきとおった美しいものが漂っていました。それをすかして、むこうに船の白い帆や空の赤い雲が見えました。そのすきとおった美しいものたちの声は、そのまま美しい音楽でした。けれども、そのきよらかな音楽は、魂の世界のもので、人間の耳には聞こえません。ちょうど人間の目が、その姿を見ることができないように。翼がなくても、空気のように軽いからだは、ひとりでに空中に浮かんでいるのでした。人魚姫は、自分のからだも同じように軽くなって、あわの中からぬけ出て、だんだん上の方へのぼって行くのに気がつきました。

「わたしはどこへ行くのでしょう?」と、姫は言いました。その声は、もう、あたりに漂っているものの声と同じで、この世のどのような音楽も、およばない、不思議な響きを持っていました。

「空気の娘たちのところへですよ！」と、みんなが答えました。「人魚の娘には、不死の魂というものはありません。人間の愛を得なければ、決してそれを持つことはできないのです。ですから、永遠の命をさずかろうと思うならば、ほかのものの力に、たよらなければならないのです。わたしたち空気の娘も、やはり不死の魂を持っていません。けれども、よい行いをすると、それがさずかるのです。わたしたちは、むし暑い、毒気で人が死ぬような熱い国へとんでいって、涼しい風を吹かせてあげるのです。また、花のかおりを空中にふりまいて、すがすがしいさわやかな気分を送ってあげるのです。こういうふうにして、三百年のあいだ、わたしたちにできるだけの、よいことをするようにつとめますと、ついに不死の魂をさずかって、人間の永遠の幸福にあずかることができるのです。可哀そうな人魚姫さん、あなたも、わたしたちと同じように、まごころをつくして、おつとめになりましたのね！　そして、ずいぶん苦しんだり、しんぼうなさったりして、いま、空気の精の世界へのぼっていらっしゃったのですよ。これからよい行いをなされば、三百年ののちには、不死の魂があなたにもさずかりますよ。」

人魚姫は、すきとおった両腕をお日様の方へ高くあげました。その時はじめて、姫は涙というものを感じました。――船の中が、また騒がしくなりました。王子が美しい花嫁といっしょに、人魚姫を捜しているのが見えました。お二人は、姫が波の中に身を投げたことを知ってでもいるように、波の上に漂っているあわを悲しそうに見つめています。人魚姫は、人の目に見えないように、花嫁の額《ひたい》にキスをし、王子にもにっこりとほほえみかけると、空気の娘たちといっしょに、いましも空高く流れてきた、バラ色の雲の方へと、のぼってゆきました。

「では、三百年たったら、わたしたちも神様のお国へのぼって行けますのね。」

「もっと早く、行けるかもしれませんよ。」と、空気の精のひとりがささやきました。「わたしたちはよく、人に見られないで、子供のいる、人間の家の中へ、はいって行くんですよ。その時、両親を喜ばせ、両親に可愛がられているよい子を見つけますと、その一日だけ、神様はわたしたちの、こころみの時を短くしてくださるのです。その子にはわたしたちが、いつ部屋の中を飛んでいるか、わからないのです。けれども、わたしたちは、うれしさのあまり、そういう子に、ついにっこりとほほえみかけてしまいます。すると、三百年のうちから一年へらされるのです。もし、お行儀のわるい、いけない子供を見ると、つい悲しくて泣き出してしまいます。そうすると、涙のこぼれるたびに、こころみの時が一日ずつ、ふえてゆくのです。」――

皇帝の新しい着物

何年も昔のこと、たいへん着物のお好きな皇帝がありました。このかたは、美しい新しい着物が、それはそれはお好きで、持っているお金はみんな着物にかけて、いつも、きれいに着飾っていました。そして、ご自分の新しい着物を見せびらかす時以外には、兵隊のことも、芝居のことも、また、森へ馬車で遠乗りすることも、いっさい気にかけたことはありませんでした。そして一日じゅう、一時間ごとに、お召しかえをなさるのです。よく、よその国で、王様は会議にお出ましです、と言うところを、この国では、いつも「皇帝は衣裳《いしよう》部《べ》屋《や》にいらっしゃいます。」と言うのでした。——

　さて、皇帝のお住まいになっている大きな町は、たいそうにぎやかなところで、毎日、よその国の人がたくさんやってきました。ある日のこと、二人のいかさま師がこの町へきました。二人は、機織《はたお》り職人だと名のって、自分たちは、想像も及ばないほど美しい織り物をおることができる、しかも、その織り物はただ、色や柄が、なんとも言えず美しいばかりでなく、それでつくった着物は世にも不思議な性質を持っていて、だれでも自分の地位にふさわしくない者や、手におえないばか者には、それが見えない、と言いふらしました。

「なるほど、それは面白い着物だわい。」と、皇帝はお考えになりました。「そういう着物をこのわしが着たら、この国の、どの役人がその地位にふさわしくないか、探ることができようというものじゃ。また、だれが利口かばかか、区別することもできるわけだ。そうだ、さっそく、その織り物をおらせにゃならん。」そこで、二人のいかさま師にお金をたっぷりわたして、さっそく仕事に取りかかるようにお言いつけになりました。

さて、二人は二台の機《はた》をすえつけると、いかにも働いているようなふりをしました。けれども、機の上には、なんにもないのです。あわただしく、二人は、一番上等の絹糸と、一番りっぱな黄金をくださいと願い出ました。そして、それを自分たちの財布の中へ入れてしまうと、あいかわらずからの機にむかって、夜おそくまで働いていました。

「もうどのくらい織れたろうか、知りたいものじゃ。」と、皇帝はお考えになりました。けれども、ばかや、自分の地位にふさわしくない者には、それが見えないという話を思い出しますと、どうもすこし、へんな気持ちになりました。もちろん、自分は何もびくびくすることはないと、信じていましたが、それでも、ひとまず、人をやって、どんな様子か見させようとお思いになりました。そのころ町じゅうの人は、その織り物が、どんな不思議な性質を持っているかということを、もう知っていました。そして、自分のお隣りさんが、もしや悪い人か、ばか者ではないだろうかと、とても知りたがっていました。

「そうじゃ、機織《はたお》りのところへは、あの年とった正直者の大臣をつかわそう。」と、皇帝はお考えになりました。「あれなら、織り物がどんなふうか、一番よく見てくるだろう。あれは、知恵もあるし、また、あれくらい、自分の地位にふさわしい者は、ほかにないからのう。」――

さて、年をとったこの正直者の大臣は、二人のいかさま師が、からの機《はた》にむかって働いている広間へはいって行きました。「どうぞ、神様！　おたすけを！」年寄りの大臣は、こう心にお祈りして、それから思いきって目を開きました。「おや、なにも見えないぞ！」けれども、そうと口に出しては言いませんでした。

二人のいかさま師は、もっと近よって、よく見ていただきたいと言ったり、柄もよく、色も美しくはございませんかと、たずねたりしました。そして、こんなことを言いながら、からの機を指さすものですから、気の毒に、老大臣は、なおも目を大きく開いて見ますが、やっぱり、なんにも見ることはできませんでした。見えないはずです。なんにもないのですから。「こりゃ、たいへんだ！」と、大臣は考えました。「わしは、ばかなのかしらん。そんなことはいままで考えたこともない。また、だれにも知られてはならんことだ。わしが大臣の地位にふさわしくないというのか？　いかん、織り物が見えないなぞと、うっかり口に出したら、たいへんだわい！」

「いかがでございましょう、なんともお言葉がございませんが。」と、織っていた一人が言いました。

「おお、みごと！　みごと！　まったく、えもいわれぬものじゃ！」年寄りの大臣はこう言って、めがねごしによく見ました。「この柄といい、この色あいといい！――そうじゃ、わしには、ことのほか気にいったおもむきを、皇帝に申し上げるとしよう。」

「それは、それは、かたじけないことでございます。」と、二人の機織《はたお》りは言って、色の名前を言ったり、珍しい柄の説明をしたりしました。年寄りの大臣は、皇帝のところへ戻った時、同じことが言えるように、よく気をつけて聞いていました。そして、そのとおり申しあげました。

さて、いかさま師どもは、織るのに必要だからといって、前よりもたくさんのお金と絹糸と黄金とを願い出ました。そして、それをみんな、自分たちのポケットに入れてしまいました。機《はた》の上には、一すじの糸も張ってありませんでした。それでも二人は、いままでどおり、からの機にむかって、せっせと働きつづけました。

皇帝はまもなく、こんどはべつの人のよいお役人をおつかわしになって、仕事がどのくらいはかどったか、織り物はもうじきできあがるのではないか、見させることにしました。このお役人も、大臣と同じことでした。なんどもなんども見ましたけれども、もともと、からの機なのですから、何一つ見えるはずはありません。

「いかがでございます。けっこうな布地ではございませんか。」と、二人のいかさま師は言って、ありもしない美しい模様を指さして説明するのでした。

「まさか、わしが、ばかだなんてはずはないが！」と、お役人は考えました。「してみると、わしは、このよい地位にふさわしくないというわけか？　こいつは、どうもへんだぞ。だが、ひとに気づかれないようにせんけりゃならん。」そこで、お役人は、見えもしない織り物をほめて、きれいな色といい、美しい柄といい、すっかり気に入ったと、うけあいました。そして、皇帝には「はい、まことに、このうえない、みごとなものでございます。」と申しあげました。

このころ、町では、このすばらしい織り物のうわさでもちきっていました。

いよいよ皇帝も、それがまだ機《はた》にあるうちに、ご自分で見ておきたいとお思いになりました。そこで、えりぬきのおともを大ぜいつれて、二人のずるいいかさま師のところへおいでになりました。おとものうちには、前にお使いに行った、人のよい二人の年寄りのお役人もおりました。いかさま師どもは、この時とばかり、一所懸命に、でも一すじのたて糸も、よこ糸もなしに、織っていました。

「陛下、まことにすばらしいものではございませんか！」と、人のよい二人のお役人は言いました。「なんというよい柄でございましょう。なんというみごとな色あいでございましょう。なにとぞ、とくと、ごらんくださいますよう。」こう言って、からの機を指さしました。なぜなら、ほかの人には、きっとこの織り物が見えるにちがいないと思っていたからです。

「やや！　これはどうしたことじゃ！」皇帝は心にこうお思いになりました。「わしにはなにも見えんぞ！　恐ろしいことになったものじゃ。このわしが、ばかだというのか？　それとも、皇帝たるにふさわしくないというのか？　これ以上わしの身にふりかかる、恐ろしいことはないぞ。」

「なるほど、なかなかみごとなものじゃのう！」と、皇帝は声を大きくして言いました。「大いに気にいったぞよ！」こう言って、満足げにうなずきながら、からの機《はた》をじろじろごらんになりました。何も見えないぞと、おっしゃりたくなかったからです。おとものご家来たちも、みんなうの目たかの目で見ましたが、糸ひとすじ見つけだすことはできませんでした。けれども、みんなは皇帝のまねをして、「いや、まことに、おみごとなものでございます。」と、言いました。そして、このすばらしい新しい織り物をお召し物におつくりになって、近く行なわれる大きな行幸に、お着ぞめなさるように、とすすめました。「豪奢なものです！　じつにきれいだ！　すばらしいものでございます！」こんな言葉が口から口へつたわりました。そして、残らずの者が心から満足しました。皇帝は二人のいかさま師に、ボタン穴にさげる騎士十字勲章と、「御用織物匠」という称号を賜わりました。

行幸の行なわれる日の前の晩は、いかさま師どもは、ろうそくを十六本以上もつけて、一晩じゅう寝ないで起きていました。二人が、皇帝の新しい着物を仕上げようと、忙しく働いているのが、だれの目にもわかりました。二人は、織り物を機から取り上げるようなふりをしたり、大きなはさみで空《くう》を裁ったり、糸をとおしてない縫い針でぬったりしました。そうして、とうとうしまいに「さあ、お召し物ができあがりました。」と言いました。

皇帝ご自身が、身分の高い宮内官《くないかん》をつれて、そこへおいでになりました。二人のいかさま師は、何かをささげるかのように、一方の腕を高くさしあげました。そして、言いました。「ごらんくださいませ！　これがおズボンでございます。こちらがお上着でございます。これがお外套でございます。」等々言いたてました。「このお召し物は、ちょうど、クモの巣のように、軽うございます。お召しあそばしても、何もおからだにおつけにならないようにお思いでございましょう。しかし、それこそ、この織り物のねうちなのでございます。」

「なるほど！」と、宮内官たちは口々に言いました。けれども、何も見ることはできませんでした。もともと、何もないのですから。

「陛下、おそれながらお召し物をおぬぎあそばされますよう！」と、いかさま師どもは言いました。「手まえどもが、この大鏡の前で、新しいお召し物を、お着せ申しあげるでございましょう。」

皇帝はすっかり着物をおぬぎになりました。すると、いかさま師どもは、できあがったつもりの新しい着物を、一つ一つお着せするようなふりをしました。それから、腰のまわりに手をまわして、何かをむすぶような手つきをしました。それは、裳裾《もすそ》のつもりだったのです。皇帝は鏡の前で、しきりとからだをねじってごらんになりました。

「ほんとうに、なんておりっぱなことでございましょう！　ほんとうによくお似あいでございます！」と、皆の者は言いました。「この柄と申し、この色あいと申し、まことに、けっこうなお召し物でございます。」――

「陛下におさしかけ申しまする天蓋《てんがい》をささげて、みなのものが、そとにひかえております。」と、式部長官が申しあげました。

「そうか、わしもしたくができたぞ。」と、皇帝は言いました。「どうじゃ、似あうかの？」こうおっしゃって、皇帝はもう一度鏡の方をふりむかれました。なぜなら、ご自分の盛装をよくながめるようなふりをしなければなりませんでしたから。

裳裾《もすそ》をささげる役の侍従たちは、両手をゆかの方へのばして、それを取りあげるようなふりをしました。そして、何かをささげているようなかっこうで、しずしずと歩きだしました。自分にはなんにも見えないということが、ひとに気づかれてはたいへんですから。

こうして、皇帝は、きらびやかな天蓋《てんがい》の下を、行列を従えて、お歩きになりました。往来の人人も、窓にいる人たちも、みな口をそろえて言いました。「これは、これは！　皇帝のこんどのお召し物は、なんて珍しいのでしょう！　お服についている裳裾の、きれいなことといったら！ほんとによくお似あいですこと！」だれも、自分には何も見えないなどと、ひとに気づかれまいとするのでした。さもないと、その人は、自分の地位にふさわしくないか、でなければ、たいへんなばかだということになるからです。皇帝の数多い着物のうちで、これほど評判のよかったものはありませんでした。

「だけど、なんにも着てやしないじゃないの！」と、その時、一人の小さな子供が言いました。

「こりゃ驚いた、おまえさん、無邪気なものの言葉を聞いてやってくれ。」と、その子の父親が言いました。そして、子供の言った言葉が、それからそれへとひそひそ伝わってゆきました。

「なんにも着ていらっしゃらないって、小さな子供が言ってるとさ。なんにも着ていらっしゃらないって。」

「なんにも着ていらっしゃらない！」とうとうしまいに、ひとり残らずこう叫びました。これには皇帝もお困りになりました。なぜなら、みんなの言うことがほんとうのように思われたからです。けれども、「いまさら行列をやめるわけにはいかんわい。」とお考えになりました。そこで、なおさらもったいぶってお歩きになりました。そして、侍従たちは、ありもしない裳裾《もすそ》をささげて進みましたとさ。

幸福の長靴

一　はじまり

コペンハーゲンの東通り《エスダーガーゼ》の、王の新市場広場《コンゲンス・ニュートルヴ》＊からそう遠くない、とある一軒の家で、大きな宴会がありました。宴会というものはときどきしなければなりません。人を招待すると、こんどは先方がこちらを招待してくれますもの。さて、お客様の半分は先ほどから、トランプ台のまわりに集まっていました。あとの半分は、女主人の「さあ、何か面白い事をいたしましょうよ！」という言葉を聞いて、こんどは何がはじまるかと、待ちうけていました。つまり、みんなのおしゃべりも行くところまで行ってしまったのです。話のうちには、中世紀のことももちろん出てきました。すると、中世紀のほうが現代よりも、はるかによい時代だったと言う人が二三ありました。中でも、クナップ法律顧問官は、この意見をたいそう熱心に弁じましたので、女主人はすぐそれに賛成しました。そして二人は、現代のほうがすぐれていると言っているエアスデッズの、*昔と今とをくらべた論文を、はげしく攻撃しました。顧問官は、ハンス王*の時代が一番よくて、一番幸福な時代だと、思っていました。

このような議論は、新聞の夕刊が来た時、ちょっととぎれましたが、新聞にはたいして読むほどの記事もありませんでしたので、すぐまたつづけられました。そこで、私たちはそのあいだ、玄関へ出てみることにしましょう。そこには、外套《がいとう》やステッキやこうもりがさや長靴《ながぐつ》が置いてありました。そして、そこに女中が二人すわっていました。ひとりは若く、もうひとりは年をとっていました。ちょっと見ると、どこかのお嬢さんか未亡人のおともをしてきたらしく見えました。けれども、もうすこし気をつけて見ますと、ふつうの召使でないことが、すぐわかりました。召使にしては、手が華奢《きゃしゃ》ですし、ものごしも上品でした。それに、着物の裁ちかたにも、ふつうとは違った思いきったところがありました。この二人は、じつは仙女《せんにょ》だったのです。若いほうは、もちろん幸運の女神ではありません。女神の侍女の一人に仕えている小間使でした。小間使とはいっても、ちょっとした幸運の贈り物を持っていました。もう一人の年をとったほうは、ひどくまじめな顔つきをしていました。これは悲しみでした。悲しみは、いつも自分一人で仕事に出かけます。そうしたほうが、うまく仕事が運ぶということを知っていたからです。

二人は、きょうどこに行っていたか、話しあっていました。幸運の女神の侍女に仕えている小間使のほうは、いままでにまだほんのつまらない仕事を、二つ三つしただけでした。たとえば、新しい帽子が夕立でぬれそうになるところを助けてやったとか、正直な男に貴族のおばかさんが挨拶《あいさつ》するようにさせたとか、そんなたぐいのものでした。ところが、もう一つ仕事が残っていました。それは、ちょっと変わったことでした。

「わたし、この事もお話しておかなくてはならないわ。じつは、きょうはわたしの誕生日なのよ。それでそのお祝いに、長靴《ながぐつ》を一足渡されて、それを人間の世界へ持って行くように言われたのです。この長靴には、不思議な力があって、だれでもこれをはくと、そのとたんに、その人の一番望んでいる場所なり、時代なりへつれて行ってくれるのです。時と場所のことなら、どんな願い事でもかないます。これで、人間もいよいよ、この世で幸福になれる時が来たのよ！」

「おまえさんが、そう思いなさるのは勝手だけどね。」と悲しみは言いました。「その人はきっと、幸福どころか不幸になって、長靴のぬげた時をありがたく思うようになりますよ。」

「まあ、なにをおっしゃるの！」と相手は言いました。「じゃ、これを扉《とびら》のそばに置いてみましょう。だれかまちがえてはいた人は、きっと幸福になりますわ！」

二人はこんな話をかわしていたのです。

二　法律顧問官はどうしたか

夜もふけました。ハンス王の時代のことを考えこんでいたクナップ顧問官は、家に帰ろうとして、ひょっとしたはずみで、自分のでなくて、幸福の長靴をはくと、そのまま東通り《エスターガーゼ》へ出てしまいました。ところが、その時はもうこの長靴《ながぐつ》の魔法が働いていて、ハンス王の時代にはいり込んでいました。そのため、足がいきなり往来のぬかるみにはいってしまいました。なぜなら、そのころはまだ舗道などというものはなかったからです。

「こりゃひどい。なんというぬかるみだ。」と顧問官は言いました。「おや、歩道がないぞ。おまけに、街灯もみんな消えてしまってる。」

月はまだそんなに高くのぼっていませんでしたし、それに、空気もどんよりとしていましたので、あたりの物がみなやみの中に溶け込んでいました。それでも、むこうの曲がり角《かど》の聖母の像の前に、あかりが一つつるしてありました。けれども、その光はないも同然でしたから、そのすぐ下まで来た時に、はじめてそれに気がつきました。顧問官の目は、おさなごイエスを抱いた聖母の像にそそがれました。

「ははあ！　骨董屋《こっとうや》だな。きっと看板をしまうのを忘れたんだ。」と顧問官は考えました。

その時、二三人の人が、その時代の服装をしてかたわらを通りすぎました。

「なんというなりをしているんだ！　仮装舞踏会の帰りかな？」

だしぬけに、太鼓と笛の音が響いて来て、たいまつの光があかあかと、あたりを照らしました。顧問官はあっけにとられて、奇妙な行列の通りすぎるのをながめていました。先頭には、上手《じょうず》に太鼓を打つ鼓隊が来ました。そのあとに弓や弩《いしゅみ》を持った親衛兵がつづきました。行列の主《ぬし》は身分の高い聖職者でした。顧問官はあきれかえって、これはいったいどうしたことですか、またこの人はどなたですか、とたずねました。

「シェラン*の大司教ですよ！」

「こりゃ、おかしい。大司教はいったい何を思いつかれたんだろう？」と顧問官はため息をついて、いぶかしげに頭をふりました。どうしたって、大司教がこんなことをするはずはありません。そんな事を、あれこれ考えながら、わき目もふらずに東通り《エスダーガーゼ》を歩いて、大橋広場《ホイブロプラス》に出ました。そこから皇居前広場へ渡る橋がどこにも見えません。そこで低い川岸をしきりとすかして見ているうちに、やっとのことで、二人の男が寝ている一そうのボートにぶつかりました。

「旦那、島《ホルメン*》へお渡りですかね？」と二人はたずねました。

「ホルメンへ？」顧問官は聞き返しました。言うまでもなく、自分がどういう時代にまぎれこんでいるか知るよしもなかったのです。「わしは、クリスチャンスハウンへ渡って、それから、小さな市場通りへ行くんだ。」

男たちはただ目をまるくして顧問官を見るばかりでした。

「橋がどこだか教えてくれたまえ。」と顧問官は言いました。「ひとつも街灯がついていないなんてけしからん。それに、このぬかるみときたらどうだ！　まるで沼の中を歩いているみたいじゃないか。」

顧問官は、船頭と言葉をかわせばかわすほど、二人の言うことがわからなくなりました。

「お前たちのボルンホルム*なまりは、さっぱりわからん！」顧問官はとうとう腹を立てて、背中を向けてしまいました。けれども橋はやっぱり見えませんでした。欄干一つ見つかりません。

「なんて恥さらしだ！　このざまは！」この晩ほど、顧問官が自分の時代をみじめに感じたことはありませんでした。「そうだ、辻馬車《ドロシュケ》に乗るのが一番だ。」こう考えましたが、さてその辻馬車《ドロシュケ》はいったいどこへ行ったのでしょう。ただの一台も見えません。「仕方がない。王の新市場《コンゲンス・ニュートルヴ》まで、もどることにしよう。あそこなら車があるだろう。こんなことしていちゃ、いつまでたってもクリスチャンスハウンへ帰ることはできやしない。」

そこで、顧問官は東通り《エスダーガーゼ》へもどりました。そして、もうすこしでこの通りを出ようとした時、月が雲の中から出てきました。

「おやおや、こんなところになんてへんてこな足場を作ったんだろう!」と顧問官は東門を見て言いました。この門はそのころ、東通り《エスダーガーゼ》のはずれに立っていたのです。

やっとのことで、そこに小さな出入り口を見つけましたので、それをくぐって、今日の新市場《ニュートルヴ》広場へ出ました。ところが、出て見ると、そこは草ぼうぼうの原っぱでした。あちこちにやぶがあって、広い運河だか川だかが原っぱを横ぎっていました。オランダ人の船乗りがとまる、みすぼらしい木の小屋が二三軒、むこう岸に立っていました。それにちなんで、この場所は当時「オランダが原」とよばれていたものです。

「わしは、あの蜃気楼《しんきろう》とかいうものを見ているのかしら。それとも、このわしがよっぱらっているのかな。」と顧問官は泣き言《ごと》を言い出しました。「それにしても、いったいこれはなんだ?どうしたというのだ?」

てっきり自分は病気になったに違いないと思って、また引き返しました。もと来た通りにはいってよく見ますと、たいていの家は木造で、中には、わら屋根の家もまだだいぶまじっているではありませんか。

「こりゃいかん！　わしはどうかしている。」とため息をつきました。「ポンスは、たった一杯きりしか飲まなかったんだが、あいつがたたったのだな。それに、ポンスのさかなに、暖めた鮭《さけ》を出すなんて、まったくなっておらん。奥さんにぜひとも言っておこう。いまからもどって、からだの工合を訴えたもんだろうか？　それもいささか、てれくさいぞ。それにしても、皆がまだ起きていればいいが。」

顧問官は一所懸命にさっきの屋敷を捜してみました。ところが、どうしても見当たりません。

「なんだか気味が悪いな。東通り《エスターガーゼ》がわからなくなってしまった。店が一軒もなくて、古ぼけたみすぼらしい家ばかりだ。まるで、ロースキレかレングスデツのいなか町にいるようだ。ああ、わしは病気だ！　もう遠慮なぞしていられない。だが、一体全体、あの人の屋敷はどこへ行ってしまったんだ。たしか、この家なんだが、すっかり変わってしまってるぞ。でも、中では、みんなまだ起きているらしい。ああ、たしかに、わしは完全に病気になってしまったのだ！」

さて、すき間からあかりのもれている半開きの扉《とびら》を押して、中を見ますと、そこは、そのころの酒場を兼ねた一軒の宿屋でした。部屋の様子はホルスタインあたりの家の土間に似ていました。船乗りやコペンハーゲンの町の者や二三人の物知りなどが、ビールのあわを飛ばしながらさかんに議論をしていました。そのため、顧問官がはいって来たのにも、たいして注意する人はありませんでした。

顧問官は、出て来たおかみさんにむかって言いました。「失礼します。じつは、ひどくからだの工合が悪くなったのです。どうかクリスチャンスハウンまで、辻馬車《ドロシュケ》を一台やとってくださらんか。」

おかみさんは顧問官をじろじろ見て頭を振っていましたが、やがてドイツ語で話しかけてきました。この女はきっとデンマーク語を知らないのだ、と思ったものですから、こんどはこちらからもドイツ語で、もう一度頼みを繰り返しました。身なりが変なところへもってきて、これを聞いておかみさんは、てっきりこの人は外国人だと思いました。それでも、この人はからだの工合が悪いということは、すぐのみ込めましたから、水を一杯持って来ました。でも、その水はそとの井戸からくんできたものなので塩気があって飲めたものではありませんでした。

顧問官は手で頭をささえて深いため息をつきました。そうして、まわりの不思議なありさまをあれやこれやと考えていました。

「それは、今夜の『日々新聞』*かね?」顧問官は何か言わなくてはばつがわるいので、おかみさんが大きな紙を持って行くのを見て、こうたずねました。

おかみさんは、何を言われたのか、わけがわかりませんでしたが、とにかくその紙を渡しました。それは、ドイツのケルンの町に起こった空の異変を描いた木版画でした。

「これは、どうして古いものだ!」と顧問官は言いました。そして、こんな古い木版画を、思いもかけず見つけたものですから、すっかり気持ちがはれてしまいました。「どうしてこんな珍しいものを、手に入れなさったんです? なかなか面白い。もっとも、絵にかいてあることは作り話ですがね。こうした空の異変は、今日じゃ極光《オーロラ》と言いましてね、電気の作用で起こるものだと説明していますよ。」

かたわらにすわって話を聞いていた人々は、びっくりして顧問官の顔を見つめていましたが、その中の一人が立ち上がると、うやうやしく帽子をとって、しごくまじめな顔つきをして言いました。「これはこれは、大先生でいらっしゃいますね。」

「とんでもない！」と顧問官は答えました。「わしは、だれでも知っていなければならん事を、一つ二つ知っているだけのことですよ。」

「謙遜《モデスチア》は美徳なりですよ！」とその男は言いました。「もっとも、先生のお説につきましては『われに異見あり《ミヒ・セクス・ウイデトウル》』ではございますが。しかし、この際は、私の判断《ユディキウム》を差しひかえたいと存じます。」

「失敬ですが、あなたはどなたでしょう？」と顧問官はききました。

「私は聖書の得業士《バッカラウレウス》*でございます。」とその男は答えました。

この返事に顧問官は、なるほどと満足しました。なぜなら、称号と服装とが一致していたからです。顧問官は、この男はたぶん、村の老先生で、いまだにユラン地方へ行くと、時たま見受ける、変わり者の一人だろう、と思いました。

「ここはもちろん、講筵《ロクス・ドケンディ》ではございません。」その男はまた言いました。「しかし、どうぞご高見をお聞かせくださいませんか。きっと古典のご造詣が深くていらっしゃいましょう。」

「そりゃもちろん」と顧問官は答えました。「わたしは古いためになるものは読みます。しかし、また、近ごろのもきらいじゃありませんよ。ただ『日々の物語』*だけはご免ですな。毎日の出来事でもう、うんざりしていますからね。」

「『日々の物語』と申しますと?」と得業士《バッカラウレウス》はたずねました。

「ほら、つい近ごろ出た新しい小説ですよ。」

「ああ、あれですか!」とその男はにっこりして言いました。「なかなか気のきいたところがございます。宮廷でもよく読まれておりますよ。王様は、とくにアーサー王と円卓騎士とを取り扱った『騎士イフヴェンと騎士ガウディアンの物語』がお好きで、時にはおそばの高官と、この物語のことでご冗談などもおっしゃるようです†。」

† ホルベヤの『デンマーク史』によると、ハンス王が一日『アーサー王物語』を読んで寵臣オットー・ルードにむかって冗談に「騎士イフヴェンと騎士ガウディアンとは、この書物によるとりっぱな騎士だったようだが、いまどき、こういう騎士は見たくも見られないな。」と言った。すると、オットー・ルードはすかさず「アーサー王のような勇士がいらっしゃれば、イフヴェンとガウディアンくらいの騎士はぞくぞく現われることでございましょう。」と答えたという。

「それはまだ読んでいませんが。」と顧問官は言いました。「ハイベヤの出版したごく新刊のものでしょうな?」

「いいえ、ハイベヤではありません。ゴッドフレット・フォン・ゲーメンの出したものです。」

「それが著者の名前なんですか。」と顧問官は言いました。「たいへん古い名前じゃありませんか。たしか、デンマークのさいしょの印刷屋だったと思いますが。」

「そうです、わが国さいしょの印刷屋で。」

こんな工合に、話はいままではたいへんうまく運びました。こんどは、町の人の一人が、二三年前にはやった恐ろしい疫病のことを言い出しました。もっとも、二三年前とはいっても、それは一四八四年のことなのです。ところが、顧問官の方では近ごろのコレラ*の話だと思いましたので、この時も話はうまくばつが合いました。一四九〇年の海賊の乱もそのころのことだったので、当然話題にのぼりました。人々の話では、英国の海賊が、ここの船着場で船を幾そうも掠奪《りゃくだつ》したというのです。顧問官は一八〇一年の事件*をよく知っていましたので、うまく調子を合わせて、いっしょにイギリス人の悪口を言いました。けれども、そのほかの話は、そうそううまくはいきませんでした。事ごとに話がくい違うのです。人のよい得業士《バッカラウレウス》は、ほとんど何も知らないと言ってよいくらいでした。顧問官が、このうえなく簡単なことを言っても、それは、とんでもない大ぼらか、でたらめに聞こえるので、二人はお互いに顔を見合わせるばかりで、話はますますとんちんかんになってゆきました。得業士は、もっとよく話が通じるかと思って、こんどはラテン語で話しましたが、やはりなんの役にも立ちませんでした。

「ご気分はどんなですか。」と、その時、おかみさんが出て来て、顧問官の袖《そで》を引っぱってたずねました。そう言われてはっと気がついてみますと、話に夢中になっていたので、ついさっきまでのことをすっかり忘れていたのでした。

「おやおや、わしはいったいどこにいるんだろう？」と言いましたが、考えるとなんだか目がくらみそうでした。

「クラレット酒を飲もう！　それから蜂蜜酒《はちみつしゅ》とブレーメン・ビールだ！」とお客の一人がどなりました。「あなたもごいっしょにどうですか。」

すると、女中が二人、そこへはいって来ました。その一人は、二色に染め分けた頭巾《ずきん》*をかぶっていました。女中はお酒の酌をしては、古風なお辞儀をしました。顧問官は、背中に冷たいものが走るのを感じました。

「こりゃいったいなんということだ？　なんということだ？」と顧問官は言いました。けれども、こうなってはもう、皆といっしょに飲まないわけには行きません。皆はうまいことを言って、このお人よしをつかまえてしまいました。顧問官は、もうどうにでもなれ、という気持ちになってしまって、だれかに酔っていると言われた時は、その人の言ったことをすこしも疑おうとしませんでした。そして、やっとのことで、辻馬車《ドロシュケ》を一台頼むと言いました。皆はその意味がわからなくて、この人はロシア語を話しているのだと思いました。

顧問官はいままで、こんな野蛮な無学な者どもの仲間になったことは、一度もありませんでした。まるでデンマークの国が異教の昔にもどってしまったような気がして、「こんな恐ろしい目にあうのは生まれて初めてだ！」と思いました。それと同時に、そうだ、テーブルの下にもぐって、戸口まではって行って、うまく逃げ出そう、と思いつきました。ところが、もうすこしで出口というところで、このたくらみが見つかってしまいました。人々がやって来て足を引っぱりました。すると、仕合わせにも、長靴《ながぐつ》がぬげて、そうして——それと同時に、魔法がすっかり解けました。

法律顧問官のすぐ目の前に、門灯が明るく燃えているのがはっきりと見えました。そのうしろには、大きな邸宅が立っていました。その家にも近所の家々にも、たしかに見覚えがありました。

まぎれもなくそれは、私たちも知っている東通り《エスダーガーゼ》でした。顧問官は門の方へ足を向けて倒れているのでした。その真正面には、夜警が腰をおろして居眠りしていました。

「こりゃ驚いた！　わしは往来に寝て、夢を見ていたのか。」と顧問官は言いました。「うん、たしかに東通り《エスダーガーゼ》だ。どうだ、この明るくてきれいなことは！　それにしても、おっそろしく、あの一杯のポンスはきいたものだなあ！」

それから二分後、顧問官は辻馬車《ドロシュケ》の中にすわっていました。馬車はクリスチャンスハウンにむかって走っていました。顧問官は、いましがたやっとのことで切り抜けて来た不安や恐ろしさを思い出して、幸福な現状が心の底からありがたくなりました。この私たちの時代は、いろいろ欠点はありますが、さっきまで顧問官がいた時代にくらべれば、はるかにすぐれています。顧問官のこの考えは、たしかにもっともではないでしょうか。

三　夜警の冒険

「おや、あんなところに長靴《ながぐつ》が落ちているぞ。」と夜警が言いました。「きっと、あの二階に住んでいる中尉さんのだ。ちょうど入り口の前にあるもの。」

この正直な男は、二階にまだあかりがついていたので、呼鈴を鳴らしてそれをとどけてあげようと思いました。けれども、ほかの人たちを起こしては気の毒だと思って、呼鈴を鳴らすのはやめました。

「こんなのをはいたら、さぞ暖かいだろうなあ。この皮の柔らかいこと！」こう言いながら、はいてみますと、足にぴったり合いました。「考えてみりゃ、世の中なんて、おかしなものだ！中尉さんは、暖かい寝床にはいろうと思えばはいられるのに、そうしないで、ああやって部屋の中を行ったり来たりしているんだ。あれが仕合わせな人っていうんだろう。あの人には、かあちゃんもなければ、小さいのもない。毎晩宴会だ。もしおれが、あの人だったら、どんなにいいだろうなあ！」

こう夜警が、自分の願いを口に出して言いますと、はいていた長靴《ながぐつ》がさっそく、ききめをあらわしました。夜警は、中尉のからだと考え方の中へ、乗り移ってしまいました。そして二階の部屋の中で、手にバラ色の小さい紙を持って立っているのでした。その紙には詩が、中尉さん自身の作った詩が、書いてありました。だって、だれでも一生に一度ぐらいは、詩を作りたい気持ちにならない人はないでしょう。そういう時に、心に思っている事を書きしるすと、それが詩になるのです。さて、紙にはこう書いてありました。

「富めるわたしであったなら」

幼い時に幾たびも願った言葉は「どうぞして、富めるわたしであったなら！」
もしこの願いがかのうなら、望みはりっぱな軍人さん、
サーベルさげて羽つけて、軍服姿も勇ましや。
やがて時来てわたくしは、望みの士官となりました。

けれどもやっぱりわたくしは、富める身分になりません。
神様！　どうぞお恵みを！

若くて元気で快活な、楽しいころのことでした。
七つのおとめのくちづけを、このくちびるに受けました。
おとぎ話や物語、富めるわたしであったゆえ
けれどもお金は一文も、持たないあわれなこのわたし。
可愛いおとめの求めたは、お話だけでありました。
おとぎ話のことならば、富めるわたしでありました。
神様！　あなたもご存じです！

「富めるわたしであったなら！」願いは祈りになりました。
七つのおとめも日を重ね、年を数えて今はしも
心のやさしい美しい、賢い娘となりました。
もしもわたしの胸にある、おとぎ話を聞いたなら、
せめて昔の思い出の、よみがえることあるならば！
けれども貧しいわたくしは、何も言わずに黙ってる。
神様！　あなたのみこころに！

もしも心に慰めの、富めるわたしであったなら、
悲しい思いのかずかずを、紙に書かずにすむものを！
ああ、若き日のあこがれを、つづってなったこの詩《うた》を
いとしいあなたが読んだなら、すこしは心も晴れよもの！
けれども、やはりこの気持ち、胸にしまっておきましょう。
貧しいわたしの行末は、暗いさだめの隠《こも》り沼。
神様！　彼女にお恵みを！

そうです、こういう詩は、だれでも恋をしている時は書くものです。ただ、つつしみ深い人は、それを印刷させないだけです。中尉と恋愛と貧しさ、これは三角形です。もしくは、幸福のさいの目のこわれた半分ともいえましょう。それを中尉はしみじみと感じました。そこで、頭を窓わくにもたせて、深いため息をつきました。

「あそこの往来にいる貧乏な夜警のほうが、僕よりはずっと幸福だ。あの男は、僕の失ったものが何か知らない。あの男には家庭があり、悲しい時にはいっしょに泣いてくれ、うれしい時にはいっしょに喜んでくれる妻と子供がいる。ああ、もしあの男の身に、そっくり変わることができたら、いまの僕よりもどんなに幸福だろう。たしかに、あの男のほうが僕より幸福なんだもの。」

するとその瞬間に、夜警は再び夜警になりました。幸福の長靴《ながぐつ》のおかげで、いままで中尉になっていたのでした。けれども、さてなってみますと、私たちが、いま見たように、たいして満足が感じられないで、もとのままにいた方がまだしも、ましのように思いました。こうして、夜警は再び夜警になったというわけです。

「いやな夢だったなあ！」と夜警は言いました。「だが、妙だったぞ。おれはあの中尉さんになったようだったが、さっぱりうれしくなかったぞ。目玉がとび出るほどきつくキスをしてくれるかあちゃんや、ちびっこたちがいないんだものなあ！」

夜警はまた腰をおろして、こっくりこっくりはじめました。夢がまだいっこうに頭からぬけようとしないのです。長靴は、あいかわらず足にはいていました。その時、流れ星が一つ、空をすべって消えました。

「ほら一つ飛んだ！」と夜警は言いました。「けれども、まだたくさんある。ああいったものを、もっと近くで見たいもんだ。中でも、お月さんをなあ！　お月さんなら、手の中からすべりぬけて行っちまうこともあるまいて。おれたちは死ぬと、みんな星から星へ飛んで行くんだと、女房のやつが洗濯《せんたく》にゆく家の大学生が言ったっていうが、そんなことはうそだ。だが、それにしてもそうなったらさぞ面白いだろうなあ。ちょっくら一飛びであすこへ行けるんなら、このからだなんか、この段の上に残して行ったってかまやしない！」

さて、世の中には、よく気をつけて、うっかり口に出して言わないようにしなければならないことがありますね。まして、幸福の長靴をはいている時は、なおさら気をつけなければなりません。では、夜警がどんなことになったでしょうか。まあ、聞いてください。

　私たち人間は、蒸気の力で、すみやかに走ることを知っています。たとえば、汽車で陸を走ったり、汽船で海を渡ったりするのがそれです。けれども、光の速さにくらべたら、そんなものはなまけものがのそのそ歩いたり、かたつむりがのろのろはいまわるのとすこしも変わりません。光は、一番速い競馬の馬より千九百万倍も速く飛ぶのですからね。ところが、電気はもっと速いのです。人間が死ぬのは、私たちの心臓が電気に打たれるからです。肉体を離れた魂は、電気の翼に乗って飛んで行くのです。太陽の光は二千万マイル以上の旅をするのに、八分と少々かかりますが、電気の急行列車に乗った魂は、同じ距離を、もっとわずかの時間で飛ぶことができるのです。星と星との間の距離は、魂にとっては、同じ町に住んでいる友だち同士の家と家との間ぐらい、いやもっと近く、お隣りぐらいしかないのです。そのかわり、こうして心臓が電気に打たれると、この世では、もうこのからだを使うことができなくなるのです。この夜警のように、幸福の長靴《ながぐつ》をはいているのでなければ。

　わずか数秒で夜警は、月までの五万二千マイルの距離を、飛んで行ってしまいました。月はだれでも知っているように、私たちの地球よりもずっと軽い物でできていて、たとえて言えば、降りたての雪のように柔らかいのです。夜警は、月の世界に数限りなくある輪の形をした山の一つにおりました。輪の形をしたこういう山のことは、メードラー博士*の大きな月の図で、あなたもごらんになったことがあるでしょう。

　これらの輪状山は、内側が半マイルもある、切り立った絶壁の「お釜《かま》」になっていました。その底に一つの町がありました。ためしに、コップに水を入れて、それに玉子の白味を落としてみたならば、この町の様子がすこしは想像がつくかも知れません。ちょうどそれと同じように、この町はふわふわしていて、塔も円屋根も帆の形をしたバルコニーもみなすきとおって、薄い空気の中にゆらめいていました。私たちの住んでいるこの地球が、頭の上の空高く、大きなまっかな球になって浮かんでいました。

月の世界には、たくさんの生き物がいました。たしかに、それは人間と呼んでもいいようなものでしたが、様子はすっかり違っていました。この人たちは、言葉も持っていましたが、その言葉が、夜警の魂にわかるなどと思う人はいないでしょう。ところが、案に相違して、夜警の魂には、それがわかったのです。

夜警の魂には、月世界の住人の言葉がたいそうよくわかりました。聞いてみると、私たちの地球のことで議論をしているのでした。地球というところは空気がとても重苦しくて、気のきいた月世界の人間にとっては、とうてい住めるところじゃない。月の世界だけが、住むのによいところで、昔から宇宙人の住んでいるほんとうの宇宙だ、と言っているのでした。

それはそうと、私たちはまた東通り《エスダーガーゼ》へおりて行って、夜警のからだがどうなったか見ることにしましょう。

夜警は、死んだようになって階段の上にうずくまっていました。先に星のついている槍《やり》が、手からすべり落ちていました。その目は、自分の正直な魂がいましも歩きまわっている、空のお月様を仰いでいました。

「夜警さん、いま何時かね？」その時、通りがかりの人が、こうたずねました。けれども相手はなんの返事もしませんので、その人は指でそっと夜警の鼻をはじきました。すると夜警のからだは平均を失って、地面に長く倒れてしまいました。つまり、この人は死んでいたのです。鼻をはじいた人の驚きといったらありませんでした。夜警が死んだ、そして、死んだままになっていたのです。うわさは口から口へ伝わってたいへんな騒ぎになりました。そして、あけがたに、夜警のからだは病院に運ばれました。

もしもこの時、魂が帰って来て、自分のからだを東通り《エスダーガーゼ》に捜しに行ったとして、もしそれが見つからなかったら、さぞおかしな事が持ち上がったでしょう。たぶん、まっさきに警察へ行くことでしょう。次には、落とし物広告をしてもらうために登記所へ行くでしょう。そして、いよいよ最後には、病院へ。けれども、そんな心配には及びません。魂というものは、自分だけで、何かする時は、たいへん賢いものですから。魂がへまなことをやるのは、みな肉体のせいなのです。

さて、前にも言いましたように、夜警のからだは病院に運ばれました。そして消毒室に運びこまれました。消毒室で人々がまず最初にしたことといえば、言うまでもなく、長靴《ながぐつ》をぬがせることでした。そこで、魂はいやでも、戻って来なければなりませんでした。さっそく、魂はからだのある方角をさして飛んで来ました。そして、たちまち生命が男のなかによみがえりました。夜警は、こんな恐ろしい夜は、生まれてはじめてだ、いくらお金をもらっても、もう二度と、こんな思いはしたくない、と言いました。ですが、どっちみちもうすんでしまったことでした。

その日のうちに、夜警は病院を出されました。けれども、長靴は病院に残されたままでした。

四　一大危機―朗読―とても不思議な旅

コペンハーゲンの人ならだれでも、コペンハーゲンにあるフレデリック病院の入り口がどうなっているか知っていますね。けれども、コペンハーゲン生まれでない人も、幾人かこのお話を読むことでしょうから、ここで簡単にその説明をしておかなくてはならないでしょう。

この病院は、かなり高い柵《さく》で往来からへだてられていますが、その柵は、太い鉄の棒がならんでいて、そのすき間は、ずいぶんからだのやせている助手でも、やっとのことですり抜けることができるくらいなのです。人々は、その柵をすり抜けては、ちょっとした用事をしていました。ところで、からだの中で抜け出るのに一番むずかしいところは頭です。ここでも世間でよくいう、小さい頭が一番仕合わせ、ということがあてはまりました。これで、話のいとぐちとしてはじゅうぶんでしょう。

さて若い助手の一人が、ちょうどその晩宿直にあたりました。この人は頭の大きい人でした。もっとも、大きいといっても、頸《くび》の上に乗っかっている頭が大きいのでした。おまけに外はどしゃ降りの雨でした。この二つの不都合がありましたけれども、どうしても外へ出なければならない用事がありました。ほんの十五分でよかったのですから、もし、鉄棒の間をすり抜けることができれば、わざわざ門番にうちあけて出してもらうほどのことはないと思ったのです。すると、そこに夜警が忘れて行った長靴《ながぐつ》がありました。それがまさか幸福の長靴だとは夢にも思いませんでした。こんな雨降りにはもってこいだ、と思ってさっそくそれをはきました。さあこんどは、うまくすり抜けることができるかどうかです。この人はいままでまだ一度もやって見たことがなかったのでした。いよいよ、そこに立ちました。

「どうか頭が外に出ますように！」と言いました。すると、そのとたんに、ずいぶん大きな頭でしたが、それがするりと抜けました。こんなことは長靴《ながぐつ》にとっては造作もないことですよね。こんどは、からだの出る番です。ところが、それがつかえてしまったのです。

「おや！　からだが太りすぎてるな！　頭が一番むずかしいと思ったのに！　こいつは抜けられないぞ！」

そこで急いで頭を引っ込めようとしました。ところが、そうはいかなくなりました。頭は、楽に動かすことができました。けれども、ただそれだけのことでした。さいしょはかんしゃくを起こしましたが、やがて気持ちが氷点下に下がってしまいました。幸福の長靴のおかげで、こんな苦しい羽目に陥ったのです。しかも運わるく、どうか楽に出られますように、と祈ることに、気がつかないで、ただ、いろいろもがくばかりですから、ちょっともその場から動くことはできませんでした。雨は滝のように降っていて、往来には人っ子一人通っていませんでした。入り口の呼鈴にも手がとどきません。どうしたらすり抜けることができるでしょう。あれやこれや考えていますと、なんとなく、あすの朝までこうして立っているような気がしました。そうしたら、だれかが鍛冶屋《かじや》を呼んできて、鉄の棒を、やすりでごりごり切らせるに違いないと思いました。けれども、そんなに早く切れるものではありません。そのうちに、むこうの青い壁の貧児養護学校の子供たちや、船乗り区域のニュボーダの連中が集まって来て、この晒《さら》し者を見物するでしょう。そうなったら、去年大きな竜舌蘭《りゅうぜつらん》が咲いた時とは、また違った、たいへんな騒ぎになるでしょう。

「ああ！　血が頭にのぼって来る。気が狂いそうだ！　ああ、もうほんとうに気違いになる！　どうかして抜け出られないものかなあ、そうなりゃなんでもないんだが！」

そらごらんなさい、も少し早く、そう言えばよかったのです。どうでしょう、こう口に出して言ったか言わないうちに、頭がすっぽりと抜けました。助手は、幸福の長靴《ながぐつ》から受けた恐ろしい目に、すっかり面くらって、あわてて家《うち》の中へ駆け込んでしまいました。

けれども、これで万事すんだと思ってはなりません――まだまだひどいことになるのです。その夜はそのまま過ぎ、次の日も暮れましたが、長靴のことをたずねて来る人はありませんでした。

その晩、カニケ街の小さい劇場で催し物がありました。劇場は満員でした。朗読の番組の中に新作の詩がありました。私たちも、しばらく、それを聞くことにしましょう。題は

おばあさんの眼鏡

うちのおばあさんはなうての知恵者で
「むかし」だったらたしかに火あぶりもの。
なんでも知らないことはない、
来年のことまで見える。

いえ、何十年の先までも。たいしたもんです。
ただ、口に出しては言いたがらない。
いったい、来年は何が起こるでしょう？
何か珍しい事件でも？　ほんとに、見たいもんだ！
私自身の運命を。芸術や国の行く末を。
けれどもおばあさんはなんにも言わない。
私が、やいやいねだったらうまく行った。
初めは黙っていた、それからおこった。
私にはそんな事は壁に書いたお説教。
私はおばあさんの可愛い孫だもの！

「こんどだけは聞いてあげよう」
こう言いながらめがねを渡してくれました。
「さあ、どこへでも好きな所へ行きなさい、
たくさん人の集まる場所へ、
みんなを見渡せる所へお立ち、
そしてこのめがねでみんなを見るのだよ、
とたんにみんなは——うそは言わないよ——

テーブルの上のカルタ同然。
それで何が起こるか、予言ができる！」

私はお礼もそこそこかけ出しました。
さて、いったい人の集まる所ってのはどこだろう？
突堤《ランゲリンエ》？　あそこは寒くて風邪《かぜ》を引く。
東通り《エスダーガーゼ》？　ちぇっ！　あそこは泥んこだ。
では、芝居？　こいつはいい思いつきだ、
晩の出し物も間もなくはじまる――
こうしてまかり出ました私め、
ちょっとご免をこうむって、めがねをかけて
ながめましょう――まあさ、そう尻込みはご無用！
ほんとにカルタのように見えますかどうか、
どんな時勢が予言できるものやら。
――皆様の沈黙はご承諾のしるしと心得まして。
お礼のしるしにいっさいをうちあけて申しましょう。
ここでは、みんな味方同士でございますもの。
私の予言は皆様のため、自分のため、また国のため！

ではカルタの札は何を語りましょうやら。
（めがねをかける）
やや、これはほんとだ！　いや吹き出さずにはいられません！
みなさまに一目お見せできたら！
なんとまあたくさんのカードの紳士だ、
ハートの婦人がずらりとならんでる。
そちらの黒いのはクラブにスペード。
――そうら、だんだんはっきり見えて来る！――
スペードの奥方、つもるおもいを
ダイヤのジャックに向けてるぞ。
こりゃたまらん、よっぱらいそうだ！
こっちの家にはお金がしこたまたまってて、
世界のはてからお客がやって来る。
だが、知りたいのはこんなことではない。
政治の事は？――それは新聞へ！
あとでゆっくりお読みなさい！
いま私がおしゃべりすれば新聞が損をする。
お皿の中から一番おいしいごちそうを取ってしまうから。

では、芝居のことは？――何か新作が？　味は？　音楽は？
いやいや、私は支配人とはけんかしたくない。
じゃ、私の将来は？　皆様もご存じのとおり、
自分の事は一番気になるもの！
見える、見える！――けれども言えません。
その時になったら、さっそく申し上げますがね。
ではいったい、この中で一番幸福な人はどなたでしょう？
一番幸福な人？　こりゃすぐ見つかります！
それは――おっと、うっかり言えません――
どうやら、悲しい思いをする人がたくさんありそうです。
だれが一番長生きか？　そこの婦人か、あそこの紳士か？
いや、こんな事を言ったら、なおいけない！
ではこれにしようか？　だめ！――あれにしようか？　だめ！
では、これは？　ああ、何がなんだかわからなくなってしまった。
だれかのごきげんをそこなわないかと心配です！
そこでこんどは、皆様の心の中を拝見して、
予言の力をそっくり働かせてみましょうか。
おや、あなたのお考えは？

貴様の言う事はなんにもなりはしない、
何から何までくだらないおしゃべりばかりだ！
それじゃ、私は、お集まりの皆様方！　口をつぐんで、
皆様のご意見に従いまする。

この詩は申し分なく上手《じょうず》に朗読されて、朗読者は拍手かっさいを博しました。見物人の中には例の病院の助手もいました。もう、ゆうべの冒険はすっかり忘れてしまったとみえます。長靴《ながぐつ》はまだはいていました。取りに来る人がなかったし、それに、往来がぬかっていましたから、たいへん役に立ちました。

助手はこの詩を面白く聞きました。

そして、いろいろ考えさせられました。こんなめがねが一つほしいものだ。もしうまく使ったら、たぶん人々の心の中をのぞくこともできるだろう。その方が、来年起こるかも知れない事を見るよりは、ずっと面白いに違いない、と思いました。なぜなら、来年のことは来年になれば見られるけれど、人の心は決してそうは行かないからです。「いま、僕は一番前の列にいる紳士淑女のことを考えることができるが——もし、あの人たちの胸の中をのぞくことができたら、そうだ、そうしたらきっと、店の陳列窓みたいに見えるだろうな。さぞ僕の目は、店の奥まで見とおすことだろう。あのむこうの奥さんの胸にはきっと、大きな小間物店が見られるぞ。こっちの奥さんの店はからっぽだ。しかも、大掃除の必要がありそうだ。もっと手堅い店はないものかなあ。や

れ、やれ！」ここで助手はため息をつきました。「もっとも、そういう店が一軒あることは、僕も知っている。その店は、万事手堅いが、ただ一つ都合の悪いことには、そこにはもう若い店員が一人いるのだ。あっちの店でも、こっちの店でも『どうぞおはいりください！』と言うのが聞こえてくるだろうな。ああ、僕も可愛らしい小さな考えのように、人の心の中へはいってみたいなあ！」

ええ、長靴《ながぐつ》にとっては、これでじゅうぶんなのです。助手のからだは、小さくちぢんで消えてしまいました。そして、一番前の列にいる見物人の心の中を通る、世にも不思議な旅がはじまりました。さいしょにはいり込んだのは、一人の奥さんの心の中でした。しかし、はじめのうちは、人間の瘤《こぶ》を切り取ってかっこうをよくする家、つまり世間でいう整形外科の病院にはいったのかと思いました。部屋の中を見まわしますと、不具の手足の石膏型《せっこうがた》が、幾つも壁にかけてありました。けれども、よく見ますと、そこには違いがありました。たとえば、病院では患者がはいって来た時に型をとりますが、人の心の中では、人々が出て行ったあとで、型をとって保存するのです。さて、ここに保存されてあったのは、この奥さんのお友だちの型で、その人たちのからだやの、かたわの部分だったのです。

急いでべつの女の心の中へはいると、そこは神々《こうごう》しい大きな教会のようでした。清らかな白いハトが聖壇の上をひらひらと舞っています。助手は思わずひざまずきたい気持ちになりましたが、まださきへ行って、次の心の中にはいらなければなりませんから、そうしているわけにはいきませんでした。それでも、オルガンの音を聞いて、自分がいままでより、より新しい人間になったような気持ちがして、お隣りの神聖な場所にいく資格ができたように思いました。そこは、病身の母親のいる貧しい屋根裏部屋でした。けれども、開かれた窓からは、神様のお日様が暖かにさしこんでいました。美しいバラの花が、屋根の上の小さい木の箱から、うなずいていました。空いろをした二羽の鳥が、無邪気な喜びをうたっていました。こうしたなかで、病気の母親は娘の上に神様のお恵みがくだりますように、とお祈りをしていました。

こんどは、四つんばいになって、肉がいっぱいある肉屋の店をはいまわりました。どっちをむいても肉ばかりです。ここは、人々から敬《うやま》われているお金持ちの心の中でした。この人の名前はたしか、紳士録にのっているはずです。

次は、その人の奥さんの心の中でした。そこは古いくずれかかったハト小屋で、ご主人の肖像が風見《かざみ》のニワトリの代わりに立っていました。そして、それがドアにつながっているものですから、ご主人の風見がぐるぐるまわると、それにつれてドアがあいたりしまったりしました。

それからこんどは、ローセンボ宮*にある「鏡の間」のような所へはいりました。違うところは、ここの鏡は途方もなく物をゆがめて見せるのでした。部屋のまん中に、この人のちっぽけな「我」がダライラマのように、ふんぞり返っていて、鏡に映った自分の大きさに見とれているのでした。

その次にはいったのは、とがった針のいっぱい刺さっている、狭い針箱のようなところでした。「たぶん独身でとおした女の心だな」と若い助手はすぐ思いました。ところが、それは思い違いで、じつは、幾つも勲章をぶら下げたごく若い軍人で、世間の人のいう「頭も情もある人」でした。

可哀そうに、助手は、最後の心の中から出て来た時は、もうふらふらになっていました。自分の考えをまとめるどころの騒ぎではありません。助手は、これはてっきり強い想像力のなせるわざだと思いました。

「ああ、神様！」と助手はため息をつきました。「きっと僕には、気違いの素質があるんだ。それに、この蒸し暑いことはどうだ。これじゃ、血も頭にのぼってくるはずだ。」とたんに、前の晩の大事件が胸に浮かんで来て、頭が病院の鉄棒の間にはさまって抜けなかったことが思い出されました。「たしかに、あの時病気にかかったんだな。」と思いました。「こりゃ、こうしちゃいられん。ロシア風呂《ぶろ》がいいかも知れん。ああ、早く一番上の棚《たな》に寝ころびたい！」

するともう、助手は蒸し風呂の中の一番上の棚に寝ていました。ところが、着物はそっくり着たまま、靴《くつ》もはいたまま、その上に長靴《ながぐつ》まではいたままでした。熱いしずくが天井からちょうど顔の上に、ぽたりぽたり、と落ちました。

「ひゃあ！」助手は頓狂《とんきょう》な声をあげて、シャワーを浴びに飛びおりました。風呂番の男も、着物を着たままの男を見て、びっくりして大声を立てました。

助手は、それでも、すぐに落ち着きをとりもどして、小声で「じつは賭《かけ》をしていたんだよ。」と言いました。そして、自分の部屋に帰ってまっ先にしたことは、大きなスペイン膏薬《こうやく》を、頸《くび》すじと両肩に一つずつはることでした。それで気違いの毒を吸い出そうというのです。

あくる朝、助手の背中は赤くむけていました。これだけが、幸福の長靴がこの助手にもたらしたすべてでした。

五　書記の生まれかわり

お話かわって例の夜警は――私たちはあの夜警のことを決して忘れてはいませんね――自分が見つけて病院まではいて行った、あの長靴《ながぐつ》のことを思い出して、病院から取り戻して来ました。けれども、あの中尉さんも、町の人も、自分のだと言って来ませんので、とうとう警察へとどけました。

「僕の長靴によく似ているなあ。」と警察の書記の一人が、この落とし物を自分のと並べてみながら言いました。「この両方を見分けるには、靴屋の目だってむずかしいや。」

「書記さん！」こう言いながら、その時、書類を持った巡査がはいって来ました。

書記はふりむいてその人と話をしました。ところが、用談がすんで再び長靴を見た時、自分のが右のだったか左のだったか、すっかり迷ってしまいました。

「そうだ、ぬれてる方が僕のに違いない。」と、警察の書記は考えました。ところが、それはまったくの思い違いで、ぬれている方は幸福の長靴だったのです。そりゃ警察だって、思い違いということはないとは限りませんよ！　書記は長靴をはいて、二三の書類をポケットに、残りは腕にかかえて、そとへ出ました。家《うち》へ帰って、一通り目を通してから清書するつもりでした。ところが、その日はちょうど日曜日で、折りからよく晴れた朝でしたので、フレデリグスベヤ公園まで散歩に行ったら、さぞ気持ちがいいだろう、と思いました。そこで、そこへ出かけました。

この青年くらい、もの静かで勤勉な人はあまりありません。私たちも、これくらいの散歩は喜んでさせてやりましょう。長いこと机にむかっていたあとでは、こうした散歩は、きっとからだのためにいいでしょうから。はじめのうちは何も考えずに、ただぶらぶらと歩いていました。それで、長靴《ながぐつ》も魔法の力を表わす機会がありませんでした。

並木道《なみきみち》まで来ますと、友人の若い詩人に出あいました。詩人は、あす、夏の旅行に出かけるつもりだと話しました。

「そうか、また出かけるのかい。」と書記は言いました。「君は幸福な自由な人間だねえ。自分の好きな所へ、どこへでも飛んで行けるんだもの。僕らは足に鎖がつながっているんだからなあ。」

「けれども、その鎖は、パンの木につながっているのだろう。」と詩人は答えました。「だから、君たちは、あすの日のことを心配する必要がない。それに、年をとれば恩給がつくじゃないか。」

「だが、なんと言ったって君らは仕合わせさ。」と書記は言いました。「家《うち》にじっとしていて、詩を作るなんて、さぞ楽しみなことだろう。世間からはちやほやされるし、そしてだれにも頭を下げる必要がないのだ。まあ、ためしに一度、裁判所でつまらない事件に立ち会ってみるんだね。」

詩人は頭を振りました。書記も同じように頭を振りました。どちらも自分の考えを変えようとしないのです。こうして二人は別れました。

「詩人なんて連中は、実際変わっているなあ。」と書記はひとりごとを言いました。「ああいう人間の心の中にはいって、僕もひとつ詩人というものになってみたいもんだ。僕だったら、あの人たちの作るような、あんなめそめそした詩なんか書かないぞ。――ああ、きょうはまた、なんというううるわしい詩人の春だ！　空気はこんなにすみ、雲はあんなに美しく、緑の葉の、なんというよいかおりだろう！　もう何年にも、ぼくは今のこのひと時にまさる気分を知らない。」

これで、この書記が、もう詩人になったことが、わかりますね。目立ってどうということは、もちろんありません。なぜなら、いったい詩人というものを、ほかの人間とは別のものと思うくらいばからしい考えはありませんからね。普通の人の中にも、世間に知られているえらい詩人よりも、ずっと詩人らしい性質の人があるものです。詩人と普通の人の違いというのは、詩人は魂の記憶がよくて、自分の考えた事や感じた事を、それがはっきり言葉になって現われるまで、しっかりとはなさずに持っていることができますが、普通の人にはそれができない、というだけのことなのです。けれども、普通の人から天才に移り変わることは、これはたしかに、たいした変わり方です。ところが、そうした変わり方をいま、この書記はしたのです。

「なんというよい匂《にお》いだろう！」と書記は言いました。「ローネ叔母《おば》さんの家のスミレが、思い出される。そうだ、あのころは僕もまだ小さかったなあ。こりゃ驚いた、ずいぶん長いあいだ忘れていたものだぞ！――ほんとに親切なおばさんだったなあ！　あの人は取引所のうしろのあたりに住んでいたっけ。いつでも、若枝が、青々した新芽を二三本水にさしていたもんだ。どんなにきびしい冬でも、そうだった。ぼくはスミレのいい匂いをかぎながら、熱くした銅貨を、いてついた窓ガラスに当ててのぞき穴を作って遊んだもんだ。そこから外をのぞくとほんとにすばらしいながめだった。前の運河には、船頭のいない船が氷にとざされていて、カラスが一羽、まるで乗組員みたいに、とまって鳴いていた。だが、春風がそよそよと吹きはじめると、そこらが急に活気づいてくる。歌とばんざいのうちに、氷が切りはなされる。船にはタールが塗られ、帆づなが張られ、やがて、よその国をさして航海にのぼるのだった。いっぽう僕は、いままでもここにじっとしていた。またこれからも、じっとすわりつづけていなければならないのだ。いつまでも警察の一室にすわっていなければならない。そして、ほかの人たちが外国へ行くために旅券をもらって行くのを、見ていなければならないのだ。これが僕の運命なのだ！　ああ、ああ！」こう言って、書記は深いため息をつきました。が、急にはっとして立ちどまりました。「おやおや、いったい僕はどうしたんだ。こんなことはいままで一度も考えたことはおろか、感じたこともないのに。これはきっと、春の空気のせいに違いない。悲しいような、またうれしいような、へんな気持ちだ。」書記はポケットに手を突っこんで紙を取り出しました。「これを見たら気持ちが変わるかも知れない。」こう言いながら、まずさいしょの紙の上に目を走らせました。すると、そこには「シグブリット夫人　五幕悲劇」と書いてあるではありませんか。「こりゃどうしたことだ。たしかに筆跡は僕の手だが。こんな悲劇を僕が書いたのかしら？　城壁上の陰謀または懺悔《ざんげ》祈禱《きとう》日《び》　喜歌劇《ヴォードヴィル》——なんだいこりゃ？　どこでこんなものを手に入れたかな？　だれかがぼくのポケットに入れておいたに違いない。おや、手紙があるぞ。」なるほど、それは劇場の支配人からの手紙でした。読んでみると、あなたの脚本の上演を、おことわりするということが、決して丁寧とは言えない言葉づかいで書いてありました。「ふむ、ふむ。」書記はこうつぶやきながら、かたわらのベンチに腰をおろしました。頭の中はさまざまの思いが乱れ、心はとても感じやすくなっていました。そのため、知らず知らず、手近にあった花を一つ手にとってみました。それはなんでもない普通の小さいヒナギクでした。けれども植物学者が何時間も講義をしてようやく説明できることを、この花はたった一分間で教えてくれました。花は自分の誕生の神秘を語り、また、美しい花びらを開いてよい匂《にお》いを出させてくれる太陽の光の力をたたえました。書記はふと、生きるための戦いということを思い浮かべました。これもまた、私たちの胸にいろいろの感情を呼びさますものです。空気と光とは共に花の恋人でした。けれども、光の方が花に好かれました。そして光の方に花はふり向きました。光が消えると、花は花びらをとじて空気の腕に抱かれて眠るのでした。「わたしを飾ってくれるのは光ですわ！」と花は言いました。「けれども、空気があなたに呼吸《いき》をさせてくれるのですよ。」と詩人の声がささやきました。

すぐそばに男の子が一人立っていましたが、その時、棒で溝《どぶ》の水を打ちました。水のしずくが緑の枝の上まではね上がりました。書記は、その一つ一つのしずくにくるまって高く投げ上げられた何百万という、目に見えない生き物のことを考えました。その高さは、しずくの大きさからみれば私たちが雲の上まで投げ上げられたのと同じだったでしょう。こんなことを思ったり、また、自分の身の上に起こった変化を考えたりして、書記は思わずほほえみました。「僕は眠って夢を見ているんだな。でも、不思議だなあ。こんなにいきいきと夢を見ていながら、それが夢だということを自分が知っているなんて。あすの朝、目がさめた時にも、この夢のことを覚えていたいものだ。どうもいまの僕の気持ちは、いつもとはすっかり違っているようだ。何もかもこんなにはっきり見えるし、まざまざと感じもする。けれども、あすになって思い出してみると、それは愚にもつかない事にきまっているんだ。いままでにも、さんざん経験したことだ。夢の中で見たり聞いたりした、りっぱな物や賢い知恵なんてものは、ちょうど、地下に住む小びとの妖精《ようせい》の黄金のようなものだ。妖精の手からそれを受け取る時はずいぶんりっぱで光っているけれど、昼間見ると、石ころや、かさかさの枯れ葉なんだ。ああ、ああ！」悲しそうにため息をつきながら書記は、枝から枝へ楽しそうにさえずりながら飛んでいる鳥を見上げました。「あれたちのほうが、どれほど僕より仕合わせだかわかりゃしない。飛べるってことは、まったくすばらしいことだ。生まれつき飛べるとはなんて幸福なんだろう。そうだ、もし何かに生まれ変わることができるとしたら、小さいヒバリにでもなってみたいものだ！」

そのとたんに、上着のすそと袖《そで》がいっしょにくっついて翼になり、着物は羽に、そして上靴《うわぐつ》は爪《つめ》になりました。書記は自分の姿を見て、思わず心のうちで笑い出してしまいました。「それみろ、やっぱり夢だってことがわかるじゃないか。それにしても、こんなばかばかしい夢は、まだ見たことがないぞ。」そう言って、緑の枝の上に飛び上がると、歌をうたいました。けれども、その歌には詩というものがありませんでした。それは、詩人の性質が消えてしまったからです。長《なが》靴《ぐつ》は、何かためになる事をする人のように、一時に一つのことしかできないのです。書記は詩人になりたいと思いました。それで、詩人になりました。こんどは小鳥になりたいというので、小鳥になりました。しかし同時に、前の性質はなくなってしまったのです。

「こりゃ面白いぞ。」と書記は言いました。「昼間は警察の一室で、かたくるしい事件の中に埋まっていて、夜はヒバリになってフレデリグスベヤ公園を飛びまわる夢を見るなんて！　これを喜劇に書いたら、さぞ面白いものができあがるだろうなあ。」

こんどは草の中へ飛びおりました。そして頭をあちこちまわしては、くちばしで柔らかな草の茎をつっつきました。その草は、いまの書記の大きさにくらべたら、北アフリカのシュロの木の枝ほどの大きさに見えました。

ところが、そう思ったのも束《つか》の間で、急に、あたりがまっ暗になって、何か途方もなく大きな物が――と書記には思われました――頭の上に投げかけられました。それはニュボーダのいたずら小僧が投げた帽子だったのです。それから、手が一本その下にはいって来て、書記の背中と翼とをつかまえました。書記はピーピーと鳴きました。そして、はじめはびっくりして「おいおい、このいたずら小僧め！　おれは警察の者だぞ！」と大声でどなりました。けれども、男の子の耳にはただ、ピーピーと聞こえるだけです。男の子は鳥のくちばしをたたいて、どんどん歩いて行きました。

並木道《なみきみち》まで来ると、上流階級の二人の小学生にあいました。上流というのは、世間でそう見られているだけで、精神からみれば、二人は学校でも一番下の方でした。さて、二人はその鳥を八シリングで買いました。こうして、書記はコペンハーゲンのゴーテルス街の、とある家庭につれて来られました。

「夢であってさいわいだ。」と書記は言いました。「さもなけりゃ、まったく腹が立ってしまうところだ！　はじめは詩人で、こんどはヒバリだ。そうだ、僕がこんな小さな鳥になったというのも、まったく、詩人的才能のおかげだ。けれども、よりによって、こんな子供たちの手につかまってしまうなんて、なさけないな。ええままよ、どういうことになるか見ていてやろう！」

二人の少年はヒバリを持って、たいそうりっぱな部屋にはいって行きました。ふとった奥さんがにこにこと二人を迎えました。けれども、子供たちがヒバリなどという、つまらない野の鳥を持っているのを見ると、すこしもいい顔をしませんでした。けれども、きょうだけなら、と言って、許してくれました。そして、窓ぎわにある、からの鳥かごの中にお入れなさいと言いました。

「きっと鸚鵡《おうむ》ちゃんが喜びますよ。」奥さんはこう言って、緑いろの大きな鸚鵡に、ほほえみかけました。鸚鵡は上品ぶって、りっぱな真鍮《しんちゅう》の鳥かごの中の輪にとまって、ぶらぶらしていました。「きょうは鸚鵡ちゃんのお誕生日ね。」と奥さんは甘ったるい声で言いました。「だから、野育ちの小鳥がお祝いに来たのよ。」

鸚鵡ちゃんはなんにも返事をしないで、あいかわらず気どってぶらんこをつづけていました。その代わり、カナリヤが美しい声で歌をうたいはじめました。このカナリヤは去年の夏、かぐわしい花の咲く暖かな生まれ故郷から、この国へつれて来られたのです。

「やかましいわねえ！」奥さんはこう言って、白いハンケチをかごの上にかぶせてしまいました。

「ピー、ピー！」とカナリヤはため息をつきました。「いやな雪空になってしまったわ！」こう言って、もう一度ため息をついて黙ってしまいました。

さて、書記は――もしくは奥さんのまねをして言えば――野育ちの小鳥は、カナリヤのすぐ隣りにある、鸚鵡《おうむ》からもそうはなれていない、小さな鳥かごの中へ入れられました。この鸚鵡は、たった一つ人間の言葉がしゃべれました。それは「さあ、人間になりましょう！」というので、時によると、たいへんおかしく聞こえることがありました。それ以外の言葉は、カナリヤのおしゃべりと同じように、なんだかさっぱり、わけがわかりませんでした。ただ書記だけには、自分がいままでは鳥になっているものですから、鳥仲間の言うことがよくわかりました。

「わたしは、緑のシュロの木や、満開のハタンキョウの花の間を飛びまわったのよ。」とカナリヤは歌いました。「わたしは、兄さんや姉さんたちといっしょに、きれいな花の上や、水底で水草がなびいている鏡のようにすんだ湖の上を飛んだのよ。わたしはまた、きれいな鸚鵡さんにもずいぶんあったわ。みんなはそれは面白いお話をながながと、たくさんしてくれたわよ。」

「そんなのはみんな野育ちの鳥ですよ。」と鸚鵡は言いました。「教育というものがないのですからねえ。さあ人間になりましょう！——おや、どうしてあなたは笑わないの？　奥さんやよその人はみんな、わたしがこう言うと笑い出すのに。だから、あなただって笑っていいはずですがね。ユーモアを解さないなんて、大きな欠点ですよ。さあ人間になりましょう！」

「ねえ、あなたはまさか、花の咲いた木のそばにテントを張って、その下でダンスをしていた美しい娘さんたちのことを忘れはしないでしょうね。生《お》い茂る草木の、甘い木の実や冷たい汁のことは、おぼえていらっしゃるでしょうね！」

「ええ、忘れはしませんよ。」と鸚鵡は言いました。「けれども、ここの方が、ずっとましですよ。うまい食べ物はもらえるし、大切にはしてくれるしね。わたしは、自分でも頭がいいと思うんだが。これ以上は望みませんね。さあ、人間になりましょう！　あなたには世間でいう詩才があるけれど、わたしには、しっかりした知識と機知とがありますよ。あなたは天才かしれないけれど、分別というものがありませんよ。持ち前の声をとんでもなく張り上げるもんだから、そんなふうに布をかぶせられてしまうんだ。わたしにはまさかそんなことはできませんよ。どうして、わたしはお安い鳥じゃありませんからね。第一、わたしはこのくちばしを、もったいをつけて『機知！　キチ！　キチ！』と、打ち合わせることもできるんです。さあ、人間になりましょう！」

「おお、花咲きみだれる、暖かいわが故郷《ふるさと》よ！」カナリヤは歌をうたいました。「わたしは、おまえの緑濃き森をうたおう。木の枝がすみきった水面《みのも》にキスする静かな入江をしのぼう。『沙漠《さばく》の泉』サボテンの生い茂るほとり、輝くわがはらからの喜びをうたおう！」

「そんな哀れっぽい歌はよしてもらいたいね！」と鸚鵡《おうむ》は言いました。「何か笑いたくなるようなのをやってもらいたいよ！　笑いは精神が最も高く進んでいることのしるしですよ。犬や馬が笑うだろうか？　泣くことはできても、笑うことはできませんよ。笑いは人間だけに与えられているんです。ほ、ほ、ほー！」こう言って鸚鵡は笑いながら、おきまりの「さあ、人間になりましょう！」をつけ加えました。

「もし、デンマークの灰色の小鳥さん！」と、カナリヤが言いました。「あなたも、とらわれの身となったのね。お国の森はきっと寒いに違いないわ。けれど、そこには自由がありますわ。飛んでお逃げなさい！――うちの人たちがあなたのかごの戸をしめるのを忘れてるわ。一番上の窓があいていることよ。さあ、飛び出しなさい！　ね、飛んでいらっしゃい！」

　書記がカナリヤの言葉につられて、ひょいとひと飛びすると、たちまちかごのそとに出ていました。ちょうどその時、隣りの部屋の半開きになっていたドアが、ぎーっと鳴って、緑いろの目を光らしたネコが音もなくそっとはいって来て、いきなり書記のヒバリにとびかかりました。カナリヤはかごの中を飛びまわり、鸚鵡《おうむ》は翼をばたばたやって「人間になりましょう！」を叫びつづけました。書記はいまにも殺されるかと、きもをつぶして、窓から飛び出ました。そして屋根を越え、通りを越えて夢中で逃げて行きました。とうとうしまいにくたびれてしまって、ひと休みしなければならなくなりました。

　ふと見ると、むこうになんとなく気持ちのよさそうな家がありました。窓が一つあいていましたので、そこから中へ飛び込んでみると、どうでしょう！　それは自分の部屋ではありませんか。そこでテーブルの上におりました。

「さあ人間になりましょう！」となんの気なしに鸚鵡の口まねが出ました。すると、そのとたんに、もとの書記になりました。けれども驚いたことには、テーブルの上にすわっているではありませんか。

「おやおや、とんでもない！」と書記は言いました。「どうしてこんな所へ上がったんだろう、おまけに眠り込んでしまったりして。それにしても、ひどく胸苦しい夢だったなあ！　始めから終りまで愚にもつかないことばかりさ。」

六　長靴のもたらした最善の事

あくる日の朝早く、書記がまだ寝ているうちに、ドアをたたくものがありました。はいって来たのは、同じ階に住んでいる牧師志願の大学生でした。

「あなたの長靴《ながぐつ》を貸してくれませんか。」と学生は言いました。「庭はだいぶしめってはいるが、太陽がすばらしく照っているので、外へ出てたばこを一服のみたいと思ってね。」

長靴をはくと学生はすぐ庭へおりました。庭にはスモモの木とナシの木がありました。そう大きな庭ではありませんが、コペンハーゲンのような大きな都会では、どうして、たいしたものです。

学生は庭の小道を行ったり来たりしました。時刻はやっと六時になったばかりでした。往来から駅馬車のラッパが聞こえてきました。

「ああ、旅だ！　旅だ！」と学生は叫びました。「旅こそは人生の最大の幸福だ。旅こそは僕のあこがれの最高の目標だ。旅にあってこそ、僕のこの落ち着かない気持ちは静まるのだ。だが、どうせ旅に出るなら、遠くなければいけない。あのすばらしいスイスに行けたらなあ！　それから、イタリアだ！　それから――」

そうです、長靴がさっそく、ききめを現わしたのは、さいわいでした。さもないと、とんでもない遠い所まで行くことになって、学生自身にも、私たちにも、さぞ困ったことになるところでした。とにかく学生は、旅に出ました。しかも、スイスのまん中に来ているのです。ところが、狭い駅馬車の中に、ほかの八人のお客さんとぎゅうぎゅう詰めにされていたので、頭痛はする、肩は張る、足は血が下がってむくむ、おまけに靴《くつ》が窮屈ときて、学生は、まどろむでもなく、さめるでもなく、うつらうつらとしていました。右のポケットには信用状が、左のポケットには旅券が、そして胸の小さな革《かわ》の紙入れには何枚かのルイドール金貨が縫い込んでありました。とろとろと夢みごこちになるたびに、この三つの大切な品物のどれかがなくなったような気がしました。そこで、熱病やみのように、はっとして飛び上がると、まっ先に何をするかといいますと、片手を右から左へ、次に胸の上へと、三角形に動かすのでした。そして、大切な品物があるかないか、さわってみるのでした。こうもりがさとステッキと帽子とが頭の上の網棚の中でぶらぶらゆれていました。そのため、せっかくのすばらしいながめもじゃまされて、ただそのすき間から、ちらちらと、のぞけるだけでした。けれども、学生は心の中でうたっていました。それは、私たちの知っている、まあどうやら詩人といってもいいある人が、スイスで歌った詩でした。もっとも、まだ今日まで、印刷されてはいませんが。

モンブラン　雲間にそびえ
うるわしき　眺《なが》めはあかず。
そこばくの　富だにあらば
この地こそ　わが憩《いこ》いの地。

あたりの自然は雄大で、厳粛で、黒々としていました。モミの木の森が高い岩山の上に、ちょうどヒースの草むらのように見え、その頂上は雲の中にかくれていました。やがて雪が降り出して、冷たい風が吹いて来ました。

「おお寒い！」と学生はため息をつきました。「早く、アルプスのむこう側へ行きたい。そこへ行けば、きっと夏のようだろう。そして、この信用状で金を出すのだ。それをすまさないうちは心配で、スイスの風景も落ち着いて見てはいられない。ああ、早くむこう側へ行ってみたいなあ！」

するとたちまち学生は、むこう側に来ていました。しかも、イタリアもずっとまん中の、フィレンツェとローマの中間におりました。青々とした山にかこまれたトラシメーノ湖が、夕日を浴びて金いろに輝いていました。その昔、ハンニバルがフラミニウスを敗った場所には、いまは平和なブドウのつるが、お互いに緑の指をからみ合わせていました。愛くるしい半裸体の子供が、路傍のかんばしいゲッケイジュの下で、まっ黒な豚の群れの番をしていました。もしこんな風景を上手に絵にかいたら、だれでも「麗しの《ベルラ》イタリアよ！」と喜びの声をあげるでしょう。しかし、そういう言葉は、この神学生の口にも、また、貸馬車《ヴェトゥーラ》の相客の口にものぼりませんでした。

毒のあるハエやブヨが無数に馬車の中へ飛び込んで来て、いくらミルテの枝で追いはらってもむだでした。とうとうハエに刺されてしまいました。顔を刺されて赤くはらしていないものは一人もいませんでした。可哀そうに、馬はまるで腐った肉ででもあるかのように、ハエが黒山のようにたかっていました。御者がおりていって、この小さい悪魔どもをかきおとしてやっても、それはほんのちょっとの間、役に立つだけでした。やがて太陽が沈むと、短い間ではありますが、ぞっとするような寒さがあたりに立ちこめました。それはすこしも気持ちのよいものではありませんでしたが、周囲の山々と空の雲とは、このうえもなく美しい緑いろに染まりました。そのすみきった輝き——いやいや、自分でそこへ行ってながめることです。そのほうが、書いたものを読むよりははるかにましです。ほんとうに、非の打ちどころのない美しさでした。この旅行者たちだってそう思ったのです。ただ、残念なことには——お腹《なか》がからっぽだし、からだは疲れきっていて、みんなの願いは、ただもう今夜の宿のことばかりでした。いったい今夜はどうなることだろう？ 人々は、それればかりが気になって、とても、美しい自然どころの騒ぎではありませんでした。

道はオリーブの森の中を通りました。学生にはなんとなく、故郷《ふるさと》の節くれだったカワヤナギの間を通っているような感じでした。そこに、ぽつんと一軒だけ宿屋がありました。その入り口に十人ばかりのかたわの乞食《こじき》がたむろしていましたが、なかで一番元気のありそうなのでも「丁年に達した餓鬼の総領息子」*といったような顔つきをしていました。ほかの者ときたら、盲《めくら》だったり、足なえで手ではっていたり、または骨と皮ばかりの腕のさきに、指のない手がついているといったありさまでした。これこそまったくぼろの中からはいずり出てきたみじめさそのものでした。乞食たちはため息といっしょに口々に「エッチェレンツァ　ミゼラービリ！（旦那様、あわれな者でございます！）」と言いながら、かたわの手足を差し出しました。迎えに出たおかみさんはと見れば、足ははだしで、髪はぼうぼう、おまけによごれた下着一枚というていたらくでした。ドアは細引きでゆわえてあり、部屋の中のゆかは、煉瓦《れんが》を敷いた道を半分掘りかえしたといったふうで、天井の下をコウモリが飛んでいました。しかも、この部屋の臭いことといったら――

「おかみさん、裏の馬小屋でお膳《ぜん》立てをしたらどうだい。」と、旅人の一人が言いました。「あそこだったら、何を吸い込んでいるかがわかるだろうよ。」

すこし新しい空気を入れようと窓をあけると、空気よりも早く、萎《な》えた腕と、おきまりの「ミゼラービリ、エッチェレンツァ！」という永遠の泣き声がはいって来ました。壁にはいろいろの文句が書かれてありましたが、その半分は、「麗《ベルラ》しのイタリア」とは似ても似つかぬものでした。

食事が運ばれました。まず、コショウと、いやなにおいのする油で味をつけた水みたいなスープ、お次も同じような油をかけたサラダ、それに腐りかけた玉子と、ニワトリのとさかの焼いたのがごちそうというわけでした。ぶどう酒までが、変なあと味が残って、とんと水薬でした。

寝る時はみんなのトランクを戸口の所に積み上げて戸締りの代わりにしました。そして一人ずつ交代で、ほかの人が寝ている間、不寝《ねず》の番をしました。いまはちょうど、神学生がその番に当たっているのでした。ああ、なんて部屋の中は蒸し暑いのでしょう！　暑さは頭を重くする、蚊はぶんぶんむらがって刺すし、おまけに外では憐《ミゼラービリ》れな者たちが、眠っている間も泣き言を並べていました。

「そりゃ、旅も悪くはないさ」と学生はため息をつきながら言いました。「ただ、このからださえなかったらなあ。肉体はこの地に休んでいて。その間に魂だけが飛びまわるんだ。どこへ行っても、僕の心を押えつける不満があるばかりだ。その場限りのはかないものではなく、それ以上のものを僕は求めているのだ。そうだ、よりよいもの、いや、一番よいものをだ！　だが、それはいったいどこに？　そして、どういうものだろう？　いや、僕にだって、それが何だかはわかっている。僕は幸福を求めているのだ。すべてのものの中で一番の幸福を！」

こう言ったか言わないうちに、学生はもう故郷に帰っていたのです。窓に長い白い窓掛けがたれていました。部屋のまん中に黒い棺が置かれてあって、その中に学生が静かな永遠の眠りについていました。学生の願いは、かなったのです。肉体はここにいこい、魂は旅立っていったのです。「墓の中にはいらないうちは、何人《なんぴと》をも幸福と呼んではならない。」とはソロン*の言った言葉ですが、それがここに新たに証明されたのです。

死体というものは、すべて永遠のスフィンクス(なぞ)です。この黒い棺の中のスフィンクスも、死ぬ二日前に書いた次の詩の意味を私たちに教えてはくれません。

力づよい死よ、おんみの沈黙は恐ろしい。
おんみの足跡は墓地の墓だけだ。
思索のヤコブのはしごもくだけ散るのか？
私はただ、死の庭の草のように立ちつくすのみ。

このうえない悩みも、しばしば世には知られず、最後には、ただおんみが待つばかり。
この世で心にのしかかる重荷は
柩《ひつぎ》にかかるおんみの土よりも重い。

二つの人影が部屋の中にうごめいていました。二人とも私たちには見覚えがあります。それは悲しみの仙女《せんにょ》と幸福の女神の小間使とです。二人は死んだ男の上に身をかがめました。

「ねえ、おわかりでしょう？」と悲しみは言いました。「あなたの長靴《ながぐつ》が人間にどういう幸福をもたらしたかということが。」

「少なくとも、ここに眠っている人には、いつまでもつづく幸福を持って来てやりましたよ。」と喜びは答えました。

「いえいえ、それは違いますよ。」と悲しみは言いました。「この人は自分で死んだので、召されたのではありません。この人の魂には、自分に定められた宝を掘り出すだけの力が、まだできていないのです。わたしが、一つ恵みをほどこしてやりましょう。」

こう言って悲しみは、学生の足から長靴をぬがせました。すると、死の眠りは終わって、学生は目をさまして起き上がりました。悲しみは姿を消しました。同時に長靴も見えなくなりました。きっと悲しみは、それを自分の物として持って行ってしまったのでしょう。

ヒナギク

さあ、お話を聞いてください！――

いなかの道ばたに、一軒の別荘がありました。あなたはきっと、そういう家《うち》を、まえに見たことがあるでしょう。家の前には、花を植えた小さい庭と、ペンキを塗った木の柵《さく》がありました。そのすぐそばの掘割のとてもあざやかな緑の草の中に、一本の小さいヒナギクが生えていました。お日様は、お庭の中に咲きみだれている大きなりっぱな花と同じように、このヒナギクの上にも、暖かく美しく輝いたので、ヒナギクは日に日に大きくなりました。ある朝、ヒナギクはすっかり花を開きました。まぶしいほどまっ白な小さい花びらが、まん中の黄いろい小さいお日様を、後《ご》光《こう》のように、かこんでいました。ヒナギクは、草の中にいる自分に、目をとめてくれる者はないでしょうとか、自分が、貧しいつまらない花だとか、そんなことはすこしも考えたことがありませんでした。それどころか、いつもたのしく、暖かいお日様を仰いでは、空でさえずっているヒバリの歌を、耳をすまして聞いているのでした。

小さいヒナギクは、大きなお祭りの日でもあるように、幸福でした。でも、ほんとうは月曜日で、子供たちはみな学校へ行っていました。子供たちが学校の腰掛けにすわって、勉強しているあいだに、ヒナギクの花も、同じように、小さい緑の茎の上にすわって、暖かいお日様や、まわりのすべてのものから、神様のお恵みの深いことを学んでいました。そして、自分が心の中でだまって感じていることを、小さなヒバリがはっきりと、上手《じょうず》に歌っているのを、感心するのでした。そして、うたったり飛んだりすることのできる、この仕合わせな鳥を、尊敬したい気持ちで見あげていたのです。だからといって自分が飛べもせず、うたえもしないことを、すこしも悲しいとは思いませんでした。「わたしは目も見えるし、耳も聞こえるじゃないの。」と、ヒナギクは考えました。「お日様は、わたしを照らしてくださるし、風はわたしにキスしてくれるわ。ああ、ほんとうにわたしだって、恵まれているんだわ!」

柵《さく》の中には、えらそうに、気どった花がたくさん咲いていました。かおりの少ない花ほど、つんとすましていました。シャクヤクは、バラの花よりも大きいというので、ふくれあがっていました。けれども、大きければそれでいいというわけのものではありません。チューリップは一番きれいな色をしていました。自分でも、それをよく知っていて、もっと人目につくようにと、ぐっとそり身になっていました。柵のそとに咲いている小さいヒナギクなんかには、みんな見むきもしませんでした。けれども、ヒナギクの方では、みんなの方をよく見ながらこんなことを考えていました。「まあ、なんて豊かな、きれいなかたたちでしょう。そうだわ、あのすばらしい鳥はきっと、あのかたたちをたずねてくるのだわ。わたしのようなものが、こんなに近くにいて、りっぱなものを見られるなんて、ほんとにありがたいこと！」こんなことを思っているところへ「キルレヴィット！」と、鳴きながら、ヒバリが飛んできました。でも、シャクヤクやチューリップのところへではありませんでした。そうではなくて、なんと！　草の中に立っている、貧しいヒナギクのところへおりてきたのです。ヒナギクはあまりのうれしさに、ぼうっとなって何がなにやら夢中でした。

小鳥はヒナギクのまわりを踊りながら、うたいました。「ほんとうに、なんてやわらかな草だろう！　ごらん、なんてかわいい小さい花だろう！　ハートには金が、着物には銀が光っている！」そうするとほんとうに、ヒナギクの花のまん中の黄いろいぽっちが金のように輝いて、まわりの小さい花びらが銀色にきらめきました。

小さいヒナギクがどんなに幸福だったか、だれが言いあらわすことができましょう。ヒバリは、くちばしでキスをし、歌をうたってくれました。それからまた、青空へあがって行きました。ヒナギクが、われにかえったのは、それからたっぷり十五分もたったのちのことでした。いくらか恥ずかしそうにしながら、それでも、心からうれしく、お庭の花の方を見ました。そうです、花たちは、もちろんヒナギクに与えられた名誉と幸福とを見ていたのです。そして、どんなにうれしがっていたかも、よくわかっていたにちがいありません。ところが、チューリップは、まえよりも、いっそうそり身になり、まっかになって顔をとんがらしていました。すっかりおこっていたのです。シャクヤクときたら、まったく、がんこでした。いやだ！　でも、口がきけないのが、さいわいでした。さもなければ、ヒナギクはたっぷりお説教を聞かされたことでしょう。このあわれな小さい花には、みんながきげんを悪くしているのが、よくわかっていましたので、心から悲しく思いました。その時、お庭の中へ、一人の少女がピカピカ光っている、よく切れそうなナイフを持って、はいってきました。そして、まっすぐチューリップのところへ行くと、一本また一本とチューリップの花を切り取りました。小さいヒナギクはそれを見て「ああ！」とため息をつきました。「まあ、恐ろしいこと！　もうあの花はだめだわ！」やがて、少女は、チューリップを持って行ってしまいました。ヒナギクは、自分がお庭のそとの草の中にいる、小さいみすぼらしい花であることを、仕合わせに思い、また、つくづくありがたいと思いました。やがて、お日様が沈みました。ヒナギクは花びらをたたんで眠りました。そして、一晩じゅう、お日様と、あのヒバリのことを夢に見ていました。

あくる朝、ヒナギクがまたもや楽しそうに、白い花びらを小さい腕のように、朝の空気と光の中にのばした時、聞きおぼえのあるヒバリの声が聞こえました。でも、けさの歌はたいへん悲しそうでした。それもそのはずです。かわいそうに、ヒバリはつかまえられて、開いた窓ぎわの鳥かごの中にいるのでした。そして、自由に飛びまわるたのしさや、新緑の麦畑のことや、翼にのって空高く飛ぶ旅の面白さなどをうたいました。可哀そうに、小鳥は元気がありませんでした。それも無理はありません。かごの中に、とらわれの身となっているのですもの。

小さいヒナギクは、どうかしてヒバリをたすけてあげたいと思いました。けれども、そのためには、どうしたらよいでしょう？ それは、容易なことではありません。ヒナギクは、自分のまわりのものが何もかも美しいことも、お日様が暖かに照っていることも、また、自分の花びらが、どんなに美しくまっ白に輝いているかということも、すっかり忘れてしまって、ただ、とらわれた小鳥の身の上を思うばかりでした。けれども、何かしてあげたくても、どうにもなりませんでした。

その時、小さい男の子が二人、お庭から出てきました。そのうちのひとりは、きのう少女がチューリップを切ったのと同じくらいの大きさの鋭いナイフを手にしていました。二人は、つかつかと小さいヒナギクのところへやってきました。いったい、どうしようというのでしょう。ヒナギクには、さっぱり、見当がつきませんでした。

「ここのきれいな芝土を切りとって、ヒバリに持ってってやろうよ。」と、ひとりが言いました。そして、ヒナギクを中に入れて、四角に切りはじめました。そのため、ヒナギクはちょうどそのまん中に立つようになりました。

「こんな花、ひっこぬいてしまおうよ。」と、もうひとりの男の子が言いました。これを聞いて、ヒナギクは恐ろしさにぶるぶる震えました。引きぬかれたらさいご、もう命はないからです。ヒナギクとしては、いまこそどうしても生きていたいのでした。なぜなら、この芝土といっしょにいれば、鳥かごの中にとらわれているヒバリのそばへ行けるからです。

「そのままにしておこうよ。」と、まえの男の子が言いました。「せっかく、こんなにきれいに咲いてるもの。」こうして、ヒナギクは引きぬかれもせず、とうとう、芝土といっしょに、かごの中のヒバリのところへきました。

あわれな小鳥は、失われた自由を声高く嘆き悲しんで、翼を鳥かごの金網にばたばた打ちつけていました。小さいヒナギクは口がきけませんので、どんなにそうしたいと思っても、ただのひとことも慰めの言葉を、かけてあげることができませんでした。こんなふうにして、その日の午前はすぎました。

「ここには水がちっともない。」と、とらわれのヒバリは言いました。「みんな、僕に水を飲ますのを忘れて、出かけてしまったのだ。のどがかわいて、焼けつくようだ。からだの中に、火と氷とが荒れ狂っているみたいだ。それに、この空気の重苦しいこと！　ああ、ぼくは、この暖かいお日様から、このすがすがしい緑の草から、神様のおつくりになったすべてのりっぱなものから別れて、死ななければならないのか！」こう言いながら、すこしでも元気をつけようと、冷たい芝土の中へ小さいくちばしをさしこみました。そのとき、ヒナギクが目につきました。ヒバリはうなずいて、くちばしでキスをして言いました。「可哀そうなヒナギクさん。君も、しまいには、ここでしぼんでしまうんだね。君といっしょに、この緑の芝土を、人間が入れてくれたのは、そとのひろびろとした世界の代わりにしなさいというわけさ。この小さな草の一本一本を、緑の木と思い、君の白い花びらの一枚一枚を、かおりのよい花と思えというつもりなのさ。ああ、しかし、君たちは、僕が、どれほどたくさんのものを失ったか、それを僕に物語るだけだ！」

「どうしたら、このかたを慰めてあげることができるかしら！」と、ヒナギクは考えました。けれども、花びら一枚動かすことはできませんでした。ただ、きよらかな花びらから流れ出る匂《にお》いは、ふつうのこの花の匂《にお》いよりは、ずっと高かったのです。ヒバリにも、それはよくわかりました。ですから、焼けるようなのどのかわきで、苦しさのあまり緑の草をかきむしっても、ヒナギクだけには、すこしもさわりませんでした。

夜になりました。まだだれも、可哀そうな小鳥に、一しずくの水を持ってきてやるものがありません。ヒバリは美しい翼をひろげて、苦しそうにバタバタしました。うたおうとしても、悲しそうにピーピーいうだけでした。やがて、小さい頭をヒナギクの上にぐったりたれると、小鳥の心臓は、渇きとあこがれとで、破裂してしまいました。ヒナギクは、もう、まえの晩のように、花びらをとじて眠ることはできませんでした。そして、悲しみのあまり、病気になって、低くうなだれました。

あくる朝になって、ようやく男の子たちがやってきました。見るとヒバリが死んでいるものですから、おいおい泣きだしました。そして、たくさんの涙を流しながら、小さいお墓を掘りました。それから、花びらでまわりを飾りました。ヒバリのなきがらは、赤いきれいな箱の中におさめられて、王様のように、りっぱに葬られました。あわれな小鳥よ！　生きて歌っているあいだは忘れられて、鳥かごの中で、苦しい思いをさせておいて、いまになって、花を飾ったり、涙を流したりするとは！

さて、鳥かごの中の芝土は、ヒナギクといっしょに、道ばたのごみの中に捨てられました。ヒナギクこそは、小さなヒバリのことを、だれよりも深く思いやって、どうかして慰めてあげたいと思っていたのですが、だれ一人、ヒナギクのことを思い出すものは、ありませんでした。

しっかり者の錫の兵隊

ある時、二十五人の錫の兵隊さんがいました。みんなは、一本の古い錫の匙《さじ》から生まれたのですから、兄弟だったのです。どの兵隊さんも鉄砲をかついで、真正面をむいていました。赤と青の軍服がたいそうきれいでした。それまでみんなが寝ていた箱のふたがあけられた時、この世の中で一番はじめに聞いたのは「錫の兵隊さんだ！」という言葉でした。それは、可愛い坊っちゃんが手をたたいて叫んだ言葉でした。坊っちゃんは、誕生日のお祝いに、錫の兵隊さんをいただいたのです。そこでさっそく、テーブルの上にそれを並べたのです。見ると、どれもこれもそっくり同じかっこうをしていました。ただ一人だけ、皆と少し変わっているのがありました。その兵隊さんは、足が一本しかなかったのです。そのわけは、この兵隊さんは一番おしまいに、型に流し込まれて、その時はもう錫が足りなくなっていたからです。でも、その兵隊さんは一本足のままで、ほかの二本足の兵隊さんたちにちっともまけずに、しっかりと立っているのでした。しかも皆さん、この一本足の兵隊さんにこそ、不思議なお話があるのです。

兵隊さんの並んでいるテーブルの上には、ほかにもいろいろなおもちゃが立っていました。その中で一番目立つのは、紙でできた美しいお城でした。小さな窓からお城の中をのぞくと、大広間が見えました。お城のそとには、小さい木が小さい鏡をかこんで立っていました。この鏡はお池のつもりでした。蠟細工《ろうざいく》の白鳥が幾羽も、お池の上に浮かんで影を映しています。ほんとうに、どれもこれも可愛らしいながめでした。けれども、中でも一番可愛らしいのは、開いたお城の入り口に立っている小さな娘さんでした。この娘さんも紙を切り抜いてこしらえたものでしたが、とても明るい色のリンネルのスカートをはき、細い青いリボンを、ショールのように肩の上にひらひらしていました。そのリボンのまん中には、娘さんの顔ほどもある金モールの飾りがきらきら光っていました。娘さんは両腕をさっとひろげていました。なぜかと言いますと、この娘さんは踊り子だったからです。それで、片方の足も、思いきり高くあげていました。そのため、錫の兵隊さんには、その足が見えませんでした。ああ、あの娘さんもぼくと同じように片足しかないのだな、と兵隊さんは思いました。

「あの娘さんは、僕のお嫁さんにちょうどいいぞ。」と兵隊さんは考えました。「しかし、あの娘さんは、ああしてお城に住んでいて、身分もいいのに、僕の家ときたら、たった箱が一つしかなくて、それも二十五人で同居しているんだもの。とても、あの娘さんの住める所じゃないや。けれども、せめてお友だちにはなりたいものだなあ。」そして、テーブルの上にある嗅《か》ぎたばこの箱のうしろに、ごろりと横になりました。そうしていると、可愛らしいきれいな娘さんがよく見えました。娘さんは、よろけもせずに、いつまでも片足で立っていました。

そのうちに夜もふけました。ほかの錫の兵隊はみんな、箱の中へ帰りましたし、うちの人たちも寝床にはいってしまいました。いよいよ、おもちゃの遊ぶ時が来たのです。お客様ごっこや、戦争ごっこや、舞踏会がはじまりました。錫の兵隊さんたちも仲間にはいりたくって、箱の中でがたがたやりました。けれども、箱のふたをあけることはどうしてもできませんでした。そのうちに、くるみ割りはとんぼ返りをするし、石筆は石盤の上をがりがり踊りまわるし、いやはや、たいした騒ぎになりました。とうとう、カナリヤまでが、目をさましておしゃべりの仲間にはいりました。といっても、それは歌でしたけれど。ところが、この騒ぎの中で、たった二人だけ自分のいる場所を動かないものがいました。それは、一本足の錫の兵隊さんと、可愛らしい踊り子とでした。娘さんは相変わらずつまさきでまっすぐに立って、両腕をいっぱいにのばしていました。兵隊さんも同じように一本足で、しっかりと立っていました。そして、ちょっとの間も、娘さんから目をはなしませんでした。

その時、時計が十二時を打ちました。とたんに、パチン！　と嗅《か》ぎたばこ入れのふたが開きました。ところが、その中には、嗅ぎたばこではなくて、小さい黒鬼が立っていました。この箱はじつはびっくり箱だったのです。

「おい！　錫の兵隊！」と小鬼はどなりました。「そんなに、じろじろ見るもんじゃないぞ。」

けれども、錫の兵隊さんは、なんにも聞こえないふりをしていました。

「よし、あしたの朝まで待ってろ！」と小鬼は言いました。

さて、あくる朝になって、子供たちが起きて来ますと、一本足の兵隊さんは窓ぎわへ立たされました。すると、小鬼のわざか、それとも、すき間風のせいか、いきなり窓がぱたんとあいて、兵隊さんは四階から下の往来へまっさかさまに落ちました。なんて恐ろしいことでしょう！　兵隊さんは、一本足を上に向け、軍帽を下にして、剣つき鉄砲を往来の敷石の間に突き刺してしまいました。

坊っちゃんは女中といっしょに、すぐおりてきて捜しました。二人はいまにも兵隊さんを踏みつけそうにしましたが、それでも見つけることができませんでした。もし兵隊さんが「ここにいますよ！」とよんだなら、きっとわかったでしょうに。けれども、軍服を着ている手まえ、そんな大きな声で頼むなんて、みっともないと思いました。

そのうちに雨が降ってきました。はじめはぽつりぽつりでしたが、だんだんひどくなってとうとう本降りになりました。やがて、雨があがりますと、そこへ町のわんぱく小僧が二人通りかかりました。

「やあ、ごらんよ！」と、その一人が言いました。「あんな所に、錫の兵隊が落ちてるよ。ボートに乗せてやろうよ。」

二人はさっそく、新聞紙でボートをつくって、錫の兵隊さんをそれに乗せて、みぞに流しました。そして、いっしょに走りながら、二人は手をたたいて大喜びです。ところが、さあ、たいへん！　みぞの中は、なんてひどい波でしょう。さっきのどしゃ降りのために、その流れの速いこと！　紙のボートは上へ下へとはげしくゆすぶられました。そして、ときどき目がまわるほど、くるくるまわるので、そのたびに錫の兵隊さんは、ぶるぶると震えました。けれども、顔色一つ変えないで、しっかりとつっ立っていました。あいかわらず鉄砲をかついで真正面を向いたままでした。

突然、ボートは長いどぶ板の下にはいりました。そこの暗さといったら、まるであの箱の中にいた時と同じでした。

「いったい、僕はどこへ行くんだろう？」と兵隊さんは考えました。「そうだ、そうだ！　これもみな、あの小鬼のせいだ。ああ、せめて、あの可愛らしい娘さんが、このボートにいっしょに乗っているといいんだがなあ。そうだったら、この倍も暗くたって平気だ。」

そのとたんに、どぶ板の下に住んでいる、大きなドブネズミが顔を出しました。

「おい、通行券を持ってるか？　こら、通行券を見せろ！」とどなりました。

けれども、錫の兵隊さんは黙って、鉄砲をますますかたく握りしめるだけでした。ボートはあいかわらずどんどん走りつづけます。これを見たドブネズミは、夢中で、あとを追いかけました。そして、歯をぎりぎりいわせて、木の切れや、わらにむかって叫びました。「おーい！　そいつをつかまえてくれ！　つかまえてくれ！　通行税も払わないで逃げたんだ！　通行券も見せないんだ！」

けれども、流れはいよいよ急になるばかりで、早くも、錫の兵隊さんの目には、どぶ板のむこうのはずれに、明るい日ざしがさしているのが見えました。それと同時に、どんな勇気のある人でもこわくなるような、ごうごういう音が聞こえてきました。ところが、それはなんだと思います？　それはどぶの水が、どぶ板のむこうのはずれで、大きな掘割へどっと落ち込んでいるのでした。私たち人間にしてみれば、大きな滝にむかって、どんどん流れて行くのと同じくらい危険なことでした。

もう、ボートはそのすぐそばまできました。いまさら、とめるにもとめようがありません。ついにボートは明るみへ出ました。可哀そうに、錫の兵隊さんは、一所懸命からだをこわばらして、いました。目をぱちくりさせていたなどとだれにも言わせはしません。ボートは三四度、くるくる、とまわったと思うと、船べりまで水でいっぱいになりました。もう沈むほかはありません。錫の兵隊さんは、首のところまで水につかりました。ボートはますます深く沈んで行きます。紙はだんだんゆるんで来ました。もう水は兵隊さんの頭の上までかぶさりました。――その時、兵隊さんは、ふと、もう二度と見ることのできない、あの可愛らしいきれいな踊り子のことを思い出しました。すると、兵隊さんの耳に次のような歌が聞こえてきました。

「さよなら、さよなら、兵隊さん！
あなたは死なねばならないの！」

その時、紙がまっぷたつに裂けました。そして、錫の兵隊さんは、その裂けめから水の中へ落ちました――ところが、そのとたんに、大きな魚がやって来て、がぶりとのんでしまいました。

おやおや、魚のお腹《なか》の中の暗いこと！　さっきのどぶ板の下どころの話ではありません。おまけに、その狭くるしいことといったら！　けれども、錫の兵隊さんは、やっぱり、しっかりしていました。そして、鉄砲をかついだまま、じっと横になっていました。――

魚はしきりに泳ぎまわっていましたが、そのうちに、おそろしくあばれまわったかと思うと、とうとう、動かなくなってしまいました。と、その時稲妻《いなずま》のようなものがピカッとひらめきました。と同時に、明るい光がパッとさし込んで来ました。そして「まあ、錫の兵隊さんだわ！」と言う高い声がしました。つまり、この魚は、漁師につかまって市場に持って来られて、お客さんに買われて、ここの台所まで来たのでした。そしていま、女中が大きな庖丁《ほうちょう》で魚のお腹を開いたところだったのです。女中は兵隊さんの胴なかを二本の指でつまんで、お部屋へ持って行きました。みんなは、魚のお腹の中で方々旅をして来た、この珍しい人を見たがりました。けれども、錫の兵隊さんは、それを少しも鼻にかけませんでした。みんなは、兵隊さんをテーブルの上におきました。すると、――まったく、世の中には不思議なことがあればあるものです。錫の兵隊さんは、もといた部屋にもどって来ていたのです。そこには同じ子供たちがいましたし、同じおもちゃがテーブルの上に並んでいるではありませんか。そして、あのきれいな可愛らしい踊り子のりっぱなお城も、そっくりそのままでした。娘さんは、あいかわらず片方の足で立って、もう一方の足を高く上げていました。ほんとに、この娘さんも、兵隊さんにまけないしっかり者でした。

これを見て、錫の兵隊さんは、たいへん心をうたれて、もうすこしで、錫の涙をこぼしそうになりました。けれども、そんなことは男らしくありません。そこで、兵隊さんはただじっと踊り子を見つめていました。踊り子の方も兵隊さんを見ていました。けれども、二人は何も言いませんでした。

その時、小さい子供の一人が、いきなり兵隊さんをつかんで、ストーブの中へほうり込みました。そんなことをされるいわれは、ちっともありませんのに。これも、やっぱり、あの嗅《かぎ》たばこの箱の中の小鬼のしわざに違いありません。

錫の兵隊さんは、炎にあかあかと照らされて、おそろしく熱くなったのを感じました。けれども、それが、ほんとの火のせいなのか、それとも自分の胸の中に燃えている愛のためなのか、はっきりとはわかりませんでした。美しい色も、もうすっかりはげてしまいました。それが旅の途中ではげたのか、それとも悲しみのために消えたのか、それはだれも言うことができません。兵隊さんは、可愛らしい娘さんを見つめていました。娘さんも兵隊さんを見つめていました。その時兵隊さんは、自分のからだがとけて行くのを感じました。それでもまだ、鉄砲をかついだまま、しっかりと立っていました。その時、ふいにドアがあいて、風がさっとはいって来て、踊り子をさらいました。娘さんはまるで、空気の精みたいに、ひらひらとストーブの中の錫の兵隊さんのところへ飛んで来ました。そして、めらめらと燃え上がって消えてしまいました。錫の兵隊さんもその時は、もうすっかりとけて、小さなかたまりになっていました。

あくる朝、女中がストーブの灰をかき出しますと、灰の中に、ハート形をした小さな錫のかたまりがありました。踊り子の方は、金モールの飾りだけが、あとに残っていましたが、それはまっ黒にこげていました。

野の白鳥

ここからずっと遠く、わたしたちの国に冬が来ますと、ツバメが飛んで行く、はるかかなたの国に、一人の王様が住んでいました。王様には十一人の息《むす》子《こ》と、エリサという一人の娘がありました。十一人の兄弟は、なにしろ王子ですから、胸に星の勲章をつけ、腰にはサーベルをさげて、学校へ通いました。そして、金の石盤にダイヤモンドの石筆で字を書いたり、本をすらすらと読んだり、暗誦したりしました。だれでも、それを聞くと、すぐ王子だということがわかりました。妹のエリサは、水晶でこしらえた小さい椅《い》子《す》に腰かけて、王国の半分ぐらいも出さなければ買えないような絵本を持っていました。

ほんとうに、子供たちは、仕合わせでした。けれども、その仕合わせは、いつまでもつづくというわけにはいきませんでした。

国じゅうの王様だったお父様は、悪いお妃《きさき》と結婚なさいました。このお妃は、あわれな子供たちをすこしも可愛がりませんでした。子供たちには、それがさいしょの日から、よくわかりました。お城ではさかんなお祝いがありました。そして、子供たちも、お客様ごっこをして遊びました。けれども、いつもならば、お菓子や焼リンゴなどをたくさんいただけたのですが、こんどのお母様は、お茶わんに砂を一杯くださっただけで、それをお菓子か何かのように思うがいい、と言うのでした。

次の週に、お妃は小さいエリサを、いなかの百姓家にやってしまいました。それからほどなく、こんどは、可哀そうな王子たちのことを王様に、さんざん悪く言いましたので、とうとう王様も、王子たちのことをすこしもかまいつけないようになってしまいました。

「世の中へ飛んでいって、自分でどうにでもするがいい！」と、悪いお妃は言いました。「声の出ない大きな鳥になって飛んでいけ！」けれども、さすがにお妃の思うような、そんなひどいことにはなりませんでした。王子たちは十一羽の美しい白鳥になりました。そして、不思議な声をあげて、お城の窓から飛び出すと、お庭を越え、森を越えて飛んで行きました。

白鳥たちが妹のいる百姓家の上まで飛んで来た時は、まだほんの明けがたで、小さいエリサは寝床《ねどこ》の中で眠っていました。白鳥たちは屋根の上を飛びながら、長い首をくねらせたり、羽をばたばたさせたりしましたが、だれ一人それを聞いたり、見たりしたものはありませんでした。白鳥たちは、しかたなく、こんどは高く高く雲のところまでのぼると、ずっと遠くのひろい世界を目ざして、海岸までひろがっている大きな暗い森の方へ飛んで行きました。

可哀そうなエリサは、百姓家で、ほかにおもちゃもないので、緑の葉っぱで遊んでいました。エリサは、その葉に穴をあけて、そこからお日様をのぞいて見ました。そうすると、ちょうど、にいさんたちの明るい目を見るような気がしました。そして、暖かいお日様の光がほほを照らすたびに、にいさんたちのキスを思い出すのでした。

こうして、一日一日と過ぎて行きました。家のそとの、大きな野バラの垣根《かきね》のあいだを、風が吹きぬける時、バラの花にこうささやきました。「だれが、あなたより美しいの？」けれども、バラの花は頭をふって「それはエリサよ！」と言いました。また、日曜日におばあさんが戸口にすわって、賛美歌の本を読んでいますと、風がページをめくりながら、本に言いました。「あなたがたより信心深いものがあるかしらん？」――「それはエリサです！」と、賛美歌の本は言いました。バラの花や賛美歌の本の言ったことは、まったくほんとうでした。

エリサは十五になると、お城に帰ることになっていました。ところが、お妃《きさき》は、エリサがきれいなのを見ると、よけいにくらしく、腹がたってきました。できれば、おにいさんたちのように、白鳥にかえてしまいたかったのですが、王様が、久しぶりで娘にあいたいとおっしゃるので、いますぐそうするわけにはいきませんでした。

あくる朝はやく、お妃は、ふかふかしたクッションとこのうえなく美しい絨毯《じゅうたん》をそなえた大理石造りの湯どのにはいって行きました。そして、三匹のヒキガエルをつかまえて、それにキスしたうえ、その中の一匹にむかって言いました。「エリサがお湯にはいったら、あの子の頭に、乗るんだよ！　おまえみたいにぐずになるように！　それから、おまえはあの子の額《ひたい》に、お乗り！」と、お妃《きさき》は、次のカエルに言いました。「おまえのようにきたなくなって、お父さんさえ見わけがつかなくなるように。それからおまえは、あの子の胸の上に、おすわり！」と三番目のカエルにささやきました。「あの子に悪い心をおこさせるのだよ、そのために苦しい思いをするように。」こう言って、お妃は三匹のヒキガエルをきれいなお湯の中にはなしました。するとたちまち、お湯は緑いろになりました。それから、エリサをよんで、着物をぬがせて、お湯にはいらせました。エリサがお湯につかっていますと、一匹のヒキガエルは髪の上に、もう一匹は額の上に、三番目のは胸の上に乗っかりました。エリサは、それにはすこしも気がつかないようでした。やがて、エリサがお湯から出ますと、お湯の上に赤いケシの花が三つ浮かんでいました。もし、このヒキガエルに毒がなくて、そのうえ、魔女にキスされていなかったら、三匹とも赤いバラの花になるところでした。けれども、とにかく花になったのは、エリサの頭や、額や、胸に乗ったからです。エリサはたいへん信心深い、そして、すこしも罪のない娘でしたから、さすがの魔法も力をふるうことができなかったのです。

　悪いお妃は、それを見ると、こんどはクルミの汁をエリサのからだになすりつけて、すっかりこげ茶色にしてしまいました。美しい顔には、くさい油を塗り、きれいな髪の毛は、ぼうぼうにしてしまいました。これがあの美しいエリサだとは、とても思えなくなりました。

　そこで、お父様はエリサをごらんになると、たいへんびっくりなさって、これは自分の娘ではない、とおっしゃいました。ほかにも、だれ一人、エリサだとわかるものはいませんでした。ただ、犬とツバメだけはちゃんとわかっていましたが、なさけないことに、犬もツバメも、ものを言うことができませんでした。

あわれなエリサは、さきにどこかへ行ってしまった十一人のにいさんのことを思い出してさんざん泣きました。そして、悲しみのうちにお城を抜けだして、一日じゅう歩きつづけて、畑を横ぎり、沼を越えて、大きな森の中へはいって行きました。さて、それからどっちへいったらいいのか、とほうにくれてしまいました。悲しい気持ちになればなるほど、おにいさんたちが慕わしくなりました。にいさんたちも、きっと自分のように、世の中へ追い出されたのに違いありません。どうかしてにいさんたちを捜しだしたいと、エリサは思うのでした。

森の中にはいってから、いくらもたたないうちに、夜になってしまいました。エリサはすっかり道に迷ってしまいました。そこで、柔らかいコケの上にすわって、晩のお祈りをして、それから、頭を木の株にもたせて横になりました。あたりはそれは静かで、そよ風もない、おだやかな夜でした。まわりの草の中やコケの上には、何百というホタルが、緑いろの火のように光っていました。そっと一本の枝に手でさわりますと、ホタルはまるで流れ星のように、降ってくるのでした。

一晩じゅう、エリサはにいさんたちの夢ばかり見ていました。みんなは、夢の中でもう一度子供になって、ダイヤモンドの石筆で金の石盤の上に字を書いたり、国の半分ほどもねうちのある美しい絵本を見たりして遊びました。ただ、石盤の上に書いたのは、まえのように、丸や線ばかりではなくて、自分たちのした、このうえもなく勇ましい行いや、見たり聞いたりしたいろいろの事柄でした。また絵本の中の絵はみんな生きていて、鳥はうたい、人間は絵本の中から抜け出してきて、エリサやにいさんたちと話をしました。ところが、エリサが本のページをめくるが早いか、あわててもとのところへ飛んで帰りました。そうしないと、絵の順序が、めちゃくちゃになってしまうからです。

エリサが目をさましたときは、お日様はもう高くのぼっていました。でも、高い木々が枝を網の目のようにひろげていましたから、エリサにはお日様はよく見えませんでした。けれども枝をもれてくる光のすじは、ヒラヒラする金のヴェールのように光っていました。よいかおりが、緑の草むらから漂い、小鳥たちは、なれなれしく近よってきて、肩の上にとまりそうにしました。どこかで水の、さらさらいう音が聞こえました。森には、大きな泉がたくさんあって、その水はみんな、きれいな砂底の池にそそいでいるのでした。池のまわりは、こんもりとした林が生《お》い茂っていました。ただ一ところだけ、シカのつけた道があいていましたので、エリサはそこを通って水ぎわへおりました。池の水はそれはそれはすみきっていて、もし風が木の枝やヤブを動かさなかったならば、それらはみんな、水の底に描かれているのではないかと思うかもしれません。それほどはっきりと、お日様に照らされている葉も、蔭になっている葉も、一枚一枚が水に映っていたのです。

エリサは、水に映った自分の顔を見るなり、きたない茶色になっているのに、きもをつぶしました。けれども、可愛い手を水にぬらして、目や額《ひたい》を洗いますと、もとの白い膚が、再び輝くようにあらわれてきました。そこで、着物をみんなぬいで、すがすがしい水の中にはいりました。

ほんとうに、エリサほど美しい王女はこの世にはありませんでした。

再び着物をきて、長い髪の毛をあむと、水のわき出ている泉のところへ行きました。そして手に水をすくって飲みました。それから、どこへ行くというあてもなしに、なおも、森の奥深くはいって行きました。歩きながらエリサはにいさんたちのことを思い、また、やさしい神様のことを思い出しました。神様はきっとわたしをお見捨てになるようなことはなさらない、なぜって、飢えた人にたべさせようと、山リンゴをみのらせてくださるではありませんか。神様は、エリサにも、そういう木をお示しになりました。枝が、たくさんの実で折れそうにたわんでいます。エリサはそれでお昼をたべました。それから、折れそうな枝に、つっかい棒をして、こんどは森の奥の一番暗い方へはいって行きました。あたりはひっそりとしていて、自分の足音と、足の下で枯れ葉がかさかさいう音よりほかには何も聞こえませんでした。もう鳥一羽見られませんし、一すじの日の光も厚く茂りあった枝を通してはもれてきませんでした。すくすくと高い木が、並んでそびえていて、目の前を見ると、ちょうど、木の柵《さく》でかこまれているようです。ああ、こんなさびしいところへきたのは、エリサははじめてでした。

まっ暗な夜になりました。コケの上には、小さいホタル一匹光っていません。悲しみでいっぱいのエリサは横になって眠ろうとしました。すると、頭の上の枝が両方にひらいて、神様がやさしい目で見おろしていらっしゃるような気がしました。そして、可愛らしい天使たちが、神様の頭の上や腕の下から、こちらをのぞいているように思いました。

あくる朝、目がさめたとき、エリサにはそれが夢だったのか、それともほんとうのことだったのか、はっきりわかりませんでした。

すこし歩いて行きますと、キイチゴのはいったかごを手にした、一人のおばあさんに出あいました。おばあさんはエリサに、イチゴをすこしわけてくれました。エリサは、十一人の王子が馬に乗って森を通るところを見ませんでしたか、とたずねました。

「いいや！」と、おばあさんは言いました。「だがね、きのう、近くの小川で、金の冠をかぶった十一羽の白鳥が泳いでいるのを見たよ。」

こう言って、おばあさんはエリサを、すこしはなれた丘のところまでつれていってくれました。丘のふもとには、小川がうねって流れていました。両岸の木は、葉の茂っている長い枝を両方から伸ばしあい、それでも、どうしてもとどかないところでは、根を地中から引き出して、からみあった枝といっしょに、水の上をおおっていました。

エリサは、おばあさんに別れをつげて、小川に沿って歩いて行きますと、とうとうその川のそそいでいる、ひろびろとした海べに出ました。

美しい大海原が、この年若い娘の前にひろがっていました。けれども、海のおもてには帆かけ船一そうあらわれず、小舟一そう見あたりませんでした。どうして、ここからさきへ行くことができましょう？　エリサは数かぎりない浜べの小石をながめました。小石はどれもこれも、波にもまれて丸くなっていました。ガラスでも、鉄でも、石でも、およそ岸に打ちよせられているものがみな、エリサのやさしい手よりも柔らかな水のために、こんな形になっているのでした。「うまずたゆまず波がころがしているうちに、こんな堅いものでも、すべすべになるのだわ。わたしも同じように、うまずたゆまずにいさんたちを捜しましょう。あとからあとから打ちよせるきれいな波よ、あなたの教えをありがとうよ！　あなたたちが、わたしをいつかは、なつかしいにいさんのところへつれていってくれるような気がしてならないわ。」

浜べに打ちよせられた海草の上に、白い白鳥の羽が十一枚おちていました。エリサはそれを集めて、花たばのようにたばねました。その上には、水のしずくがたまっていましたが、それが露なのか、それとも涙なのか、それはわかりませんでした。浜べは、たいそうさびしいところでしたが、エリサはなんとも思いませんでした。なぜなら、海が一刻も同じありさまでいなかったからです。そうです、湖がまる一年もかかって見せるよりも、もっと多くの変化を、海はたった二三時間で見せてくれるのでした。大きな黒い雲が出てきますと、海は、おれだって暗い顔になれるんだぞ、と言っているようで、そうかと思うと、たちまち、風が吹いてきて波が白い波がしらを見せました。雲が赤く染まって、風が静まると、海はバラの花びらのようになりました。そして、いま、緑だったかと思うと、こんどは白くなるのです。けれども、どんなに静かになっても、岸べには、いつもさざなみがゆれていました。水はちょうど、眠っている子供の胸のように、静かに静かにふくらんでいました。

やがてお日様が、もうすこしで沈もうとするころ、エリサは、頭に金の冠をかぶった十一羽の白鳥が、陸地をめがけて飛んでくるのを見ました。一列になって飛んでくるところは、ちょうど、長いまっ白なリボンのようでした。エリサが丘の上にのぼって、ヤブのかげにかくれますと、白鳥はすぐそばにおりてきて、その大きな白い翼を羽ばたきました。

お日様が海のかなたに沈むと、たちまち白鳥の羽がおちて、にいさんの十一人のりっぱな王子が、そこに立っていました。エリサは思わずあっと叫びました。なぜなら、姿こそすっかりかわっていましたが、にいさんたちだということがわかりましたし、また、それに違いないと思ったからです。エリサは、にいさんたちの腕の中にとびこんで、みんなの名前をよびました。みんなも、この大きい美しい娘が、あの可愛い妹なのだとわかって、それはそれは喜びました。みんな、笑ったり泣いたりしました。そして、どんなに、まま母がみんなにいじわるであったかということもわかりました。

「僕たちはね、」と、一番上のにいさんが言いました。「お日様が空にあるあいだは、野の白鳥になって飛んでいるが、お日様が沈むと、またもとの人間の姿になるんだよ。だから、僕たちは、お日様が沈むころは、いつも足を休める場所を心配しなければならないんだ。もし、その時になっても、雲の上を飛んでいようものなら、みんな人間になって海の底へ落ちなければならないものね。ぼくたちは、ここに住んでいるのではないよ。海のむこうにも、ここと同じような美しい土地があるんだよ。でも、そこまではずいぶん遠くて、大きな海を越えて行かなければならない。おまけに、途中には、夜をあかすことのできるような島が一つもない。ただ、海のまん中に小さな岩が、一つ、ぽつんと突き出ているだけさ。その岩の大きさは、僕たちがからだをくっつけあって、やっと休むことができるくらいしかない。だから、海が荒れると、波のしぶきが僕たちの上までかかるんだよ。それでも、僕たちは神様にお礼を言わなくてはならないんだ。その岩のおかげで、ぼくたちは人間の姿で夜をあかすことができるんだもの。もしこの岩がなかったら、なつかしい故郷《ふるさと》へは、決して帰ってくることはできないんだ。なにしろ、ここまで飛んでくるには、一年じゅうで一番長い日が二日もいるんだからね。一年にただ一度だけ、僕たちは故郷に帰ることが許され、十一日間ここにいられるの。そのあいだ、僕たちは、この大きな森の上を飛んで、僕たちが生まれ、そして、お父様のお住まいになっているお城をながめたり、また、死んだお母様の眠っていらっしゃる教会の高い塔を見たりするんだよ。――ここでは木ややぶまでが、僕たちの親類のような気がする。野ばなしの馬が、子供の時見たように、草原を走りまわっている。また、炭焼きはあいかわらず、昔の歌をうたっている。子供の時、その歌にあわせてよく踊ったものだ。この国こそ僕たちの故郷だ。僕たちの心はいつもこの国へ引きよせられる。しかも、ここで、可愛い妹のおまえにあえたんだ！　僕たちはもう二日だけここにいてもいいのだが、それが過ぎると、また、海を越えて、むこうの美しい国へ飛んで行かなければならない。でも、そこは僕たちの故郷ではないんだ！　いったい、どうしたら、おまえをつれて行けるだろう？　僕たちには、船もボートもないんだもの。」

「どうしたら、おにいさんたちを救ってあげられるでしょう？」と、エリサは言いました。

こうして、みんなはほとんど、一晩じゅう話をしていて、ほんの二三時間、うとうととしただけでした。

エリサは、頭の上で白鳥の羽ばたきする音で目がさめました。にいさんたちは再び白鳥になっていました。そして、大きな輪をかいて、飛んでいましたが、やがて、遠くへ飛んで行ってしまいました。ただ、一番下のにいさんの白鳥があとに残りました。その白鳥は頭をエリサのひざの上におきました。エリサはその白い羽をなでてやりました。こうして二人は一日じゅういっしょにいたのです。夕方になると、ほかの白鳥たちが帰ってきました。そしてお日様が沈むと、にいさんたちはまた、もとの人間の姿になりました。

「あした、ぼくたちは、ここを飛び立つんだが、そうすれば、まる一年はもどってこられないよ。そうかといって、おまえを、残して行くことはできないし。ぼくたちといっしょに行く勇気がある？　僕の腕はおまえを抱いて森を抜けてゆくだけの力はあるよ。僕たちみんなの翼の力をいっしょにしたら、どうしておまえを運んで海を越せないことがあろう。」

「ええ、どうかつれてってちょうだい！」と、エリサは言いました。

その夜は一晩じゅうかかって、みんなで、しなやかなヤナギの木の皮と、強いアシとで、大きな丈夫な網をあみました。そして、その上にエリサは横になりました。

やがてお日様が出て、にいさんたちが白鳥になりますと、その網をクチバシでくわえて、まだ眠っている可愛い妹を乗せたまま、空高く雲の方へ舞い上がりました。お日様の光がちょうどエリサの顔にあたりましたので、一羽の白鳥が頭の上を飛んで、その大きな翼で影をつくってくれました。――

エリサが目をさましたときは、もはや陸から遠くはなれていました。エリサは、まだ夢を見ているのではないかと思いました。それほど、海の上を空高く運ばれて行くのは、不思議な気持でした。ふと見ると、かたわらに、みごとに熟したイチゴの実の枝と、よい味のする木の根のたばがおいてありました。これは一番下のにいさんが、エリサのために集めて、そこにおいてくれたのでした。いま、自分の頭の上を飛んで、翼で影をつくってくれている白鳥が、この一番下のにいさんだとわかると、エリサはその方にむかって、ありがとう、と言うように、ほほえみかけました。

白鳥の群れは、ずいぶん高くのぼりましたので、下の方に見えたさいしょの船は、ちょうど水の上に浮かんでいるカモメのように見えました。大きな雲がうしろに、まるで山のようにわきあがりました。その雲の上に、エリサの影と、十一羽の白鳥の影が、大きく大きく映って飛んでいるのが見えました。こんなにすばらしい影絵は、まだ見たことがありませんでした。けれども、お日様がだんだん高くのぼり、雲がだんだんうしろの方になりますと、この影絵も消えてしまいました。

こうしてみんなは、一日じゅう、ひゅうひゅう音をたてる矢のように、空中を飛んで行きました。それでも、妹をつれているので、いつもよりはおそかったのです。そのうちに空もようがあやしくなりました。夕方も近づいてきました。エリサは、心細い気持ちでお日様が沈んで行くのを見ていました。まだ、海の中のちっぽけな岩は見えません。白鳥たちはいっそう羽ばたきを強めたように思われました。ああ、みんなが早く飛べないのはわたしのせいだ。お日様が沈めば白鳥たちは人間になって、海に落ちて、おぼれて死ななければなりません。こう思うと、エリサはたまらなくなって、心の底から神様にお祈りをするのでした。それでもまだ、岩は見えてきません。黒い雲はますます近く押しよせてきました。さっと吹きつける強い風が、あらしのくるのを前ぶれしていました。雲は、いまにもくずれそうな大波になって、まるで鉛のように押しよせてきました。稲妻《いなずま》があとからあとから光りました。

お日様はちょうど海のふちにかかりました。エリサは胸がどきどきしました。その時、急に白鳥が矢のようにおりはじめました。エリサは、落ちるのではないかと、はっとしましたが、すぐまた、白鳥たちはふわりと浮かびました。お日様はもう半分水の下にかくれています。その時やっと、下の方に小さな岩が見えましたが、それは、波間から頭を出しているアザラシぐらいの大きさにしか見えません。お日様はぐんぐん沈んでゆきます。いまはもう、ぽっつりと星みたいになりました。その時、エリサの足は大地にふれました。お日様は、燃えさしの紙きれのさいごの火花のように消えてしまいました。見るとまわりには、にいさんたちが、腕と腕とを組んで立っていました。けれども、岩の上は、にいさんたちと自分とが、ちょうど立っていられるだけの場所しかありません。海の波が岩にあたって、しぶきが雨のように頭の上までかかりました。空はたえまなくピカピカ光り、雷がひっきりなしにゴロゴロ鳴りました。けれど、妹とにいさんたちは、お互いにしっかり手をにぎりあって、賛美歌をうたいました。そうすると、慰めと、勇気とが心の中にわいてきました。

あけがたに、風はやんで空も晴れました。お日様がのぼるとすぐ、白鳥たちはエリサをつれて、この小さな島を飛び立ちました。海はまだ波があらくて、高い空の上から見ますと、こい緑いろをした海の上の白いあわが、ちょうど水の上を泳いでいる何百万という白鳥のように見えるのでした。

お日様が高くのぼったとき、エリサは目の前に、空中に半ば浮かんでいるような山国を見ました。その岩山の上には、キラキラと氷河がきらめき、山のまん中に、目のくらむような高い柱廊がいくえにも積み重なった、何マイルもある大きなお城がそびえているのでした。山のふもとにはシュロの林が風にそよいでおり、水車ほどもあるみごとな花が咲きみだれていました。エリサは、これが自分たちの目ざす国なのかとたずねましたが、白鳥は首をふりました。なぜなら、エリサの見たのは、あの蜃気楼《しんきろう》というもので、たえず形を変える美しい雲の城で、とうてい人間をつれて行けるようなところではなかったからです。エリサはなおもじっと見つめていました。すると、山も林もお城もくずれて、こんどはりっぱな教会が二十もあらわれました。みな同じかっこうをしていて、高い塔と、さきのとがった窓とがあります。気のせいか、オルガンの響きまで聞こえてくるように思われました。けれども、それは海の音でした。ほどなく、この教会に近づくと、それは下の方を航海している艦隊に変わってしまいました。なおもよく見ていますと、艦隊と見えたのは、海の上を漂っている霧でしかありませんでした。こうして、エリサの目には、あとからあとから、違った光景が映りました。そのうちにいよいよ、みんなの目ざしていた、ほんとうの陸地が見えてきました。うっそうとした杉の林と、町と、お城のある美しい青い山がそびえています。お日様の沈むずっとまえに、エリサはその山の中の、とある大きなほら穴の前の岩の上におろされました。ほら穴には、柔らかな緑のツル草が一面にからんでいて、ちょうど、刺繡《ししゅう》をした毛氈《もうせん》をかけたようでした。

「さあ、今夜はここで、おまえは、どんな夢を見るかしらん?」と、一番下のにいさんは言って、寝室を見せてくれました。

「どうしたら、おにいさんたちを救ってあげられるか、それを夢で見たいわ！」と、エリサは言いました。エリサの頭の中は、この思いでいっぱいでした。そして神様のお助けを熱心にお願いしました。そうです、眠っているあいだも、お祈りをつづけました。すると、いつしかエリサは空高く舞いあがって蜃気楼《しんきろう》のお城にきたような気がしました。すると、一人の、輝くばかりに美しい仙女《せんにょ》が近づいてきました。その仙女は、いつぞや森の中でキイチゴをくれて、金の冠をかぶった白鳥の話をしてくれた、あのおばあさんにどこか似ていました。

「おまえのにいさんたちは、救われますよ！」と、仙女は言いました。「けれども、おまえにはそれだけの勇気と忍耐とがありますか？　海の水はおまえの華奢《きゃしゃ》な手よりも柔らかいけれど、それでも、堅い石をすりへらします。もっとも、海の水は、おまえの指のように痛さを感じません。水には心というものがないから、おまえががまんしなければならないような苦しみや、恐ろしさというものがありません。わたしの手に持っている、このトゲトゲのイラクサをごらん！　これと同じのがおまえの寝ているほら穴のまわりにたくさん生えていますよ。それと、教会のお墓に生えているイラクサと、この二つだけが役にたつのです。さあ、よくお聞き！　おまえは、それを摘み取らなくてはなりません。たとえ、そのために、手がヒリヒリして火ぶくれができても、がまんするんです！　それから、足でイラクサを踏んで、裂くんですよ。そうすると、アマ糸がとれるから、それで長い袖のついた、くさりかたびらを十一枚おあみなさい。そして、それを十一羽の白鳥の上に投げかけてごらん。すぐ、魔法はとけますから。けれども、これだけは、どんなことがあっても、忘れてはいけませんよ――この仕事をはじめたら、その瞬間から、仕事ができあがるまで、たとえ何年かかっても、口をきいてはいけません。ひと言でも、おまえがものを言ったらさいご、そのさいしょの言葉は、鋭い短刀のように、にいさんたちの胸に突き刺さってしまうのです。にいさんたちの命は、つまり、おまえの舌にかかっているのです。このことをよくおぼえておきなさい！」

こう言って、仙女《せんにょ》はイラクサでエリサの手にさわりました。それは、まるで、燃えている火のようでした。その痛みでエリサは目がさめました。もう明るい真昼になっていました。ふと見ると、自分の寝ているすぐ横に、夢の中で見たのと同じイラクサが一本おちていました。エリサはすぐひざをついて、神様にお礼を申しあげました。そしてほら穴を出て、さっそく、仕事にかかりました。

エリサは、華奢《きゃしゃ》な手を、にくらしいイラクサの中に突っこみました。それはまるで火のようでした。手や腕に大きな火ぶくれができました。けれども、これで、愛するにいさんたちを救うことができるなら、と思って、がまんしました。それから、はだしでイラクサを一本一本踏みしだいて、緑いろのアマ糸に、ないました。

お日様が沈むと、にいさんたちが帰ってきました。そして、エリサがおしになっているので、びっくりしました。はじめは、いじわるなまま母が、また魔法をかけたのかと思いましたが、手を見たとき、妹が自分たちのために何かしてくれていることがわかりました。一番下のにいさんなどは泣きました。そして、その涙がエリサの手に落ちると、そこは痛みがなくなって、ヒリヒリする火ぶくれも、きれいに消えてしまいました。

夜になっても、エリサは仕事をつづけました。大好きなにいさんたちを救わないうちは、安心できないからです。その次の日も一日じゅう、白鳥たちが留守のあいだ、エリサはひとりぼっちで働いていましたが、いままで、この時ほど早く、時のたったことはありませんでした。はやくもイラクサのかたびらが一枚できあがってさっそく二枚目のに取りかかりました。

その時、山の中に狩りの角笛が響きわたりました。エリサはなんとなく、恐ろしくてなりません。その音はだんだん近くなってきて、犬のほえる声まで聞こえてきました。エリサは驚いて、ほら穴の中に駆けこんで、摘み集めて糸にしておいたイラクサをたばねて、その上にすわりました。

そのとたんに、大きな犬が木の茂みから飛びだしてきました。と思うと、すぐそのあとから一匹、また一匹と出てきました。そして大きな声でほえると、もとへ引き返しては、またやってきました。それからいくらもたたないうちに、かりゅうどの一隊がほら穴の前に立ちならびました。その中で一番りっぱな様子をした人は、この国の王様だったのです。王様はエリサのほうへ、つかつかとよってきました。こんな美しい娘は、ついぞ見たことがありませんでした。

「おお！　かわいらしい娘《こ》だ。どこからきたのか？」と、王様は言いました。けれども、エリサはただ頭をふるだけでした。にいさんたちの運命と命にかかわることですもの、ひと言だって口をきくことはできないのです。それに、手は前掛けの下にかくしていましたので、王様には、エリサがどんな苦労をしているか、わかりませんでした。

「わたしといっしょにきなさい！」と、王様は言いました。「こんなところにいてはいけない。

おまえが、姿の美しいように心も美しいなら、おまえに絹とビロードの着物をきせ、頭には金の冠をのせてあげよう。そして、わたしのりっぱな城に住むのだ。」――こう言ってエリサを馬の上に抱きあげました。エリサは泣いて、手をもみしぼりました。けれども王様は、「わたしはただ、おまえの仕合わせを望んでいるだけだよ。いつかは、おまえもわたしに礼を言うときがあるだろうよ。」と言って、エリサを自分の前に乗せて、山の中を馬を走らせました。かりゅうどたちも、そのあとにつづきました。

お日様が沈むころ、教会や円屋根のたくさんそびえているりっぱな都が、目の前にあらわれました。王様は、エリサをお城の中へ案内しました。天井の高い大理石の広間の中には、大きな噴水が、さらさらと音を立てていました。壁や天井は、美しい絵で輝くばかりです。けれども、エリサはそんなものには目もくれないで、ただ、嘆き悲しむばかりでした。おつきの侍女たちが、りっぱな衣裳をきせ、髪には真珠を飾り、火ぶくれしている手には美しい手袋をはめてくれても、エリサは、ただぼんやりと、みんなのするがままにしているだけでした。

こうして、したくがすっかりできあがりますと、その美しいことは目もくらむばかりでした。宮中の人たちは、いよいよ丁寧にエリサの前に身をかがめました。そして、王様はいよいよエリサを花嫁に選ぶことにされました。ただ、大僧正《だいそうじょう》だけは頭をふって、この美しい森のおとめは、たしかに魔女にちがいない、それで、みんなの目をくらまして、王様の心を迷わしたのだ、とささやくのでした。

けれども、王様は、そんなことには耳をかさないで、音楽をはじめるように言いつけました。

このうえもないごちそうが運ばれ、可愛らしい娘たちがエリサのまわりで、踊りました。やがてエリサは、よいかおりのする花園を通って、きらびやかな大広間に案内されました。しかし、エリサの口もとにも、目もとにも、ほほえみ一つ浮かびませんでした。そこに見られるのはただ、悲しみばかりでした。その時王様は、エリサの寝室にあてておいた、かたわらの小さい部屋の戸をあけました。そこには高価な緑いろの絨毯《じゅうたん》が敷いてあって、すっかりエリサのいたほら穴に似せてありました。ゆかの上には、エリサがイラクサからつむいだ糸のたばがおいてあり、天井には、できあがったくさりかたびらがつるしてありました。それはみんな、かりゅうどの一人が、珍しいものがあると思って持って帰ったのでした。

「さあ、ここでおまえの故郷《ふるさと》の家《うち》に帰った夢でもみるがいい！」と、王様は言いました。「ここに、おまえがあそこでしていた仕事もある。そのようにりっぱな着物をきて、むかしのことを思い出すのも、またたのしかろう。」

かたときも忘れたことのない物を見せられて、エリサの口もとには、はじめてほほえみが浮かび、ほほには赤い血がさしてきました。エリサはにいさんたちを救わなければならないことを思って、王様の手にキスをしました。王様はエリサを胸に抱きしめました。そして教会という教会の鐘をならして、御婚礼のお祝いを人々に告げさせました。こうして、森の美しいおしのおとめは、この国の女王様になりました。

その時、大僧正《だいそうじょう》は王様の耳に、悪い言葉をささやきましたけれど、それは王様の心の中までは、はいりませんでした。御婚礼の式は、どっちみち行なわれることになりました。しかも、大僧正自身が、エリサの頭に冠をのせなければならなかったのです。大僧正《だいそうじょう》は、いまいましいものですから、すこし窮屈な冠の輪を、わざときつく、額に押しつけて、痛い目にあわせました。けれども、エリサの心の上には、もっと重たい輪がのっていました。それは、にいさんたちのことを思う心の悲しみでした。それを思うと、こんな肉体の痛みなどは、なんとも感じませんでした。エリサの口はあいかわらず、おしでした。ひと言でも口をきけば、にいさんたちの命にかかわるのですもの。それでも、目の中には、エリサを喜ばすためにはなんでもしてくださる、やさしい美しい王様を慕う、深い愛情が輝いていました。日に日にエリサは、心から王様が好きになりました。ああ、この思いを打ちあけることができたなら！　せめて、この苦しみを訴えることができたなら！　けれども、いまはおしでいなくてはなりません。そして、黙って仕事を終えなければなりませんでした。そこで夜になると、王様のおそばから、そっと抜けだして、ほら穴のように飾られた、例の小さな部屋にはいっては、イラクサのかたびらを一枚一枚とあむのでした。ところが、七枚目のをあみはじめますと、糸がなくなってしまいました。

墓地へいけば、いりようなイラクサが生《は》えていることは知っていました。けれども、自分で行って、摘まなくてはなりません。それに、いったいどうしたら、そこへいけるでしょうか？

「ああ、この心の苦しみにくらべたら、指の痛いくらいなんでしょう！」と、エリサは考えました。「思いきってやってみましょう。まさか神様はわたしをお捨てになるようなことはないでしょう。」なにか悪いことでもするかのように、心をおののかせながら、エリサはある月の明るい晩、庭にしのび出ました。それから、長い並木《なみき》路《みち》をぬけ、さびしい小道を通って墓地へきました。

見ると、一番大きな墓石の上に、見るも恐ろしい吸血魔女の群れが輪をつくってすわっていました。魔女たちは、水浴びでもしようとするように、ぼろぼろの着物をぬいで、やせこけた長い指を、ま新しいお墓の中に突っこんで死骸を引きずりだしては、がつがつとその肉をむさぼり食っていました。エリサは、そのそばを通らなければならないのです。魔女たちは、にくにくしい目をじっとエリサにそそぎました。エリサはお祈りをとなえながら、焼けつくようなイラクサを集めました。そして、それをお城に持って帰りました。

ところが、たった一人だけ、エリサのすることを見ていた人がありました。それは大僧正《だいそうじょう》でした。この人は、ほかの人たちが眠っている時に、起きていたのです。大僧正は、自分の考えていたとおりだったと思いました。――お妃《きさき》らしくもないことだぞ。この女は魔女だ。だから、王様や人民をだましてしまったのだ。

そこで大僧正は懺悔《ざんげ》室《しつ》で王様に、自分の見たことや、まえから心配していたことを申しあげました。大僧正の口から、あまりにもひどい言葉が出ますので、聖者の像が、「いやいや、そんなことはない。エリサにはすこしも罪はない。」と言うかのように頭をふりました。ところが、大僧正は、それをべつの意味にとって、聖者たちはエリサの罪を証《あか》して、そのために、ああして頭をふっているのです、と言いました。それを聞くと、王さまのほほに、二粒の大きな涙がはらはらとこぼれました。そして、疑いを心にいだいてお城へ帰りました。その夜、王様は眠っているようなふりをしていましたが、とても安らかに目をつぶっていることはできませんでした。すると、エリサが起きあがるのに気がつきました。このようなことが毎晩繰り返されますので、そのたびに、王様はそっとあとをつけて行って、とうとう、例の部屋にはいるところを見とどけました。

日に日に、王様の顔は暗くなりました。エリサはそれに気がついても、わけがわからず、ただ、はらはらするばかりでした。そのうえ、にいさんたちのためにも、どんなにエリサは苦しんだかしれません。豪奢なビロードと紫の絹の上に、あつい涙がこぼれました。その涙は、きらきらとダイヤモンドのように光りました。このすばらしい美しさを見たものはだれも、女王様になりたいと思うのでした。そうこうしているうちに、仕事はずんずんはかどって、あとは、もう一枚だけあめばよいことになりました。ところが、また、糸が足りなくなり、イラクサも一本もなくなりました。それで、これをさいごに、もう一度墓地へ出かけて、手に二三杯イラクサを摘んでこなくてはならなくなりました。あのさびしい途中のことや、恐ろしい吸血魔女のことを考えると、身の毛のよだつような思いでしたが、でも、エリサの決心は、神様を信じる気持ちと同じく、堅かったのです。

エリサは出て行きました。ところが、王様と大僧正《だいそうじょう》とは、そのあとをつけていって、エリサが格子門《こうしもん》をくぐって、墓地の中へ姿を消すのを見とどけました。近よってのぞいてみますと、いつぞやエリサが見たように、墓石の上に魔女が集まっているではありませんか。王様は思わず顔をそむけました。なぜなら、この魔女たちのうちに、ついさっきまで自分の胸に頭をもたせていたエリサがいるものと思ったからです。

「裁きは人民にまかせよう!」と、王様は言いました。人々は、エリサを火あぶりの刑にすることにきめました。

エリサは、りっぱな王様の広間から、じめじめした暗い穴ぐらに入れられました。風がひゅうひゅう、格子窓《こうしまど》から吹きこんできました。ビロードや絹のかわりに、エリサが集めたイラクサのたばが投げこまれました。その上に、エリサは、まくらがわりに頭をのせました。それから、自分であんだ、かたいとげとげのかたびらが、掛けぶとんや、絨毯《じゅうたん》になりました。けれども、これほどエリサの心を喜ばせる贈り物は、ありません。エリサは再び仕事を取りあげて、神様にお祈りしました。穴ぐらのそとでは、わんぱく小僧たちがエリサの悪口の歌をうたいました。だれ一人、やさしい言葉をかけて、慰めてくれる者はありませんでした。

夕方近く、格子窓のところで白鳥の羽ばたきがしました。それは、一番末のにいさんが、とうとう妹のいるところを見つけて飛んできたのでした。エリサは自分の命はたぶん今夜かぎりだろうということは、わかっていましたが、それでも、あまりのうれしさに、思わずむせび泣きました。いまでは、仕事も、ほとんど、できあがりましたし、にいさんたちも、きてくれたのですもの。

大僧正《だいそうじょう》は王様に約束をした手まえ、エリサのところへきて、さいごの時をいっしょにすごそうとしました。けれども、エリサは頭をふって、目と顔つきとで、出ていってくださいとたのみました。今夜じゅうにエリサは、ぜひとも、仕事をしあげてしまわなければなりません。さもないと、いままでの涙も、苦しみも、それから眠らなかった幾夜も、なにもかも、むだになってしまいますもの。大僧正は悪口をあびせながら、行ってしまいました。それでも、あわれなエリサは、自分の心の清らかなことを知っていましたから、せっせと仕事をつづけました。

小さいネズミが、ゆかの上を駆けまわっては、お手つだいのしるしに、イラクサをエリサの足もとへ引きずってきました。また、ツグミが窓の格子《こうし》にとまって、エリサが元気をおとさないようにと、夜っぴて楽しい歌をうたってくれました。

まだ夜はすっかり明けきっていません。もう一時間もしたら、お日様がのぼるころ、十一人の兄弟がお城の門の前に立って、王様にお目にかかりたいと申し出ました。ところが、まだ夜も明けないし、王様はおやすみだから、お起こしすることはできない、という返事でした。兄弟はたのんだり、おどかしたりしました。番兵が出てきました。とうとう、王様がご自分で出てきて、いったいどうしたのか、とききました。ちょうどその時、お日様がのぼりました。と、兄弟の姿は見えなくなって、ただ、お城の上を十一羽の白鳥が飛んで行くばかりでした。

人々は、魔女の火あぶりを見ようと、町の門からそとへどっと出てきました。みすぼらしいやせ馬が、エリサを乗せた車を引いていました。エリサは、ごわごわしたズックの上っぱりをきせられていました。みごとな長い髪の毛は、美しい顔に、ばらばらにたれさがり、ほほは死人のように青ざめていました。くちびるが、かすかに動いています。そのあいだも、指だけはせっせと緑の糸をあんでいました。いま、死刑にされに行く途中でさえ、一たんはじめた仕事をやめようとはしませんでした。もう、十枚のかたびらができあがって、足もとにありました。いまは、十一枚目のをあんでいるところでした。人々が、口々にあざけって言いました。

「あの魔女をごらんよ！　なんだか、ブツブツ言ってるぞ！　賛美歌の本一冊、持っちゃいないや。ほら、きみの悪い魔法の道具なんか持っている。あんな物は取りあげて、ずたずたにひき裂いてしまえ！」

こう言って、人々はエリサをめがけて、どっと押しよせてきて、いまにもかたびらをひき裂こうとしました。その時、どこからともなく十一羽のまっ白な白鳥が飛んでくると、車の上に舞いおりてエリサを取りかこみました。そして、大きな翼を、強く羽ばたきました。みんなはびっくりして、わきへどきました。

「あっ！　天のお告げだ！　きっと、あの女には罪はないのだ！」こうささやくものが大ぜいいましたが、だれもそれを大声で言う勇気はありませんでした。

いよいよ、下役人がエリサの手をつかみました。そのとき、エリサはすばやく、十一枚のかたびらを白鳥に投げかけました。たちまち、十一人のりっぱな王子がそこに立っていました。ただ、一番末の王子は、片方の腕がなくて、その代わりに白鳥の翼がついていました。それは、このかたびらには、片方の袖《そで》がまだできあがっていなかったからです。

「いまこそ、わたしはものを言うことができます！」と、エリサは言いました。「わたしには、なんの罪もありません！」

このできごとを見ていた人々は、エリサを、まるで聖者のように拝みました。しかし、エリサは死んだようにぐったりして、にいさんたちの腕の中に倒れました。いままでの張りつめた気持ちと、心配と、苦しみとが、一時に出たのです。

「そうですとも、妹にはなんの罪もありません！」と、一番上の王子が言いました。そして、これまでのことを、残らず物語りました。その話のあいだに、幾百万とも知れぬバラの花のかおりが漂ってきました。見ると、火あぶりに使う、たきぎの一本一本に、根が生え、枝が出て、それに赤いバラの花が咲いているのでした。そして、そこに、なんとも言えないよい匂《にお》いのする、高い大きな生垣《いけがき》ができあがっているのでした。その一番上に、星のように輝くまっ白い花が一輪咲いていました。王様はその花を摘んで、それをエリサの胸の上におきました。すると、エリサの胸に、平和と幸福とが満ちあふれて、エリサは目をさましました。

すべての教会の鐘が、ひとりでに鳴りだしました。そして、いろいろな鳥が群れをなして飛んできました。こうして、どんな王様もまだ見たことのないような、御婚礼の行列ができあがって、お城へむかって進んで行きました。

パラダイスの園

昔、あるところに、一人の王子がありましたが、この王子くらい、たくさんの、美しい本を持っている人はありませんでした。この世の中におこったことは、みな、その本で、読むことができましたし、また、きれいな絵にかいてありましたから、それで見ることもできました。そのため、どの国のことでも、どの国民のことでも、王子の知らないことはありませんでした。ところが、ただ一つ、パラダイスの園というものがいったいどこにあるのか、ということだけは、一言も書いてありません。しかしこのことこそ、王子が一番知りたくてたまらないことだったのです。

王子がまだ、ごく小さい時、といっても、学校へかよいはじめたころのことですが、おばあ様から聞いた話に、パラダイスの園では、花という花が、甘いお菓子でできていて、花糸《かし》には、とびきり上等のぶどう酒がはいっているということでした。そして、一つの花の上には歴史が、また、べつの花には地理とか、九々の表とかが書いてありますから、花のお菓子をたべさえすれば、それで、勉強ができるというわけでした。たくさんたべればたべるほど、歴史や地理や九々の表が、それだけたくさん、おぼえられるというのでした。

そのころは、王子も、そうかもしれないと思っていました。そのうち、だんだん大きくなって、いろいろのことを勉強して、賢くなるにつれて、パラダイスの園の美しさというものは、そういうこととは、まるでべつのものにちがいないと、考えるようになりました。

「ああ、なんだってイヴは、知恵の木の実をもいだのだろう。また、なんだってアダムは、禁断の木の実をたべたのだろう。もし、僕だったら、そんなことはしなかったのだがなあ。そうしたらこの世に罪なんか、けっして、生まれてこなかったろうになあ。」

こんなふうに、王子はそのとき言いました。そして、十七になった今でも、やはりそう思っているのです。王子の頭の中は、パラダイスの園のことで、いっぱいでした。

ある日のこと、王子は森へ行きました。たった一人で。というのは、一人きりで散歩に行くのが王子の一番の楽しみだったからです。

そのうちに、いつしか夕方になって、雲がむくむく集まってきました。みるみる、空いちめん、水門がきれたようになって、どっと雨が降ってきました。あたりの暗さは、まるでやみの夜に深い井戸の中にはいったようでした。王子は、ぬれた草にすべったり、岩道に突き出ている、はだかの石につまずいたりしました。可哀そうに、王子のからだには、糸ひとすじも、かわいたものはなく、なにからなにまで、びしょぬれになりました。こんどは、大きな岩をよじのぼらなければなりませんでしたが、その岩に生《は》えている厚いコケからは、水がにじみ出ていて、王子は、もうすこしでたおれるところでした。するとその時、ざわざわいう不思議な音が聞こえたかと思うと、目の前に、あかあかと照らされた大きなほら穴があるではありませんか。ほら穴の中には、シカでも丸焼きにできそうな火が燃えていましたが、まさに、そのとおりで、大きな角《つの》をもった、みごとなシカが、金ぐしに刺さって、切り倒された二本のモミの木のあいだで、ゆるゆるとまわっていたのです。せいが高く、がっしりとして、男のようななりをしたちょっと年とった女の人が、火のそばにすわって、木の枝を一本ずつ火にくべていました。

「もっとこっちへ、お寄り。」と、女の人は言いました。「火にあたって、着物をかわかすといいよ。」

「ここは、ひどく風が吹くんですね。」王子はこう言いながら、ゆかに腰をおろしました。

「息子《むすこ》たちが帰ってきたら、もっとひどくなるよ。」と、女の人は答えました。「ここは風穴《かざあな》なんだよ。息子たちというのは、世界の四方の風なのさ。わたしの言うことが、おわかりかね。」

「息子さんたちは、どこにいるんですか。」と、王子はたずねました。

「気のきかない質問をされると、答えるのに骨がおれるよ。」と女の人は言いました。「息子たちは、かってにやっているのさ。おおかた、むこうの大広間で、雲をお手玉にしているんだろうよ。」こう言って、空を指さしました。

「ああ、そうですか。」と、王子は言いました。「ときに、あなたの話しぶりは、すこし、ぶっきらぼうですね。ふだん、僕のまわりにいる女の人たちのように、やさしくありませんね。」

「それはそうさ。その人たちは、ほかにすることがないからさ。わたしはね、息子《むすこ》たちをおさえるために、きびしくする必要があるのさ。いくら息子たちが強情《ごうじょう》を張ったって、わたしはやってみせるよ。そら、そこの壁にかかっている、四つの袋をごらん。あれが、息子たちには、こわいのだよ。ちょうど、おまえさんが、小さい時、鏡のうしろにある笞《むち》をこわがったようにね。いざとなれば、息子たちをぎゅうぎゅう押しつけて、袋の中へ、押しこんでやるまでさ。なあに、遠慮はしないよ。わたしがいいと思うまでは、あの中に、入れておいて、けっして外をぶらつかせるこっちゃないよ。おや、一人、帰ってきたようだ。」

それは北風でした。彼はぞっとするような寒さといっしょに、はいってきました。大粒のあられがぱらぱらと、ゆかに飛びちりました。雪があたりに、舞いあがりました。ズボンも上着もクマの皮で、できていて、アザラシの皮でつくった帽子は、耳の上までかぶさっていました。長いつららが、ひげのさきにぶらさがっています。そして、上着のえりもとから、あられがつぎつぎにこぼれ落ちました。

「すぐ火のそばへ、寄らないほうがいいですよ。」と、王子は言いました。「顔や手に、すぐしもやけができますからね。」

「しもやけだって？」北風は、こう言いながら大きな声で笑いました。「しもやけだって？　それこそ、願ってもない幸いだ。それよりも、君は、なんて、いくじなしなんだ。どうして、風穴《かざあな》なんかにやってきたんだ？」

「うちのお客さんだよ。」と、年寄りは言いました。「それでもまだ文句があるんなら、この袋の中へ、はいんな！――わたしの考えは、わかっているだろうね。」

この一言のききめはどうでしょう。北風はさっそく、自分がどこから来たか、まるひと月ものあいだ、どこにいたか、話しはじめました。

「僕は北氷洋から来たんだ。」と、北風は言いました。「セイウチ狩りのロシア人たちといっしょに、ベーア島*に行ったんだ。船が北岬《ノルドカップ》を出帆した時、僕は、かじの上で眠っていた。ときどき、目をさますと、海ツバメが、僕の足のまわりを飛んでいたっけ。こいつは、かわった鳥で、翼を、せわしくばたばたやるかと思うと、こんどは、じっとひろげたまま、すーっと、飛んで行くんだよ。」

「そんなまわりくどい話は、よしておくれ。」と、風の母親は言いました。「で、ベーア島へ行ったというんだね？」

「いいところだったなあ。地面は、お皿《さら》のように平らで、ダンスにはもってこいさ。溶けかかった雪の下からは、もうコケが見えていた。とがった石や、セイウチや白クマの骨が、あたりにちらばっていて、それに緑いろのカビが生《は》えていたが、ちょっと見ると巨人の腕か脚《あし》のようだった。太陽が、一度も照らしたことがないのかと、思いたくなるくらいだった。僕は、霧をすこし吹きはらって、小屋が見えるようにしてやったよ。その小屋は、難破船の板ぎれでつくってあって、それにセイウチの皮が張ってあるんだけれど、皮は肉のほうを、外側にむけてあるので、赤と緑でいっぱいさ。屋根の上に、生きている白クマがいて、ほえていたっけ。僕は海岸へ行って、鳥の巣を捜したり、羽のまだ生《は》えてないひよこたちが大きな口をあけてピーピー鳴いているところを見たりした。そこで、僕はひよこたちがたくさんならんで、のどをあけているところをさっと一吹き吹いてやったら、ようやく口をとじることをおぼえたよ。波打ちぎわにおりてみると、顔が豚のようで、一メートルもある長い牙《きば》をもったセイウチのやつらが、生きているはらわたか、うじ虫のおばけみたいに、のたくっていた。」――

「なかなか話がうまいね。」と、母親は言いました。「おまえの話を聞いていると、口の中に、ひとりでにつばがたまってくるよ。」

「いよいよ、猟がはじまった！　もりがセイウチの胸に、ぐさっと刺さる。すると、血けむりがゆげを立てて、噴水のように氷の上にほとばしるんだ。それを見て、僕も何かやってみたくなった。僕は思いきり吹いて、僕の帆前船の大きな氷山に、人間の船をはさませてやった。さあ人間たちは汽笛を鳴らすやら、叫ぶやらたいへんな騒ぎさ。しかし、僕はそれよりももっと高く口笛を吹いてやったよ。すると、やつらはとうとう、クジラの胴体や、箱や、綱具などを、氷の上に投げださなければならなくなった。僕はそのまわりに雪をふるい落としてやって、それから、氷山にはさまれた船は、獲物といっしょに南の方へ吹き流してやった。そこで塩水を、いやというほど、飲ませてやろうと思ってね。やつらはもう、二度とベーア島へは、帰ってこないよ。」

「そんな悪いことをして！」と、風の母親は言いました。

「僕は、いいことだってしてきたよ。それはだれか、ほかのものが話してくれるだろう。」と、北風は言いました。

「ああ、弟が西からやってきた。あいつは、兄弟の中でも、僕と一番話が合うやつだ。海のかおりがして、いつも気持ちのいい、涼しさをもってくるからな。」

「それは、あの可愛らしいゼフュロス*のことですか。」と、王子はたずねました。

「そうさね、そりゃゼフュロスにはちがいないね。」と、年寄りは言いました。「けれど、いつまでも、そんなに小さくはないよ。昔は、可愛らしい男の子だったけれど、今はどうしてどうして！」

なるほど西風は、荒くれ男のようでした。そのくせ、ころんでもけがをしないように、綿入れ帽子なんかをかぶっていました。手には、アメリカのマホガニーの森から折ってきた、マホガニーの棒を持っていました。どうして、なかなか、たいしたものです。

「おまえは、どこから来たんだい。」と、母親がたずねました。

「原始林からさ。」と、西風は言いました。「そこは、リアーネというとげのあるつる草が、木から木へ、生垣《いけがき》のようにからまっているし、じめじめした草地には、水ヘビがいるし、人間なんかは、邪魔ものあつかいさ。」

「そこで、なにをしたんだい。」

「僕は深い川を見おろしていた。それが絶壁からたぎり落ちて、水煙となって空まで舞いあがり、虹《にじ》をかけるのを見ていたんだ。川には水牛が泳いでいたが、流れがはやくて、押し流されてゆく。野ガモの群れもいっしょに流されていたけれど、こいつらは、水が滝になって落ちるところまでくると、ぱっと空に飛びあがるんだ。水牛のほうは、どぶんとそのまま、おだぶつさ。こいつは面白いと、僕は、あらしを吹きおこしてやった。そして、古い大木が流されて、ずたずたに裂かれるのを見ていたんだ。」

「そのほかには、何もしなかったのかい?」

「熱帯の草原で、とんぼがえりをしたよ。野生の馬をなでてやったり、ヤシの実をふるい落としたりした。うん、話すことはいくらもあるさ。でも、知ってることを、なにもかも話すもんじゃないやね。そんなことは、おっかさんも知ってるだろう。」こう言って、だしぬけに母親にキスをしましたので、母親は、もうすこしで、あおむけにひっくりかえるところでした。まったく、西風は、荒っぽい若者です。

そこへ、こんどは、ターバンを頭にかぶり、ベドウィン人*ふうの着物を、ひらひらさせて、南風がやってきました。

「おお、寒い。ここはなんて寒いんだろう!」南風はこう言って、まきを火の中にほうりこみました。「北風がさいしょに、帰ってきたとみえるな。」

「こんなに熱いのに。これじゃ、白クマだって焼くことができるよ。」と、北風が言いました。

「おまえこそ、その白クマじゃないか。」と、南風が言いかえしました。

「おまえたち、袋の中へ入れてもらいたいのかい。」と、年寄りは言いました。——「さあ、その石に腰かけて、どこへ行ってたんだか、お話し。」

「おっかさん、僕、アフリカにいたんだよ。」と、南風は答えました。「ホッテントット人*といっしょに、カフィル人*の国へライオン狩りに行ったんだ。あたりは、いちめんオリーヴ色の草原だ。ツノウマがダンスをおどり、ダチョウは、僕と競走だ。もちろん、僕のほうがはやいよ。それから黄いろい砂の砂漠《さばく》へ行ってみたよ。砂漠って、まるで海の底みたいだ。僕は、そこで隊商に出あった。連中はもう、飲み水がなくなって、さいごのラクダを殺したところだった。けれども、水は、少ししか出なかった。上からは太陽がかんかん照りつけるし、下からは砂が熱い息を吹きつける。あたりは、見渡すかぎり砂の海だ。そこで、僕は、こまかい、さらさらした砂の中にころげまわって、大きな砂柱を空高くまきあげてやった。砂のダンスってやつさ。そんな時、どんなにラクダがびくついて、商人たちが、頭から寛衣《カフタン》を引っかぶったか、おっかさんに見せたいくらいだったよ。商人はアラーの神*を拝む時みたいに、僕の前に、ひれ伏してしまった。こうして、連中はそのまま、うずまってしまって、その上には、砂のピラミッドが立っているばかりさ。僕がいつかまた、その砂のピラミッドを吹きはらったら、白い骨が太陽にさらされていることだろうよ。そこを通りかかる旅びとにも、昔ここに人間がいたってことが、わかるわけだよ、さもなけりゃ、こんな砂漠の中だもの、だれがほんとうにするものか。」

「それじゃ、おまえのしたことは、悪いことばかりだよ。」と、母親は言いました。「さっさと、袋の中へ、はいんな!」こう言ったかと思うとやにわに、母親は、南風をつかまえて、袋の中に押しこんでしまいました。南風は、ゆかの上を、ごろごろ、ころげまわりましたが、母親が袋の上に、どっかりと腰をおろしてしまいましたので、もう、じっとしているほかはありませんでした。

「みんな、元気がいいですね。」と、王子は言いました。

「まったくさ！」と、母親は答えました。「でも、こうして、こらしめるんだよ！　おや、四人目が、帰ってきた。」

それは東風でした。東風は中国人のような、なりをしていました。

「へえ、おまえは、そこへ行ってたのかい？」と、母親は言いました。「わたしは、おまえがパラダイスの園に行ってるものとばかり思っていたよ。」

「そこへは、あした行くんですよ。」と、東風は言いました。「この前、そこへ行ってから、あしたでちょうど百年になりますからね。きょうは、中国から来たんです。そこの、陶器でできた塔のまわりでダンスをしたら、塔の鈴がみんないっしょに鳴りだしましたよ。下の往来では、お役人が笞《むち》をもらっていましたっけ。竹の笞が、背中で割れるほどね。役人は第一級から第九級までありましたが、みな、打たれながら、ありがとうございます、このご親切はけっして忘れません、と叫んでいましたよ。けれども、なにも本気で言っているんじゃないんですよ。そこで、僕も、鈴を鳴らして、うたってやりました、チン、チャン、ツーって。」

「そうぞうしいね！」と、年寄りは言いました。「おまえがあした、パラダイスの園へ行くってのは、ほんとうにいいことだ。あそこへいけば、いつだって、おまえは、ためになることをおそわってくるからね。たんと、知恵の泉を、飲んでおいで。ついでに、わたしにも、小びんを持ってきておくれ。」

「ええ、そうしましょう。」と、東風は言いました。「そりゃそうと、おっかさん、なぜ南風のにいさんを、袋に入れたんです？　出してやってくださいよ。僕に不死鳥《フェニクス》*の話をしてくれることになっているんだから。パラダイスの園のお姫様は、僕が百年目ごとに、たずねて行くと、きまって、この鳥のことをきくんですよ。さあ、袋をあけて！　おっかさんはほんとにやさしい人なんだもの！　そうしたら、両方のポケットに詰めてきたお茶をあげますよ。ほら、こんなに新しくて、青々しているのを。僕がその場で摘んできたんですよ。」

「そうかい、それじゃ、そのお茶にめんじて、可愛いおまえのたのみだもの、袋をあけてやるとしようかね。」こう言って、母親が袋の口をあけますと、南風がはい出してきました。けれども、このありさまを、知らない王子に見られたものですから、すっかり、しょげてしまいました。

「ほら、これがお姫様にあげるシュロの葉だよ。」と、南風は言いました。「世界じゅうに一羽しかいない年をとった不死鳥《フェニクス》が僕にくれたんだ。そして、不死鳥《フェニクス》は、お姫様が、お読みになるようにと、くちばしで、百年間の生涯《しょうがい》のできごとを、それにきざみこんでくれたよ。僕は、不死鳥《フェニクス》が、自分の巣に火をつけて、その中にすわって、ちょうどヒンズー族の女のように、焼け死ぬのを見たよ。かわいた枝がパチパチいってね、たいへんな煙と、においだったよ。とうとう、みな火になって燃えてしまって、年とった不死鳥《フェニクス》も灰になってしまったんだ。ところが、その火の中に不死鳥《フェニクス》の卵が赤く光っていたかと思うと、それがパチンと大きな音をたてて割れると、中から、ひなが飛びたったのさ。それが、今すべての鳥の王様で、世界に一羽しかいない不死鳥《フェニクス》なんだよ。そのシュロの葉に、くちばしであけた穴があるだろう。それがお姫様へのご挨拶《あいさつ》なんだ。」

「さあ、みんな、ごはんにしようね！」と、風の母親が言いました。そこで、みんなは腰をおろして、焼いたシカの肉をたべました。王子は東風の隣りにすわりましたので、二人はすぐ、仲よしになりました。

「ねえ、君！」と、王子は東風に言いました。「いま君たちの話に、いくども出たお姫様っていうのは、どういう人なの？　それから、パラダイスの園って、いったいどこにあるの？」

「へえ！　君はそこへ行きたいのか。」と、東風は言いました。「じゃ、あした、僕といっしょに飛んで行こうよ。しかし、ことわっておくけれど、あそこへは、アダムとイヴの時から、人間はだれ一人行ったものがないんだよ。こんなことは聖書物語で、君はとうに知ってるだろうが。」

「もちろんさ！」と、王子は言いました。

「あの時、例の二人が追い出されると、パラダイスの園は地の底へ、沈んでしまったんだよ。しかし、暖かい日の光と、おだやかな空気と、すばらしい景色とは、昔のままなんだ。そこには妖精《ようせい》の女王がすんでいて、死神のけっしてやってこない幸福の島というのがあるんだよ。まったく、すばらしくたのしいところさ。あした、僕の背中に乗ったら、つれていってあげよう。きっとうまくいくと思うんだ！　だが、もう、おしゃべりはよそう。僕は、眠たくなったもの。」

こうして、みんなは眠りました。

あくる朝早く、王子が目をさますと、もう、自分が、高い雲の上にいたものですから、たいそう、びっくりしてしまいました。王子は、東風の背中に乗っていたのです。そして、東風は王子を、だいじにささえていました。二人は空高く飛んでいましたので、森や、畑や、川や、湖が、美しい色を塗った大きな地図のように見えました。

「おはよう！」と、東風は言いました。「もうすこし、眠っていてもよかったのに。なぜって、このあたりの平地には、たいして見るものはないもの。教会のかずでも、かぞえたいというんなら、べつだけれど。ほら、緑いろの黒板にチョークで点をうったようなのが教会だよ。」東風が緑いろの黒板と言ったのは、畑や牧場でした。

「君のお母さんや、にいさんたちに、お別れも言わないできて、悪かったなあ。」と、王子は言いました。

「寝ていたんだもの、しかたがないさ。」と、東風は言って、それからは、いっそう早く飛んで行きました。森の上を飛んで行くとき、枝や葉がざわざわ鳴るので、それがわかりました。また、海や湖の上を行く時も、波が高くなって、大きな船が、まるで白鳥のように、波間にもぐりましたから、よくわかりました。

夕方になって、あたりが暗くなりますと、大きな町々が、面白い光景をみせました。はるか下の方に、あかりが、あちらにも、こちらにも、つきはじめました。それはまるで、紙きれを燃やしたあと、たくさんの小さい火花が、学校がひけて家《うち》へ帰る子供たちのように、ちりちりばらばらになるのを見ているようでした。それを見て王子は手を打って、喜びました。ところが、東風は、どうか、手をたたくのはやめて、しっかりつかまっているように、と言いました。さもないと、おっこちて、教会の塔のとがったさきに、ひっかかるかもしれないから、というのでした。

大きな森の上を、ワシが、かるがると飛んでいましたが、東風は、それよりも、もっとかろやかに飛びました。コサック人が小さい馬に乗って平原をとばしていましたが、王子たちはそれよりも、ずっとはやく飛んで行きました。

「もう、ヒマラヤが見えるよ！」と、東風が言いました。「アジアにある世界一の高い山だよ。もうすぐ、パラダイスの園につくからね。」こう言いながら、方向をぐっと南にとりました。やがて、香料と花のかおりがしてきました。山や野に、イチジクやザクロの木が茂り、また、野ブドウのつるには、青や赤のふさがさがっていました。二人はそこへ、おりて、柔らかい草の中で、からだをのびのびとさせました。花たちが東風にむかってうなずきました。それはちょうど、「ようこそ。お帰りなさい！」と、言っているようでした。

「僕たち、もうパラダイスの園に、はいっているの？」と、王子がききました。

「いや、まだ、まだ。」と、東風は答えました。「でも、もうすぐだよ。ほら、むこうに壁のような大きな岩があって、ブドウのつるが、緑いろのカーテンのようにさがっている、大きなほら穴が見えるでしょう。あそこを通り抜けなければならないんだ。よく、マントにくるまって！ここでは、こんなに、日がかんかん照っているけれど、あの中にひとあしはいると、氷のように冷たくなるんだからね。ほら穴の前を飛ぶ鳥は、片方の翼が、暑い夏のなかに、もう片方の翼は、寒い冬のなかにあるというくらいだもの。」

「じゃ、あそこがパラダイスの園へはいる道なの？」と、王子はたずねました。

さて、いよいよ二人は、ほら穴の中へはいりました。ぶるる！　おお、その寒いこと、寒いこと！　でも、その寒さは、そう長くはつづきませんでした。東風が、翼をひろげると、それは、明るい炎のように、あたりを照らしました。見ると、まあ、なんというほら穴の光景でしょう！水のしたたっている大きな岩が、いろいろ不思議な形をして、天井から、おおいかぶさっています。場所によると、四つんばいにならなければならないほど狭いところがあるかと思うと、また、ほら穴の外へ出たのかと思われるほど、天井が高くなって、ひろびろとしたところもありました。そういうところは、ちょうど、音のしないパイプオルガンや、化石になった旗のある地下の納骨堂にいるようでした。

「僕たち、死の道を通って、パラダイスの園へ行くんだね。」と、王子は言いました。でも、東風はそれには、なんとも答えないで、ただ、前の方を指さしました。見ると、このうえもなく美しい青い光が、こちらにさしてきました。そして、頭の上の大きな岩が、しだいに霧のようになって、とうとう月夜の空に浮かんだ白い雲のように、すきとおってしまいました。こうして、いつのまにか、二人は、なんともいわれない、おだやかな大気の中へ出ました。そのすがすがしいことは、高い山の頂のようで、そのかぐわしいことは、谷間のバラのかおりのようでした。

そこに、一すじの川が流れていました。川の水の澄みきっていることは、まるで空気そのもののようでした。魚《さかな》は、金や銀でできているようでした。真紅のウナギが、からだをくねらすたびに、青い火花をちらしながら、水の底で、たわむれていました。大きなスイレンの花びらは、虹《にじ》色《いろ》に光り、花そのものはオレンジ色の炎でした。そして、油がランプをたえず燃やすように、水がこの炎の花を、養っているのでした。川には大理石の橋が、かかっていましたが、その細工が、あまりにこまかく、たくみなので、まるで、レースか、ガラス玉でつくったとしか思われませんでした。橋を渡ると、そこが幸福の島で、ここにパラダイスの園が、栄えているのでした。

東風は、王子を腕に抱いて、むこう岸に渡りました。そこでは、花や葉が、王子の幼いころの歌を、じょうずにうたっていました。そのふくらみのある、美しい声は、とてもこの世の人間の声とはくらべものになりません。

そこに生《は》えているのはシュロの木でしょうか、それとも、とんでもなく大きな水草でしょうか。こんなに水気の多い大きな木は、王子はいままで見たことがありませんでした。それに不思議なつる草が、長い花づなのように、木から木へ、たれさがっているところは、昔の聖人伝の本のふちを飾っている、金色をまじえた色どり美しい模様か、でなければ、書物の一番はじめの装飾文字にからませたからくさ模様にそっくりでした。それは、世にもまれな鳥と、花と、つる草の組みあわせでした。かたわらの草むらに、一群れのクジャクが、美しい尾を、輝くばかりにひろげていました。そうです、たしかに、そう見えたのです！　ところが、王子がそれにさわりますと、驚いたことに、それは鳥ではなくて、植物でした。クジャクの美しい尾のように光っていたのは、大きなスカンポの葉でした。オリーヴの花のにおいのする緑の生垣《いけがき》のあいだを、ライオンとトラが、ネコのように、しなやかに、はねまわっていました。両方とも、おとなしく、よくなれていました。美しい真珠色に輝いている野バトが、羽をひろげて、ライオンのたてがみに、たわむれています。あれほど臆病《おくびょう》なカモシカでさえ、そのそばに立って、いっしょに遊びたそうに、頭をうなずかせていました。

その時、パラダイスの仙女《せんにょ》があらわれました。着物はお日様のように輝いていました。顔は、子供を持ってほんとうに仕合わせな母親のように、やさしい喜びに、満ちあふれていました。ほんとうに若々しくて、きれいでした。仙女《せんにょ》のうしろには、それは可愛らしい少女たちが、それぞれ、髪にきらきら光る星をつけて、ついてきました。

東風は、不死鳥《フェニクス》からの、字をかいたシュロの葉をわたしました。仙女の目は、たちまち、喜びに輝きました。仙女は王子の手をとって、御殿の中へ、案内しました。御殿の壁の色は、美しいチューリップの花びらを日にかざした時のようでした。天井は、そのまま一つの大きな光り輝く花で、じっと見あげれば見あげるほど、その花のうてなが、深まっていくように見えました。王子は、窓ぎわへ行って、一枚のガラスごしに、外を見ました。すると、ヘビのからみついている知恵の木と、そのそばに立っているアダムとイヴが見えるではありませんか。「あの二人は、追い出されたのではないのですか？」と、王子はたずねました。仙女は、にっこり笑って、こう説明しました。——窓ガラスには、一枚一枚に「時」が自分の絵を焼きつけているのです。けれども、ふつう見なれている絵とはちがって、これらの絵には、命がこもっているのです。絵の中の木の葉は風にそよぎ、人間は、いったりきたりしています。ちょうど、鏡にうつった景色を見ているようです。王子は、またべつの窓ガラスをのぞいてみました。そこには、聖書にあるヤコブの夢*が見えました。はしごが、まっすぐ天までとどいていて、その上を大きな翼をつけた天使たちが、のぼったりおりたりしていました。こうして、この世でおこったできごとが、何から何まで、窓ガラスの中に、生きて動いていました。このような、不思議な絵を焼きつけることは、「時」でなければできないことでした。

仙女《せんにょ》は、にこにこして、王子を広間に案内しました。そこは天井の高い大きな部屋《へや》で、すきとおった絵のように見える壁には、可愛らしい顔が、かずかぎりなく、かいてありました。それは何百万ともしれない、幸福にあふれている人の顔でした。みな、にこにこしながら、歌をうたっています。その声は、美しくとけあって、一つのメロディーになっていました。一番上の方に見える顔は、紙の上に点のようにかかれた小さいバラのつぼみよりも、まだ小さく見えました。広間のまん中に、ふさふさした枝をたれた大きな木が立っていました。そして、大きいのや小さいのや、いろいろの金のリンゴが、オレンジのように、緑の葉のあいだに、なっていました。これこそ、アダムとイヴがその実をたべた、あの知恵の木だったのです。葉という葉からは、きらきら光る赤い露がしたたっていましたが、それはちょうど、血の涙を流してでもいるようでした。

「さあ、ボートに乗りましょう。」と、仙女は言いました。「そして、ゆらゆらする波の上で、なにかおいしいものをいただきましょう。このボートは、波にゆれはしますが、この場所から、すこしも動かないのですよ。そのかわり、世界の国々が、わたしたちの目の前をすべって行くのです。」見ると、なるほど不思議なことに岸が、ずんずん動いて行くのでした。まず、雪をいただいたアルプスがあらわれました。峯には雲がかかり、モミの森が黒々とそびえています。角笛が、低く、物悲しそうにひびきわたり、谷間では羊飼いが美しい声でヨーデルン*をうたっています。こんどは、バナナの大きな長い葉が、ボートの上までたれてきました。水の上に黒鳥が浮かんでおり、岸には珍しい動物や花が、見えました。これは世界第五の大陸の新オランダ洲*でした。しかし、それもやがて青い山脈の背景といっしょに、過ぎて行きました。こんどは、坊さんのうたう歌が聞こえてきました。そして、土人たちが、太鼓や、骨でつくった笛の音にあわせて、おどっていました。雲間にそびえているエジプトのピラミッドや、倒れているオベリスクや、砂になかばうずもれているスフィンクスが、目の前を過ぎて行きました。オーロラが北極の氷原の空に燃えていました。それは人間のだれにも、まねのできないすばらしい花火でした。王子は、ほんとうにたのしい思いをしました。それもそのはずです。ここにお話ししたよりも、百倍もたくさん、いろいろのものを見たのですから。

「僕はいつまでも、ここにいていいのですか？」と、王子はたずねました。

「それは、あなたの心がけしだいです。」と、仙女《せんにょ》は答えました。「もしあなたが、アダムのように、してはならないと言われたことさえ、しなければ、いつまでもここにいていいのですよ。」

「僕はけっして、知恵の木のリンゴにはさわりません。」と、王子は言いました。「ここには、それと同じくらいきれいな実が、ほかに何千と、なっていますもの。」

「まあ、ためしてごらんなさい！　もし、ご自分が、まだじゅうぶん強くなっていないと、お思いなら、ここへつれてきてもらった東風といっしょにお帰りなさい。いま、東風が帰ると、あと百年たたなければ、ここへは来ませんよ。ここにいますと、その百年も、あなたには、百時間ぐらいにしか思われないかもしれません。けれども、誘惑や罪にうちかとうとすると、ずいぶん長い時間です。わたしは、毎晩、あなたとお別れする時、手まねきしながら、ついていらっしゃい、と言わなければならないのです。けれども、あなたは、ついてきてはいけません。じっとしているんですよ。さもないと、ひとあしごとに、あなたのあこがれは、高まって、しまいには、あなたは、知恵の木の生《は》えている広間にはいって行くようになります。わたしは、そのたれさがった、いいにおいのする枝の下で、眠っております。するとあなたは、きっとわたしの上に身をかがめるでしょう。わたしも、ほほえまずにはいられなくなります。けれども、あなたが、わたしの口にちょっとでも、キスをしたらさいご、このパラダイスの園は、その瞬間に、地の底に深く沈んでしまって、あなたは、永久に、それを失ってしまうのです。あなたのまわりには、砂《さ》漠《ばく》のはげしい風が吹きつのり、冷たい雨が、あなたの髪の毛から、したたり落ちるでしょう。そして、ただ悲しみと、苦しみだけが、あなたに残されるのです。」

「僕は、ここにとどまります!」と、王子は言いました。すると東風は王子の額にキスをして、言いました。「では、強くなりたまえよ! 百年たったら、僕たちは、また、ここで会おうね。では、さようなら、ごきげんよう。」こう言って東風は、大きな翼をひろげました。それは、秋の稲《いな》妻《ずま》か、真冬のオーロラのような光を放ちました。花や木から、「さようなら! さようなら!」という声がひびいてきました。コウノトリとペリカンが、ひらひらするリボンのように、列をつくって飛びながら、花園のさかいまで、東風を見送りました。

「さあ、みんなでダンスをはじめましょう。」と、仙女《せんにょ》は言いました。「一番おしまいに、わたしあなたとおどりますわ。そして、お日様が沈むと同時に、わたしは手まねきして、ついていらっしゃい、と言いますよ。けれども、ついてきてはいけませんよ。百年間、わたしは、毎晩、同じことを繰り返さなくてはならないのです。けれども、この誘惑にうちかつたびに、あなたは力がましてきて、おしまいには、もうなんとも思わなくなるのです。今晩が、そのはじめですよ。あなたに注意することはこれだけです。」

こう言って仙女《せんにょ》は王子を、すきとおった白いユリの花の大広間に、つれて行きました。一つ一つの花の中の黄いろい花糸《かし》は、小さい金のハープになっていて、絃《げん》と笛の音《ね》の音楽をかなでていました。すらりとした美しい少女たちが、美しい手足を見せ、波打つ薄絹をひるがえしながら、かろやかにおどりました。そして、けっして死ぬことのない、生きるすばらしさと、永遠に栄えるパラダイスの園をたたえる歌をうたいました。

やがて、お日様が沈みました。空は、いちめんに黄金《こがね》の海となり、ユリの花は、えもいわれぬ美しいバラ色に輝きました。王子は、少女たちのさし出す、あわ立つお酒を飲みますと、今までになかったほどの幸福を感じました。ふと見ると、広間の奥が開いて、そこに知恵の木が、まぶしいくらいの光につつまれて立っていました。そこから聞こえてくる歌は、王子には、お母様の声のように、やさしく、なつかしく聞こえました。気のせいか「王子よ！　いとしいわが子よ！」と、うたっているようでした。

その時、仙女が手まねきして、やさしく、「ついていらっしゃい。わたしについていらっしゃい。」と呼びかけました。王子は、思わず、その方へ駆けだしました。あの約束を、それもさいしょの晩から、早くも、忘れてしまったのです。仙女はしきりに手まねきしながら、にっこり笑っています。あたりのかぐわしいにおいは、ますます、強くなり、ハープの音は、いよいよ美しくなりました。そして、知恵の木の立っている広間の、あのかぞえきれない可愛らしい顔は、うなずきながら、「何事も、知るのはよいこと！　人間はこの世の主人よ！」とうたっていました。知恵の木の葉からしたたっているのは、今はもう、血の涙ではなくて、きらきら光る赤い星のように、王子には思われました。「ついていらっしゃい。わたしについていらっしゃい。」と、まだ、ふるえる声が聞こえました。ひとあし進むごとに、王子の頬《ほほ》はあつくなり、血は、はげしくめぐりはじめました。「よし、行こう！」と、王子は言いました。「罪でなんかあるものか！　そんなはずはない。どうして、美と喜びを、追ってはいけないのだ。あの人の眠っているところを見たい。キスさえしなければ、なんでもないのだ。僕はそんなことはしない。僕は強いぞ。僕の意志は堅いぞ。」

仙女《せんにょ》は、光り輝く衣裳《いしょう》をぬぎすてたと思うと、つと枝を押しわけて、そのかげに身をかくしてしまいました。

「僕は、まだ罪をおかしてはいないぞ。」と、王子は言いました。「また、罪をおかすつもりも、ない。」こう言って、王子は枝をかきわけました。そこには、仙女が、もう、すやすやと眠っていましたが、その美しいことといったら、さすがにパラダイスの園の仙女だけのことはありました。仙女は、夢を見ながら、ほほえんでいました。王子が身をかがめて見ますと、まつげに涙がふるえていました。

「あなたは、僕のために泣いていらっしゃるのですか。」と、王子はささやきました。「美しい方よ。どうか、泣かないでください。いま、はじめて、僕にはパラダイスの幸福というものがわかりました。この幸福は、僕の血の中を、僕の頭の中を流れていて、僕はケルビム天使*の力と、永遠の命とを、僕のこの肉体のうちに、いきいきと感じます。たとえ、永久のやみに、この身はつつまれようと、この一瞬こそ、なにものにもかえがたい宝だ！」

王子はこう言うと、仙女《せんにょ》の目に浮かんでいる涙に、キスをしました。くちびるとくちびるとがふれました。――

――突然、まだ、だれも聞いたことのないような、すさまじい雷が、とどろきわたりました。と同時に、あらゆるものがくずれ落ちました。美しい仙女も、花の咲き乱れているパラダイスも、深く、深く、沈んで行きました。王子は、まっくらなやみの中へ、あらゆるものが、吸いこまれて行くのを見ました。ついに、それは、はるかかなたで、ぽっつりと小さな星のように光りました。ぞっとする寒けが、王子のからだをつらぬきました。王子は、目をとじて、長いあいだ、死んだように横たわっていました。

冷たい雨が、王子の顔の上にふりかかり、身を切るような風が頭のまわりを吹いて、王子は、ようやく息を吹きかえしました。「ああ、なんということをしてしまったのだろう！」王子は、ため息をついて言いました。「僕はアダムのように罪をおかしてしまったんだ。僕が罪をおかしたために、パラダイスが、深く、深く、沈んで行ってしまったのだ。」そして、王子は、そっと目を開けてみました。すると、はるかかなたに、星が一つ、沈んだパラダイスのようにきらめいているのが見えました。――それは、空のあけの明星《みょうじょう》でした。

王子は、立ち上がりました。見るとそこは、大きな森の中で、あの風穴《かざあな》のすぐ近くでした。風の母親が、かたわらにいて、こわい顔をして腕をふりあげました。

「さいしょの晩に、もうそのありさまかい。」と、風の母親は言いました。「おおかた、そんなことだろうとは、思っていたよ。わたしの子供だったら、さっそく、袋の中へ、はいってもらうんだがね。」

「そうじゃ、はいるのじゃ！」と、こう言ったのは死神でした。それは手に大鎌《おおがま》をもち、大きな黒い翼の生《は》えている、がっしりした年寄りでした。「そやつは、棺の中に、はいるのじゃ。だが、今すぐというのではない。わしは、この男に目をつけておく。そして、いましばらく、この世の旅をさせてやる。それは、この男が、自分の罪をあがない、よい人間になるための時をあたえてやるためじゃ！――わしは、いずれまたやってくる。そして、この男が、自分が死ぬなんて夢にも思っていない時に、この男を黒い棺の中へ入れ、それを頭の上にささげて、星の世界へ飛んで行くのじゃ。そこにも、パラダイスの園は栄えている。もし、この男が、神を敬うよい人間になっていたならば、その楽園に、はいらせてやるわい。だが、その時になっても、まだ、この男の考えが、よこしまで、この男の心が罪でいっぱいだったならば、その時こそ、棺もろとも、あの沈んだパラダイスよりも、なおいっそう深いところへ、沈むのじゃ。わしは千年ごとに、迎えに行く。この男が、なおも深く沈んでいかなければならないか、それとも、あの天上にきらめく星の世界へ、のぼっていけるようになったか、それを見るためにじゃ。」

空飛ぶトランク

昔ある時、一人の商人が住んでいました。この商人は、それはたいしたお金持ちで、町の大通り全部と、おまけに小さな横町まで、銀貨を敷きつめることができるくらいでした。でも、そんなことはしませんでした。もっとちがったお金の使いみちを知っていたのです。たとえば、一シリング出すと、それが一ダラーになってもどってくるというやりかたでした。この人は、そういう商人でした。——さて、この人が死にました。

息子《むすこ》は、お金をみんな受けついで、その日その日をたのしく送りました。仮装舞踏会へ毎晩のように行ったり、お札で紙ダコをつくったり、海へ行って石のかわりに金貨で水切りをして遊んだりしました。これでは、お金がいくらあってもたまりません。どんどん出てゆくばかりでした。とうとう、四シリングだけになってしまいました。そして、身につけるものといっては、スリッパが一足と、古い部屋着《へやぎ》が一枚きりでした。こうなると、友だちはだれもかまってくれません。なぜなら、いっしょに通りを歩くのが、恥ずかしくなったからです。ところが、一人だけ親切な友だちがあって、「何かお入れなさい。」と言って、古いトランクを一つとどけてくれました。いや、まったく、親切なことでした。ところがさて、何も入れるものがありません。そこで、自分が、そのトランクの中にはいりました。

ところが、これは世にも不思議なトランクでした。その錠前を押しますと、トランクがひとりでに飛び出すのでした。そこで、この男がそれを押しますと、ピューッと、男を乗せたまま、煙突の中をつきぬけて、雲の上まで飛び上がりました。そして、どこまでもどこまでも、飛んで行きました。そのうちにトランクの底がみしみしいうものですから、男は、トランクがこわれやしないかと、ひどく心配しました。そうなったら、さぞみごとな宙返りをすることでしょう。くわばら、くわばら！　かれこれしているうちに、トルコの国までできてしまいました。男は、トランクを森の中の枯れ葉の下にかくして、町へ出かけて行きました。よくもそんななりで？　ええ、それでいいのです。トルコでは、だれでも、この男のように、部屋着とスリッパ姿で歩きまわっているのですもの。すると道で、小さな子供をつれた乳母《うば》に出あいました。「もしもし、トルコの乳母さん！」と、男は言いました。「あの町のそばにあるお城はなんですか？　あんな高いところに窓のある建物ですよ。」

「あれは王様のお姫様のお住まいです。」と、乳母は言いました。「お姫様は、恋人のために不仕合わせになるという予言があったのです。そのために、王様とお妃様《きさきさま》とがごいっしょでなければ、だれもお姫様のところへ行くことができないのですよ。」

「ありがとう。」と、商人の息子《むすこ》は言いました。そして、また森へ引きかえして、トランクの中にはいりこむと、お城の屋根の上へ飛んで行って、窓からお姫様の部屋にしのびこみました。

お姫様はソファーに横になって眠っていました。見ると、とてもきれいなので、商人の息子は、どうしてもキスをせずにはいられませんでした。お姫様は目をさまして、たいそうびっくりしました。けれども、息子が、自分はトルコの神様で、空中を飛んできたのだと言いましたので、お姫様は安心しました。

そこで、二人はならんで腰をおろしました。そして、息子は、お姫様の目のお話をしました。——お姫様の目は、このうえもなく美しい黒い湖で、その湖には、思いが人魚のように泳いでいます。息子はまた、お姫様の額のお話をして、お姫様の額は、このうえもなく美しい広間や絵を持った雪の山ですと言いました。また、可愛らしい赤ちゃんを持ってくるコウノトリのお話もしました。

いや、まったく、面白いお話ばかりでした。それから、息子は、お姫様に、結婚してくださいと言いました。すると、お姫様はすぐ「はい」と言いました。

「でも、こんどの土曜日にここへいらしってくださいまし。」と、お姫様は言いました。「その時、王様とお妃様《きさきさま》が、お茶を飲みにわたしのところへおいでになるのよ。お二人とも、わたしがトルコの神様と結婚するとお聞きになったら、きっとご自慢なさいますわ。でもその時は、どうか、もっと面白いお話をしてあげてくださいね。わたしの両親は、それはお話がお好きですから。

お母様は、ためになる上品なお話がお好きです。お父様は、ふき出すような、おかしいのがお好きですの。」

「ええ！　僕は、結納《ゆいのう》の品は、お話よりほかには持って行きませんよ。」と、息子《むすこ》は言いました。こうして、二人は別れました。別れぎわに、お姫様は息子にサーベルを贈りました。そのサーベルには金貨がちりばめてありました。これは、息子には、とくべつ役に立ちました。

息子は飛んで帰りました。そして、新しい部屋着《へやぎ》を買い入れて、森の中にすわって、お話のすじを考えました。なにしろ、土曜日までにつくりあげなければなりません。ところが、やってみると、そうたやすくはありませんでした。

それでも、とうとうできあがって、いよいよ土曜日になりました。

王様とお妃様《きさきさま》とは、宮中のお役人を残らずおつれになって、お姫様のお茶の席でお待ちになっていました。商人の息子は、たいへんていちょうに迎えられました。「それでは、お話をお願いしますよ。」と、お妃様はおっしゃいました。「深い意味を持った、ためになるお話をね！」

「それもそうじゃが、ちと笑うところもあるやつをな。」と王様がおっしゃいました。

「かしこまりました。」と、商人の息子は言いました。そして、話しはじめました。では、わたしたちも、そのお話を聞くことにいたしましょう。――

「むかしむかし、ひとたばのマッチの棒がありました。このマッチの棒たちは、家柄がりっぱだというので、それを、ことのほか自慢にしていました。その系図、といっても、ここでは、小さいマッチの軸木のもとになった大きな松の木のことですが、それは、森の中でも古い大木でありました。さて、このマッチの棒が今しも、棚《たな》の上で、火打箱と古い鉄なべとのあいだにすわって、自分の若い時のことを話していました。『さよう、僕たちが、緑の枝の上にいた時は、』と、マッチの棒は言いました。『いや、ほんとですよ、僕たちが緑の枝の上にいたというのは！　そのころは、毎朝毎晩、ダイヤモンドのお茶、というのは、露のことですがね、それを飲みましたよ。お天気のいい日には、一日じゅうお日様の光を浴びて、小鳥どもにいろいろな話をさせて、それを聞いたもんでした。僕たちは、たしかに金持ちでしたね。それはよくわかりましたよ。なぜって、闊葉樹《かつようじゅ》たちは、ただ夏のうちだけしか着物を着ることができないのに、僕たちの家族は、夏も冬も緑の着物をきていたんですからね。ところが、ある時、木こりがやってきましてね、大革命がおこったんですよ。それで、僕たちの家族は、ちりぢりになってしまったんです。一家のうちでも、本家は、りっぱな船の一番マストになって、好きなように世界を航海することができました。ほかの枝も、またそれぞれの地位につきました。で、僕たちは、貧しい大衆諸君のために、あかりをつける役目をおおせつかったんです。われわれ上流のものが、こんな台所へきたのも、じつは、こういったわけからなんです。』

『わたしの経歴はちがいます。』と、マッチのそばにすわっていた鉄なべが言いました。『わたしは、この世に生まれると、すぐ、なんどもなんども、みがかれたり、煮られたりしましたよ。いったい、わたしはなんでも手がたいことを心がけているんです。この家《うち》でも、わたしがなんといっても一番の古参ですよ。わたしのただ一つのたのしみというのは、食事がすんでから、きれいさっぱりとなって、この棚の上でくつろいで、仲間と気のきいたおしゃべりをすることですよ。

けれども、ときどき中庭へおりてゆく手桶君《ておけくん》をのぞけば、わたしたちはみんな、家《うち》の中ばかりにとじこもっているんです。わたしたちに新しいニュースを聞かせてくれるのは、市場がよいの買物かごだけさ。でも、この人の話は、政治や国民のことになると、すこぶる過激でね。そうそう、先だっても、年寄りの壺《つぼ》が、彼の話を聞いてびっくりして、棚《たな》から落ちて、こなごなになってしまいましたよ。つまり、わたしをして言わしめれば、あの人は自由思想家なんですね。』

『ちと、言い方がすぎやしません？』と、火打箱が言いました。そして、火打金と火打石とをカチカチ打ちあわせたので、火花が散りました。『それよりも、今夜はひとつ面白くやろうじゃありませんか。』

『賛成！　じゃ、この中で、だれが一番身分がいいか、それを話し合うことにしよう！』と、マッチが言いました。

『いいえ、わたし、自分のことは、お話したくありませんわ。』と、土《と》なべが言いました。『それよりか、娯楽の夕べということにしたらどうでしょう。わたしが前座をつとめて何かお話をしますわ。どなたでも経験なさったことを話し合いましょう。それなら、だれにでも身にしみて聞くことができますし、面白いんじゃありませんか。――バルト海のほとり、デンマークのブナの木の森近く――――』

『まあ、すばらしい出だしね！』と、お皿《さら》が、口をそろえて言いました。『きっと、わたしの好きなお話になることよ。』

『そうです。とある物静かな家庭で、わたしは青春の日をすごしました。その家では、家具は念入りにみがかれ、ゆかはよくふきこんでありました。カーテンは、二週間ごとに、きれいなのに取りかえられました。』

『君の話しぶりは、とても面白いね。』と、ほうきが言いました。『聞いているだけで、話し手が女だっていうことが、すぐわかるよ。話の中に、どこか清潔なところがあるものねえ。』

『そうだ、だれでもそう思うよ。』と手桶《ておけ》が言いました。そして、うれしくなって、ちょっとはねましたので、パチャン！　とゆかの上に水がはねました。

土《ど》なべは、あいかわらず話をつづけましたが、話の結びも、はじめと同じようによくできました。

お皿《さら》たちはみんな大喜びで、カチャカチャ言いますし、ほうきは、砂場から青々としたパセリをとってきて、それで土なべを飾ってやりました。そんなことをすれば、ほかのものが気を悪くすることは知っていましたが、『きょう、僕が彼女を飾ってやれば、あすは、彼女が僕を飾ってくれるだろう。』と、こう考えたからです。

『じゃ、こんどはわたしがダンスをするわ。』と、火ばしが言いました。そして、おどりはじめました。いや、どうも！　どうしたらあんなに足が高く上がるんでしょう。むこうのすみにある古い椅子《いす》カヴァーが、それに見とれて、裂けてしまいました。『あたしも、花環《はなわ》がいただけるの？』と火ばしは言いました。そして、望みどおり飾ってもらいました。

『どれもこれも、くだらないやつらだ。』と、マッチの棒は考えました。

こんどは、お茶わかしが歌をうたう番になりました。ところが、お茶わかしは、かぜをひいているし、それでなくても、煮たっている時でないと歌えません、と言ってことわりました。けれども、これは、お上品ぶってそう言うので、ほんとうは、お座敷のテーブルの上でなければ、歌いたくなかったのです。

むこうの窓の上に、女中さんがいつも字を書くときに使う古いペンがすわっていました。このペンは、インキ壺《つぼ》の中に、深くひたっているほかに、これというとりえがありませんでした。ところが、それが、自慢のたねだったのです。『お茶わかしさんが歌うのがいやなら、いやでいいじゃありませんか。』と、ペンは言いました。『外につるしてある鳥かごに、歌のじょうずなナイチンゲールがいますよ。もっとも、教育はたいしてありませんがね。でも、今夜はひとの悪口を言うのはよしましょうよ。』

『それはどうかと思うわ。』と、湯わかしが言いました。この湯わかしは台所の歌姫で、お茶わかしとは、腹ちがいの兄弟でした。『わたしたちの仲間でもない鳥の歌を聞くなんて！ そんなこと、愛国的と言えて？ 買物かごさんに、判断していただこうじゃありませんか！』

『僕は、不愉快だ。』と、買物かごは言いました。『とても不愉快だ。この気持ちは、だれにもわかるまい。いったい、これが一晩を愉快にすごす、ふさわしいやりかたなんですかい？ むしろ家《うち》の中を、きちんとしておくのがほんとうじゃないでしょうか。みんな、めいめいの場所に帰るべきですね。およばずながら、僕が采配《さいはい》をふりましょう。そうしたら、いくらか様子も変りましょう。』

『そうだ、大いにやりましょう。』と、みんなは、口々にわいわい言いました。そのとたんに、ドアがあきました。それは女中さんだったのです。みな一時に、しいんとなって、一言も口をきくものはありませんでした。けれども、そこにいるおなべのうち、自分は何ができるか、自分はどんなに上品かということを、心に思っていないものは一つもありませんでした。『そうさ、自分さえその気になったら』と、みなは考えました。『きっと、愉快な夕べになったろうになあ。』

女中さんがマッチの棒をとって、火をつけました。——わあ！　なんとまあ、火花を散らして、明るく燃えあがったことでしょう！

『どうだい！　これでわかったろう！』と、マッチの棒は心の中で言いました。『僕たちがなんと言っても、第一人者じゃないか。なんという輝きだ！　なんという明るさだ！』——こうして、マッチの棒は、燃えきってしまいましたとさ。」——

「面白いお話でしたこと。」と、お妃様《きさきさま》はおっしゃいました。「わたしはすっかり、台所のマッチの棒のところにいるような気持ちでしたわ。よろしい！　娘はおまえに、あげましょう。」

「よかろう！」と、王様もおっしゃいました。「では娘は、月曜日におまえにつかわすことにいたそう。」もうお二人は、商人の息子《むすこ》が家族の一人になったような気で、「おまえ」とお呼びになりました。

いよいよ、婚礼の式がきまりました。その前の晩は、町じゅうイルミネーションで飾られました。上等のパンやお菓子が、ふんだんにばらまかれ、子供たちはつまだって、ばんざいを叫んだり、指笛を吹いたりしました。そのにぎやかさは、また格別でした。

「そうだ、僕も何かやってみることにしよう。」と、商人の息子は考えました。そこで、打ちあげ花火や、かんしゃく玉や、そのほか、ありとあらゆる花火を買いこんで、それをトランクの中へ入れて、空高く飛び上がりました。

ポン、ポン、ポン！　花火はみごとに空ではじけました。

そのたびに、トルコ人は、スリッパを耳のあたりまで飛ばして、一人のこらず飛び上がりました。こんなめざましい蜃気楼《しんきろう》は、今まで見たことがありませんでした。こうして、人々には、お姫様のお婿さんはトルコの神様だということが、よくわかりました。

商人の息子《むすこ》は、トランクといっしょにまた森の中へおりると、すぐこう考えました。「ひとつ、町の中へ行って、どんなうわさをみんながしているか、聞いてみよう。」こういう考えをおこしたのも、まことに無理もないことでした。

ところが、人々の話というのが、また、たいへんなものでした。聞く人ごとに、その見方がちがっているのです。けれども、すばらしかったという点では、みんな一致していました。

「わたしはまさしくトルコの神様を見ましたよ。」と、一人が言いました。「神様は、きらきら光る星のような目と、あわ立つ水のようなひげとを持っていましたよ。」

「神様は、火のマントを着て、飛んでいらっしゃいましてよ。」と、もう一人が言いました。

「とても可愛らしい赤ちゃんの天使たちが、マントの、ひだのあいだからのぞいていましたわ。」

ほんとに、耳にはいるのは、うれしいことばかりでした。おまけに、あくる日はご婚礼ときています。

そこで、商人の息子は、トランクの中でやすもうと思って、森へ帰ってきました。——おや！

トランクはどこへいったんでしょう。それは燃えてしまったのです。花火の火の子が一つ、あとに残っていて、それから火がついて、トランクは灰になってしまったのです。もう、飛ぶことはできません。もう、花嫁さんのところへも行くこともできません。

花嫁さんは、一日じゅう屋根の上に出て待っていました。いまだに、まだ待っているのです。一方、商人の息子《むすこ》は世界じゅうをまわって、お話をして歩いています。けれども、そのお話は、もう、あのマッチの棒のお話ほど面白くはありませんでした。

コウノトリ

ある小さな町の、一番、はずれにある家《うち》の屋根に、コウノトリの巣がありました。コウノトリのお母さんが巣の中で、四羽のひなといっしょにすわっていました。ひなたちは、小さい黒いくちばしのついた頭を、巣の中から突き出していました。みんなのくちばしはまだ赤くなっていなかったのです。そこからちょっとはなれた屋根の頂上に、コウノトリのお父さんが、しゃちこばって立っていました。お父さんは、片方の足を胸の下まで上げていました。それというのも、どうせ見張りに立っているからには、すこしはつらい思いもしなければ、と考えたからでした。それを見た人は、木で彫った鳥かと思ったことでしょう。それほど、じっと立っていたのです。「巣のそばに見張りを立たせておくなんて、家内のやつ、さぞ、えらそうに見えるだろう。」と、コウノトリのお父さんは考えました。「このわしが、夫だなどとは、だれも思うまいからな。きっと、ここに立つように言いつけられた番人だと思うだろう。それにしても、とても勇ましく見えるわい。」こうして、コウノトリのお父さんは、あいかわらず一本足で立ちつづけていました。

下の道では、一群れの子どもが遊んでいました。そのうち、コウノトリを見つけますと、なかでも一番元気のいい子がまっさきに、あとで、みんなもいっしょに、昔からあるコウノトリの歌を、うたいました。けれども、一番はじめの子のおぼえているだけしかうたえませんでした。

コウノトリ　コウノトリ
おまえの家《うち》へ飛んで帰れ！
おまえのかみさん　巣の中で
ひよっこ四ん羽　かかえてる。
一番目は　つるされる
二番目は　突き刺され
三番目は　火に焼かれ
四番目は　盗まれる。

「ねえ、男の子たちがあんなことをうたっているよ。」と、小さなコウノトリの子供が言いました。「僕たち、つるされたり、突き刺されたりするんだって。」

「あんなこと。気にしなくていいんですよ。」と、コウノトリのお母さんは言いました。「聞かなけりゃいいの。何もしやしませんからね。」

けれども、子供たちは、いつまでもうたいつづけて、コウノトリの方を指でさしました。ただ一人、ペーターという男の子だけは、動物をからかうのはよくないことだと言って、仲間に、はいろうとしませんでした。コウノトリのお母さんも、ひなたちを安心させて言いました。「気にするんじゃないのよ。ほら、お父さんだって、あんなに落ち着いて立っていらっしゃるじゃないの。それも一本足でよ。」

「でも、僕たち、こわいなあ！」と、コウノトリの子供たちは言って、頭を巣の中へ引っこめてしまいました。

あくる日、子供たちはまた、遊びに集まってきましたが、コウノトリを見ますと、例の歌をうたいはじめました。

一番目は　つるされる
二番目は　突き刺され――

「僕たち、やっぱり、つるされたり、突き刺されたりするの？」と、コウノトリの子供たちはたずねました。

「そんなことがあるもんですか！」と、お母さんは言いました。「それよりか、おまえたちも、飛ぶのをおぼえなければいけません。お母さんが、教えてあげますからね。そうしたら、草原へいって、カエルさんたちを、たずねましょう。カエルさんたちは、水の中で、わたしたちにおじぎをして、『コアックス、コアックス！』ってうたうよ。そしたら、そのカエルさんをたべてしまうのさ。ほんとに、たのしみなものよ。」

「そして、それから？」と、コウノトリの子供たちはたずねました。

「それから、この国にいるコウノトリが、みんな集まってきて、秋の大演習がはじまるんです。その時は、うまく飛べないといけないのですよ。それが、たいへんたいせつなことなの。というのはね、飛ぶことのできないものは、大将に、くちばしで、突き殺されてしまうんだからね。だから、けいこがはじまったら、よくおぼえなくてはいけませんよ。」

「じゃ、やっぱり、男の子たちの言うように、突き殺されるのね。ほら、またうたってる。」

「ほかのことより、お母さんの言うことだけよく聞いて、あんなことは聞くんじゃないの。」と、お母さんは言いました。「この大演習がすむとね、わたしたちは、暖かい国へ飛んで行くんですよ。そこは、ここから遠い遠いところで、山や森をいくつも越えて行くの。そして、エジプトという国まで行くんです。そこには、三角の石の家《うち》があって、そのとがったさきは雲までとどいているんです。これはピラミッドといって、コウノトリなんかにはとても考えられないほど、古い昔からあるものなの。それから、大きな川があって、それがあふれるたびに、そのあたりは、どろ沼のようになるの。そうしたら、その中を歩きまわって、カエルをたべるんですよ。」

「わあ、すごい！」と、子供たちは、みんないっしょに言いました。

「そうですよ。そりゃすてきなのよ。朝から晩まで、たべることよりほか、なんにもすることがないんだからね。そうやって、わたしたちが、そこでたのしく暮らしているあいだに、この国では木に一枚も青い葉がなくなってしまうの。ここはそれは寒くなって、雲がこなごなに凍って、小さな白い綿くずのようになって落ちてくるのよ。」お母さんの言うのは雪のことでした。これよりわかりやすく説明することはできなかったのです。

「じゃあ、あのいけない男の子たちも、こなごなに凍ってしまうの？」と、コウノトリの子供たちはたずねました。

「いいえ、こなごなに凍りはしませんよ。けれども、まあそうなったも同じで、みんな暗い部《へ》屋《や》の中に引っこんで、ちぢかんでいるんだよ。それなのに、おまえたちは、花とお日様の光にあふれた、よその国を飛びまわっていられるんですからね。」

それから、幾日か、たちました。子供たちも大きくなって、巣の中に立って遠くを見まわすことができるようになりました。コウノトリのお父さんは、毎日、おいしいカエルや、小さいヘビや、そのほか見つかりしだいに、コウノトリのごちそうをもって飛んできてくれました。また、子供たちに、いろいろな芸当をやって見せてくれましたが、その面白いことといったらありませんでした。たとえば、頭をぐっとうしろにそらせて尾羽の上にのっけたり、くちばしを小さながらがらみたいに、打ちあわせたり、そうかと思うと、いろいろお話もしてくれました。それはみな、沼のお話でしたが。

「さあ、おまえたち、飛ぶけいこですよ。」と、ある日、コウノトリのお母さんが言いました。そこで、四羽のひなたちはみな、屋根の棟《むね》に出なければなりませんでした。ああ、そのよろよろしているかっこうといったら！　翼でもって、つりあいをとってはいても、どうかすると、ころげ落ちそうでした。

「いいかい、よく見ているんですよ。」と、お母さんは言いました。「こういうふうに頭をあげて。それから、こういうふうに足をつっぱって。一、二！　一、二！　これができると、世の中に出た時、とても助かるのよ。」こう言ってお母さんは、すこし飛んでみせました。子供たちも、それをまねて、ぶきっちょに、ひとはねはねましたが、バタン！　と倒れてしまいました。まだ、からだが重かったのです。

「僕、飛ぶのはいやだ！」と、なかの一羽が言って、また巣の中へ、はいこんでしまいました。「僕、あったかい国へなんか、いかなくてもいいや。」

「じゃ、冬がきて、ここで凍え死んでもいいというの？　あの男の子たちがきて、おまえをつるしたり、突き刺したり、火に焼いたりしてもいいんだね。それじゃ、いっそみんなを呼んできましょう。」

「いやよ、いやよ！」と、その子は言って、もう一度、ほかの兄弟たちのように、屋根の上を、ぴょいぴょいとはねて歩きました。三日目になりますと、みんなはすこしは、ちゃんと飛べるようになりました。さあそうなると、こんどは、風にのって、空中に浮かんでいることもできそうに思えました。そこで、やってみますと、ドサリ！　と、落ちてしまいました。そこでまた、翼を動かさなくてはなりませんでした。そこへまた、下の道に男の子たちがやってきて、いつもの歌をうたいだしました。

コウノトリ　コウノトリ
おまえの家《うち》へ飛んで帰れ！

「僕たち、飛びおりていって、あの子たちの目玉をくりぬいてやろうか。」と、コウノトリの子供たちは言いました。
「いいえ、いけません。ほっておきなさい！」と、お母さんは言いました。「お母さんの言うことをよく聞くんですよ。このほうが、よっぽどたいせつなことですからね。一、二、三！　そら、右へまわりましょう。一、二、三！　そら、こんどは左の方へ煙突をぐるっとまわって！──そう、たいへんよくできましたよ。一番おしまいの羽ばたきも、きれいに、まちがいなくできました。これなら、あしたは、お母さんといっしょに沼へ行くことを許してあげましょうね。あそこには、よそのりっぱな家柄のコウノトリたちが幾組も、子供をつれてくるでしょう。その時は、うちの子が、一番りっぱだってことを見せてちょうだいね。そら、胸をしゃんと張って！そうすると、とてもりっぱに見えて、ひとにばかにされませんよ。」
「だけど、あのよくない子に、仕かえしをしてはいけないの？」と、コウノトリの子供たちはたずねました。

「なんでも、好きなように、言わせておいたらいいでしょう。おまえたちが雲の上まで高くあがって、ピラミッドの国へ飛んで行くころは、あの子たちは、寒さにぶるぶる震えていなければならないし、それに、どこを見ても青い葉一枚、甘いリンゴ一つないんですからね。」

「うん、でも、僕たち、いつか、仕かえしをしてやろうね。」と、子供たちは、お互いに、ひそひそささやきました。そして、またけいこをつづけました。

道にいる男の子たちのうちで、あの悪口の歌をまっ先にうたいだした子が、一番悪い子供でした。その子はまだごく小さくて、六つより上とは見えませんでした。けれども、コウノトリの子供たちは、その子の年は百ぐらいだろうと思っていました。なぜなら、自分たちのお父さんやお母さんよりも、ずっと大きかったからです。もちろん、コウノトリの子供たちに、人間の子供やおとなの年が、わかるはずはありません。仕かえしをしてやろうというのは、この男の子のことでした。この子が一番はじめにうたいだしたのですし、また、いつも歌う仲間にはいっていたからです。コウノトリの子供たちは、ぷんぷんおこっていましたが、大きくなるにつれて、いよいよ、がまんができなくなってきました。お母さんも、とうとう、仕かえしをしてもいいと許さなければならなくなりました。けれども、この国を飛び立つさいごの日までは、それをさせたくないと思いました。

「それよりも、こんどの大演習でおまえたちがどんなふうにやるか、それをまず見なければなりませんよ。もし、へまなことをやって、大将にくちばしで胸を突かれてごらん、それこそ、子供たちの言ったことが、一つだけは、ほんとになるんですからね。まあ、どうなるか見ていましょうよ。」

「ええ、やりますとも、見ていらっしゃい！」と、コウノトリの子供たちは言いました。そして、一所懸命に勉強しました。こうして、毎日、練習をかさねて、とうとう、かるがると、みごとに飛べるようになりました。そうなると、もう、飛ぶことがたのしみでした。

いよいよ秋になりました。コウノトリたちは、わたしたちの国が冬のあいだ、暖かい国へ飛んで行くために、一羽のこらず集まってきました。これは大演習だったのです。みんながどのくらい飛べるかをためすために、森や町をいくつも越えて飛ばなければなりませんでした。なにしろ、目の前に、大旅行がせまっているのですから。さて、コウノトリの子供たちは、試験をりっぱにパスしたので、カエルとヘビのついた優等賞をもらいました。これは一番よい点で、そのカエルとヘビはたべてもいいということなのです。そこで、さっそくそれをたべてしまいました。

「さあ、僕たち、仕かえしをするんだ！」と、子供たちは言いました。

「そうだったね、」と、コウノトリのお母さんは言いました。「お母さんは、いま、いいことを思いついたよ。それはね、あるところに、人間の赤ちゃんが、大ぜい寝ているお池があるのを、お母さんは知っているんだよ。この赤ちゃんたちは、コウノトリがきて、人間のお父さんお母さんのところへ、つれていってくれるまで、そこで寝ているんです。そして、生まれてからは、けっして見ることのできない、それは美しい夢を見ているんだよ。人間のお父さんお母さんは、みんな、そういう可愛い赤ちゃんをほしがっているし、子供たちもみんな、妹や弟がいればいいのになあ、と思っているの。ですから、これからみんなで、そのお池へ飛んでいって、悪口の歌をうたわなかった子や、コウノトリをからかわなかった子に、赤ちゃんをつれていってやりましょう。その子たちはいい子だったからね。」

「じゃ、まっ先にうたいはじめた、あの悪い、いじわるの子は？」と、若いコウノトリたちは言いました。「僕たち、あの子はどうしてやりましょう？」

「そのお池にはね、死んだ夢を見て死んでしまった赤ちゃんもいるから、それをあの子のところへ持っていってやりましょう。死んだ小さい弟を持って行くんだもの、あの子はきっと泣きだしてしまうでしょう。だけど、ほら、あのいい子のこと、おまえたちも忘れはしないでしょう？生きものをからかうのはよくないことだ、と言った、あのいい子には、小さい妹と弟とを持っていってやりましょう。そして、あのいい子はペーターという名前だから、おまえたちもみんな、ペーターと呼ぶことにしましょうね。」

こうして、なにもかも、お母さんの言ったとおりになりました。それで、コウノトリはみんなペーターという名前になり、今でも、そう呼ばれているのですよ。

訳者注

ページ
10　円塔《ロンドトールン》——デンマークの首府コペンハーゲンにある三位一体教会の、高さ三六メートル、直径一五メートルの円形でクリスチャン四世の建てたもの。

五五　謝肉祭の笞——花や人形で飾った樺の笞。デンマークの子供は、それで謝肉祭の月曜日に両親を起こす習慣がある。

六三　コアックス、コアックス！　ブレッケ、ケ、ケックス！——アリストファネスの喜劇『蛙』の中の蛙の合唱からとったもの。

八三　アモール——ローマ神話の恋愛の神。キューピッドともいう。ギリシャ神話のエロスにあたる。背に翼が生え、弓矢を持った裸体の美しい少年の姿であらわされる。その矢で射られた人間は愛を感ずる。

八六　お日様とお月様とが自分におじぎをするのです——『創世記』三七の九参照。

九四　シダとヤナギの枝とでつくった大きな笞——シダは魔法の植物、ヤナギの枝は笞の柄にするため。

一四三　ワニの泣くような音——中世十字軍時代にできた言い伝えに、ワニは、人間を襲おうとする時、子供の泣くような声をあげて、人間をおびきよせるという。「ワニの涙」という言葉がある。

一六七　東通り《エスダーガーゼ》の、王の新市場広場《コンゲンス・ニュートルヴ》——この広場は、コペンハーゲン市の中心。周囲に王立劇場、シャロッテンボ宮など、宏荘な建物がならんでいる。エスダーガーゼは、この広場に通ずる繁華街。

一六八　エアスデッズ——デンマークの有名な物理学者で電磁学の基礎を定めた。アンデルセンを少年時代から親切に世話した人。一七七七——一八五一年。

〃　ハンス王——一四八一—一五一三年のデンマーク王。デンマークのほかスウェーデン、ノルウェーの王も兼ねた。スウェーデン王としてはヨハン二世。一四五五—一五一三年。

一七一　シェラン——首都コペンハーゲンのあるデンマークで一番重要な島。

〃　ホルメン——むかしは周囲水にかこまれた川中島。現在は町の中心と陸つづき。

〃　ボルンホルム——バルト海にあるデンマーク領の大きな島。この島の方言には昔の形が残っているといわれる。

一七四　「日々新聞」——コペンハーゲン日々新聞。一八〇三年から四三年まで刊行。

一七五　得業士《バッカラウレウス》——中世の大学における一番下の学位。

一七六　「日々の物語」——当時文壇に勢力のあったハイベヤが編集した彼の母の遺稿。当時ひじょうに愛読された。

一七七　コレラ——一八三一—三七年にヨーロッパ各国に蔓延《まんえん》した。

〃　一八〇一年の事件——一八〇〇年の末、デンマークがロシアの反英同盟に加わったため、一八〇一年四月二日、英艦隊はコペンハーゲンを砲撃した。

一七八　二色に染め分けた頭巾……——ハンス王の時代には、酒場や料理屋の給仕女は二色に染め分けた頭巾をかぶるように定められていた。

一八四　メードラー博士——ベルリンの天文学者。月面図は一八三四—三六年に発行された。

一六六　ローセンボ宮——一六〇八—一七年にかけてクリスチャン四世の築造にかかるルネサンス様式の王宮。当時は郊外の離宮だった。現在は美術館になっている。ローセンボは「バラの宮殿」の意味で、その庭園の美しさは有名である。

二二三　「丁年に達した……」——イギリスの海洋小説家マリヤット(一七九二—一八四八年)の小説の中の一句。

二二四　ソロン——ギリシャの立法者、詩人。いわゆるギリシャ七賢人の一人。

二六七　ベーア島——北氷洋のバレンツ海にある。スピッツベルゲンの南方にある一小島。

二六九　ゼフュロス——ギリシャ神話にある西風の神。やさしい美少年としてあらわされる。

二七〇　ベドウィン人——アフリカ北部の砂漠地帯に住む遊牧の民。アラビア人の一種。

〃　ホッテントット人——アフリカの西南部カラハリ砂漠地方に住む未開人。

二七一　カフィル人——アフリカの東南部に住む黒人。

〃　アラーの神——イスラム教の唯一絶対の神の名。

二七三　不死鳥《フェニックス》——東方の神話にあらわれる霊鳥。五百年ごとに香料を神壇の上に積みかさね、自ら自分の身を火葬にしてその灰の中から再び若々しく生まれ出るという。

二七九　ヤコブの夢——『創世記』二八の一〇以下参照。

二八〇　ヨーデルン——アルプス地方、とくにスイス、チロル地方の人々の間に行なわれる歌。地声と裏声とをかわるがわる変えて声を震わせてうたう歌い方をいう。

〃　新オランダ洲——オーストラリアのもとの名。

二八四　ケルビム天使——エデンの園の生命の木を守る霊物。『創世記』四の二四参照。

完訳 アンデルセン童話集《どうわしゅう》（一）〔全7冊〕

1984年5月16日　改版第1刷発行
2022年1月25日　第47刷発行

訳　者　大畑末吉《おおはたすえきち》

発行者　坂本政謙

発行所　株式会社 岩波書店
〒101-8002 東京都千代田区一ツ橋 2-5-5

案内 03-5210-4000　営業部 03-5210-4111
文庫編集部 03-5210-4051
https://www.iwanami.co.jp/

印刷・精興社　製本・中永製本

ISBN 4-00-327401-6　Printed in Japan

読書子に寄す

——岩波文庫発刊に際して——

岩波茂雄

真理は万人によって求められることを自ら欲し、芸術は万人によって愛されることを自ら望む。かつては民を愚昧ならしめるために学芸が最も狭き堂宇に閉鎖されたことがあった。今や知識と美とを特権階級の独占より奪い返すことはつねに進取的なる民衆の切実なる要求である。岩波文庫はこの要求に応じそれに励まされて生まれた。それは生命ある不朽の書を少数者の書斎と研究室とより解放して街頭にくまなく立たしめ民衆に伍せしめるであろう。近時大量生産予約出版の流行を見る。その広告宣伝の狂態はしばらくおくも、後代にのこすと誇称する全集がその編集に万全の用意をなしたるか。千古の典籍の翻訳企図に敬虔の態度を欠かざりしか。さらに分売を許さず読者を繋縛して数十冊を強うるがごとき、はたしてその揚言する学芸解放のゆえんなりや。吾人は天下の名士の声に和してこれを推挙するに躊躇するものである。このときにあたって、岩波書店は自己の責務のいよいよ重大なるを思い、従来の方針の徹底を期するため、すでに十数年以前より志して来た計画を慎重審議この際断然実行することにした。吾人は範をかのレクラム文庫にとり、古今東西にわたって文芸・哲学・社会科学・自然科学等種類のいかんを問わず、いやしくも万人の必読すべき真に古典的価値ある書をきわめて簡易なる形式において逐次刊行し、あらゆる人間に須要なる生活向上の資料、生活批判の原理を提供せんと欲する。この文庫は予約出版の方法を排したるがゆえに、読者は自己の欲する時に自己の欲する書物を各個に自由に選択することができる。携帯に便にして価格の低きを最主とするがゆえに、外観を顧みざるも内容に至っては厳選最も力を尽くし、従来の岩波出版物の特色をますます発揮せしめようとする。この計画たるや世間の一時の投機的なるものと異なり、永遠の事業として吾人は微力を傾倒し、あらゆる犠牲を忍んで今後永久に継続発展せしめ、もって文庫の使命を遺憾なく果たさしめることを期する。芸術を愛し知識を求むる士の自ら進んでこの挙に参加し、希望と忠言とを寄せられることは吾人の熱望するところである。その性質上経済的には最も困難多きこの事業にあえて当たらんとする吾人の志を諒として、その達成のため世の読書子とのうるわしき共同を期待する。

昭和二年七月

《ドイツ文学》〔赤〕

ニーベルンゲンの歌 全二冊		相良守峯訳
若きウェルテルの悩み	ゲーテ	竹山道雄訳
ヴィルヘルム・マイスターの修業時代 全三冊	ゲーテ	山崎章甫訳
イタリア紀行 全三冊	ゲーテ	相良守峯訳
ファウスト 全二冊	ゲーテ	相良守峯訳
ゲーテとの対話 全三冊	エッカーマン	山下肇訳
スペインの太子 ドン・カルロス	シルレル	佐藤通次訳
改訳 オルレアンの少女	シルレル	佐藤通次訳
ヒュペーリオン —希臘の世捨人	ヘルデルリーン	渡辺格司訳
青い花	ノヴァーリス	青山隆夫訳
夜の讃歌・サイスの弟子たち 他一篇	ノヴァーリス	今泉文子訳
完訳 グリム童話集 全五冊		金田鬼一訳
黄金の壺	ホフマン	神品芳夫訳
ホフマン短篇集		池内紀編訳
O侯爵夫人 他六篇	クライスト	相良守峯訳
影をなくした男	シャミッソー	池内紀訳
流刑の神々・精霊物語	ハイネ	小沢俊夫訳
冬物語 —ドイツ	ハイネ	井汲越次訳
芸術と革命 他四篇	ワーグナー	北村義男訳
ブリギッタ・森の泉 他一篇	シュティフター	宇多五郎・高安国世訳
みずうみ 他四篇	シュトルム	関泰祐訳
村のロメオとユリア	ケラー	草間平作訳
沈鐘	ハウプトマン	阿部六郎訳
地霊・パンドラの箱 ルル二部作	F・ヴェデキント	岩淵達治訳
春のめざめ	F・ヴェデキント	酒寄進一訳
ゲオルゲ詩集		手塚富雄訳
花・死人に口なし 他七篇	シュニッツラー	番匠谷英一・山本有三訳
リルケ詩集		高安国世訳
ドゥイノの悲歌	リルケ	手塚富雄訳
ブッデンブローク家の人びと 全三冊	トーマス・マン	望月市恵訳
トオマス・マン短篇集		実吉捷郎訳
魔の山 全二冊	トーマス・マン	関泰祐・望月市恵訳
トニオ・クレエゲル	トオマス・マン	実吉捷郎訳
ヴェニスに死す	トオマス・マン	実吉捷郎訳
車輪の下	ヘルマン・ヘッセ	実吉捷郎訳
青春はうるわし 他三篇	ヘッセ	関泰祐訳
漂泊《クヌルプ》の魂	ヘルマン・ヘッセ	相良守峯訳
デミアン	ヘルマン・ヘッセ	実吉捷郎訳
シッダルタ	ヘッセ	手塚富雄訳
ルーマニア日記	カロッサ	高橋健二訳
若き日の変転	カロッサ	斎藤栄治訳
幼年時代	カロッサ	斎藤栄治訳
指導と信従	カロッサ	国松孝二訳
ジョゼフ・フーシェ —ある政治的人間の肖像	シュテファン・ツワイク	高橋禎二・秋山英夫訳
変身・断食芸人	カフカ	山下肇・山下萬里訳
審判	カフカ	辻瑆訳
カフカ短篇集		池内紀編訳
カフカ寓話集		池内紀編訳
三文オペラ	ブレヒト	岩淵達治訳
肝っ玉おっ母とその子どもたち	ブレヒト	岩淵達治訳

ドイツ炉辺ばなし集 —カレンダーゲシヒテン　ヘーベル　木下康光編訳
悪童物語　ルウドキヒ・トオマ　実吉捷郎訳
ウィーン世紀末文学選　池内紀編訳
ティル・オイレンシュピーゲルの愉快ないたずら　阿部謹也訳
大理石像・デュランデ城悲歌　アイヒェンドルフ　関泰祐訳
チャンドス卿の手紙 他十篇　ホフマンスタール　檜山哲彦訳
ホフマンスタール詩集　川村二郎訳
インド紀行 全二冊　ボンゼルス　実吉捷郎訳
ドイツ名詩選　生野幸吉・檜山哲彦編
蝶の生活　シュナック　岡田朝雄訳
聖なる酔っぱらいの伝説 他四篇　ヨーゼフ・ロート　池内紀訳
ラデツキー行進曲 全二冊　ヨーゼフ・ロート　平田達治訳
暴力批判論 他十篇 —ベンヤミンの仕事1　ベンヤミン　野村修編訳
ボードレール 他五篇 —ベンヤミンの仕事2　ベンヤミン　野村修編訳
パサージュ論 全五冊　ヴァルター・ベンヤミン　今村仁司・三島憲一・大貫敦子・高橋順一・塚原史・細見和之・村岡晋一・山本尤・横張誠・與謝野文子・吉村和明訳
ジャクリーヌと日本人　ヤーコプ　相良守峯訳
人生処方詩集　エーリヒ・ケストナー　小松太郎訳

第七の十字架 全二冊　アンナ・ゼーガース　山下肇・新村浩訳

《フランス文学》〔赤〕

ロランの歌　有永弘人訳
ラブレー第一之書 ガルガンチュワ物語　渡辺一夫訳
ラブレー第二之書 パンタグリュエル物語　渡辺一夫訳
ラブレー第三之書 パンタグリュエル物語　渡辺一夫訳
ラブレー第四之書 パンタグリュエル物語　渡辺一夫訳
ラブレー第五之書 パンタグリュエル物語　渡辺一夫訳
ピエール・パトラン先生　渡辺一夫訳
日月両世界旅行記　シラノ・ド・ベルジュラック　赤木昭三訳
ロンサール詩集　ロンサール　井上究一郎訳
エセー 全六冊　モンテーニュ　原二郎訳
ラ・ロシュフコー箴言集　二宮フサ訳
ブリタニキュス ベレニス　ラシーヌ　渡辺守章訳
ドン・ジュアン —石像の宴　モリエール　鈴木力衛訳
完訳ペロー童話集　新倉朗子訳
カンディード 他五篇　ヴォルテール　植田祐次訳

哲学書簡　ヴォルテール　林達夫訳
ルイ十四世の世紀 全四冊　ヴォルテール　丸山熊雄訳
フィガロの結婚　ボオマルシェエ　辰野隆訳
美味礼讃 全二冊　ブリア-サヴァラン　関根秀雄・戸部松実訳
アドルフ　コンスタン　大塚幸男訳
近代人の自由と古代人の自由・征服の精神と簒奪 他一篇　コンスタン　堤林剣・堤林恵訳
恋愛論 全二冊　スタンダール　杉本圭子訳
赤と黒 全二冊　スタンダール　桑原武夫・生島遼一訳
ゴプセック・毬打つ猫の店　バルザック　芳川泰久訳
艶笑滑稽譚 全三冊　バルザック　石井晴一訳
レ・ミゼラブル 全四冊　ユーゴー　豊島与志雄訳
死刑囚最後の日　ユーゴー　豊島与志雄訳
ライン河幻想紀行　ユーゴー　榊原晃三編訳
ノートル＝ダム・ド・パリ 全二冊　ユーゴー　辻昶・松下和則訳
モンテ・クリスト伯 全七冊　アレクサンドル・デュマ　山内義雄訳
三銃士 全二冊　デュマ　生島遼一訳
エトルリヤの壺 他五篇　メリメ　杉捷夫訳

カルメン	メリメ	杉捷夫訳
愛の妖精(プチット・ファデット)	ジョルジュ・サンド	宮崎嶺雄訳
ボヴァリー夫人 全二冊	フローベール	伊吹武彦訳
感情教育 全二冊	フローベール	生島遼一訳
紋切型辞典	フローベール	小倉孝誠訳
サラムボー 全二冊	フローベール	中條屋進訳
未来のイヴ 全二冊	ヴィリエ・ド・リラダン	渡辺一夫訳
風車小屋だより	ドーデー	桜田佐訳
月曜物語	ドーデー	桜田佐訳
パリ風俗 サフォ	ドーデ	朝倉季雄訳
プチ・ショーズ —ある少年の物語	ドーデ	原千代海訳
少年少女	アナトール・フランス	三好達治訳
神々は渇く	アナトール・フランス	大塚幸男訳
テレーズ・ラカン 全二冊	エミール・ゾラ	小林正訳
ジェルミナール 全三冊	エミール・ゾラ	安士正夫訳
獣人 全二冊	エミール・ゾラ	川口篤訳
制作 全二冊	エミール・ゾラ	清水正和訳
水車小屋攻撃 他七篇	エミール・ゾラ	朝比奈弘治訳
氷島の漁夫	ピエール・ロチ	吉氷清訳
マラルメ詩集		渡辺守章訳
脂肪のかたまり	モーパッサン	高山鉄男訳
メゾンテリエ 他三篇	モーパッサン	河盛好蔵訳
モーパッサン短篇選		高山鉄男編訳
わたしたちの心	モーパッサン	笠間直穂子訳
地獄の季節	ランボオ	小林秀雄訳
対訳 ランボー詩集 —フランス詩人選(1)		中地義和編
にんじん	ルナアル	岸田国士訳
ぶどう畑のぶどう作り	ルナアル	岸田国士訳
博物誌	ルナール	辻昶訳
ジャン・クリストフ 全四冊	ロマン・ローラン	豊島与志雄訳
トルストイの生涯	ロマン・ロラン	蛯原徳夫訳
ベートーヴェンの生涯	ロマン・ロラン	片山敏彦訳
ミケランジェロの生涯	ロマン・ロラン	高田博厚訳
フランシス・ジャム詩集		手塚伸一訳
三人の乙女たち	フランシス・ジャム	手塚伸一訳
背徳者	アンドレ・ジイド	川口篤訳
法王庁の抜け穴	アンドレ・ジイド	石川淳訳
精神の危機 他十五篇	ポール・ヴァレリー	恒川邦夫訳
若き日の手紙	フィリップ	外山楢夫訳
朝のコント	フィリップ	淀野隆三訳
シラノ・ド・ベルジュラック	ロスタン	辰野隆・鈴木信太郎訳
地底旅行	ジュール・ヴェルヌ	朝比奈弘治訳
八十日間世界一周	ジュール・ヴェルヌ	鈴木啓二訳
海底二万里 全二冊	ジュール・ヴェルヌ	朝比奈美知子訳
結婚十五の歓び		新倉俊一訳
死霊の恋・ポンペイ夜話 他三篇	ゴーチエ	田辺貞之助訳
火の娘たち	ネルヴァル	野崎歓訳
パリの夜 —革命下の民衆	レチフ・ド・ラ・ブルトンヌ	植田祐次編訳
牝猫(めすねこ)	コレット	工藤庸子訳
シェリ	コレット	工藤庸子訳
シェリの最後	コレット	工藤庸子訳

岩波文庫の最新刊

小町谷照彦・倉田実校注
拾遺和歌集

花山院の自撰とされる「三代集」の達成を示す勅撰集。歌合歌や屏風歌など、晴の歌が多く、洗練、優美平淡な詠風が定着している。
〔黄二八-一〕 定価一八四八円

深澤英隆編訳
ジンメル宗教論集

社会学者ジンメルの宗教論の初集成。宗教性を人間のアプリオリな属性の一つとみなすことで、そこに脈動する生そのものを捉えようと試みる。
〔青六四四-六〕 定価一二四三円

ポアンカレ著／伊藤邦武訳
科学と仮説

科学という営みの根源について省察し仮説の役割を哲学的に考察した、アンリ・ポアンカレの主著。一〇〇年にわたり読み継がれてきた名著の新訳。
〔青九〇二-一〕 定価一三二〇円

ジェイン・オースティン作／新井潤美・宮丸裕二訳
マンスフィールド・パーク(下)

皆が賛成する結婚話を頑なに拒むファニー。しばらく里帰りするが、そこに驚愕の報せが届き――。本作に登場する戯曲『恋人たちの誓い』も収録。(全二冊)
〔赤二二二-八〕 定価一二五四円

大塚久雄著／小野塚知二編
共同体の基礎理論 他六篇

共同体はいかに成立し、そして解体したのか。土地の占取に注目して、前近代社会の理論的な見取り図を描いた著者の代表作の一つ。関連論考を併せて収録。
〔白一五二-二〕 定価一一七七円

……今月の重版再開……

モリエール作／鈴木力衛訳
守銭奴

定価六六〇円
〔赤五一二-七〕

E・クレッチュマー著／内村祐之訳
天才の心理学

定価一一一一円
〔青六五八-一〕

定価は消費税10%込です

2021. 12

岩波文庫の最新刊

グレゴリー・ベイトソン著／佐藤良明訳
精神と自然
―生きた世界の認識論―

私たちこの世の生き物すべてを、片やアメーバへ、片や統合失調症患者へ結びつけるパターンとは？ 進化も学習も包み込み、世界の統一を恢復するマインドの科学。〔青N六〇四-一〕 定価一二四三円

荒井献・大貫隆・小林稔・筒井賢治編訳
新約聖書外典 ナグ・ハマディ文書抄

グノーシスと呼ばれた人々の宇宙観、宗教思想を伝えるナグ・ハマディ文書。千数百年の時を超えて復元された聖文書を精選する。〔青八二五-一〕 定価一五一八円

国木田独歩作
運命

詩情と求道心を併せ持った作家・国木田独歩(一八七一―一九〇八)の代表的短篇集。「運命論者」「非凡なる凡人」等、九作品収録。改版。(解説＝宗像和重)〔緑一九-三〕 定価七七〇円

……今月の重版再開……

モリエール作／鈴木力衛訳
いやいやながら医者にされ
定価五〇六円〔赤五一二-五〕

正岡子規著
獺祭書屋俳話・芭蕉雑談
定価八一四円〔緑一三-一一〕

定価は消費税 10% 込です　2022. 1